Alois Brandstetter
Lebenszeichen

Alois Brandstetter

Lebenszeichen

GEORG PICHORNER
A-9500 Villach,Warmbader Str. 25/4
Handy: 0 676 / 877 25 341
E-Mail: pichorner.georg@aon.at

Residenz Verlag

Wir danken für die Unterstützung:

Einige Texte sind in gekürzter oder veränderter Form
bereits in Zeitungen oder Zeitschriften erschienen.

© 2018 Residenz Verlag GmbH
Salzburg – Wien

Bibliografische Information der Deutschen Nationalbibliothek
Die Deutsche Nationalbibliothek verzeichnet diese Publikation in der
Deutschen Nationalbibliografie; detaillierte bibliografische Daten sind
im Internet über http://dnb.dnb.de abrufbar.

www.residenzverlag.at

Umschlaggestaltung: Thomas Kussin/buero 8
Typografische Gestaltung, Satz: Ekke Wolf, typic.at
Lektorat: Jessica Beer
Gesamtherstellung: CPI Moravia Books

ISBN 978 3 7017 1702 6

Lebenszeichen

Jahr für Jahr muß ich der Deutschen Post AG, Niederlassung Renten Service in Berlin, eine sogenannte *Lebensbescheinigung* (*Life Certificate, Certificat de vie*), bestätigt von einer österreichischen Behörde und von mir beglaubigt unterzeichnet, senden, damit ich weiterhin meine deutsche Rente überwiesen bekomme, die mir auf Grund meiner dreizehnjährigen Tätigkeit an der Universität des Saarlandes zusteht und für die ich, auch wenn sie nicht besonders hoch ist, Deutschland mein Leben lang dankbar war... *Lebensbescheinigung*, auch *Lebensnachweis*, lautet der amtliche Ausdruck für das, was man umgangssprachlich vielleicht *Lebenszeichen* nennt. Ein Beamter bestätigt, bekräftigt, bescheinigt und beglaubigt, daß sich der Bittsteller am und vor dem Schalter bewegt hat... Da ich eigentlich spät, aber doch, wie es sich gehört, ein Testament »errichtet« oder von einem Notar errichten habe lassen, und für den Fall der Fälle (Demenz, Alzheimer) auch die Frage der »Sachwalterschaft« geregelt habe, müßte dann wohl mein Sachwalter nach Deutschland mitteilen, daß ich, vielleicht beeinträchtigt, aber im Grunde »still alive« bin. Es besteht aber sicher nicht die Gefahr, daß mein als Sachwalter benannter Sohn der deutschen Behörde meinen Tod verschweigt, um weiterhin meine Pension zu kassieren, dafür haben wir ihn zu gut erzogen. Von Betrugsfällen dieser Art liest man freilich manchmal.

Ein *Lebenszeichen* ist nach der Definition des Deutschen Universalwörterbuchs (Duden) ein »Anzeichen oder Beweis dafür, daß jemand (noch) lebt. Herzschlag und Atem sind die wichtigsten Lebenszeichen.« Und das erste Lebenszeichen des Neugeborenen ist bekanntlich der Schrei, ein unartikulierter, vielsagender Schrei, der Mutter und Hebamme beruhigt. Im »Deutschen Wortschatz« meines Saarbrücker Lehrers Hans Eggers ist zum Stichwort *Lebenszeichen* auf das Kapitel D, *Geistesleben*, verwiesen, und darunter auf *Brief*... Der Brief also als das Lebenszeichen schlechthin. »Von den Analphabeten wissen wir wenig. Sie schreiben uns keine Briefe...« Aus dem Internet erfahre ich zu meinem Erstaunen, daß ich diesen Satz im Zusammenhang mit den schlecht beleumundeten Galatern und dem Galaterbrief des Apostels Paulus in meinem Roman »Ein Vandale ist kein Hunne« erörtert habe. Ein alter Mensch darf sich auch einmal wiederholen. Aber Alter soll auch kein Freibrief für dauernde Wiederholungen sein. Bei den Stammtischen älterer Menschen gibt es freilich immer wieder Teilnehmer, die bald wöchentlich den gleichen, nein, denselben Witz zum besten geben, für den sie freilich immer wieder mit beifälligem Gelächter belohnt werden. Nicht nur die Erzähler, auch die Hörer sind vergeßlich. Die »Narratoren« fragen nicht lange: Kennt ihr den schon?

Das lateinische Wort *Narrator* klingt, vom Deutschen her angesehen, wie ein Kompositum aus *Narr* und *Tor*... Die Sprachwissenschaft spricht bei Wörtern, die in einer anderen Sprache ähnlich klingen, aber anderes bedeuten, von »gegensinnigen« Wörtern. Das Standardbeispiel ist sicher das italienische *caldo*, das die Italienisch lernenden Deutschen gern als »kalt« mißverstehen, obwohl es bekanntlich im »Gegensinn« »heiß« bedeutet. *Caldo* und *kalt* sind »falsche Freunde«, wie es die Sprachwissenschaft nennt. Manchem »Narrator« (deutsch »Redhaus«) möchte man gern in Latein zurufen: *Si tacuisses philosophus mansisses,* frei übersetzt: Reden ist Silber (Blech), Schweigen ist Gold. Ich habe mir das selbst manchmal leider zu spät gesagt

und hätte mich gern in die Zunge gebissen! Aus der Benediktinerregel, über die ich oft nachgedacht und sowohl im
Roman »Die Abtei« als auch neuerdings für ein Internet-
Projekt der Schweizer Abtei Disentis in Graubünden einiges geschrieben habe, könnte man gerade über die *taciturnitas*, das Schweigen, eine Menge lernen. Sie ist eine
der mönchischen Kardinaltugenden. Viel vom Schweigen
zu reden verstößt freilich auch gegen die *taciturnitas*...
Die Verschwiegenheit kann eine Tugend sein, aber auch
ein Laster... Oft wenn wir in Sitzungen des Universitäts-
kollegiums auf die Schweigepflicht hingewiesen wurden,
handelte es sich um eine nicht ganz »stubenreine« Materie.
Und irgendjemand hat es dann doch einem befreundeten Journalisten unter dem Siegel der Verschwiegenheit
erzählt und der hat es dann zur Unzeit publiziert und
hinausposaunt. Es gibt keine Gremien ohne die sogenannten »undichten Stellen«. Es regt sich im Menschen immer
und manchmal zur Unzeit die Sensationslust, auch die
Lust, etwas Unerhörtes und oft auch Banales mitzuteilen.
Auch Gerüchte werden auf diesem Weg ausgestreut...

Es rühren sich die sogenannten »Lebensgeister« oft wie
Quälgeister... Die *Lebensgeister* gehören nach Wehrle-
Eggers in das Kapitel *Gefühlsleben*, im besonderen zu *Ge-
mütsart*. Gleich in zweien meiner Wörterbücher steht der
Beispielsatz: »Ein starker Kaffee erweckte seine Lebensgei-
ster!« Im Deutschen Wörterbuch der Brüder Jacob und Wil-
helm Grimm gibt es im übrigen sehr wohl den in neueren
Wörterbüchern in Abrede gestellten Singular *Lebensgeist*.
»Von allen guten Geistern verlassen« zu sein, ist bitter, für
den oder die Betroffene, vor allem aber für seine oder ihre
Mitmenschen. Schon gar, wenn es sich um Potentaten und
Machthaber handelt, die mit Atomkriegen drohen und an
deren Geisteszustand es berechtigte medizinische Zweifel
gibt...

Ein besonders wichtiges »Lebenszeichen« ist bei sich dem Ende zuneigenden Schriftstellerkarrieren (wie meiner...) der *Leserbrief*, wenn der lange epische Atem versagt – und die Lust am Recherchieren schwindet. Ist das Leserbriefschreiben unter der Würde eines zünftigen Schriftstellers? Der Leserbrief ist immerhin gelebte Demokratie! Julian Schutting hat freilich gemeint, daß Autoren, die ganz allgemein für Zeitungen zu schreiben beginnen, alsbald auch anfangen würden, die Bedeutung dieser Beiträge zu überschätzen. Die letzte »Publikation« Thomas Bernhards war ein Leserbrief an die Salzkammergut-Zeitung, ein Plädoyer für die Erhaltung der Gmundner Straßenbahn – sein letztes literarisches »Lebenszeichen«! Er hat ja auch sonst das Leserbriefeschreiben und das Verfassen »Offener Briefe« nicht gerade verschmäht... Die Initialzündung einiger seiner berühmten Skandale war ein explosiver »Offener Brief«. Und im Gegensatz zu Karl Ignaz Hennetmair, »Bernhards Eckermann«, bin ich der Meinung, er sei bei seinem letzten Brief an die Salzkammergut-Zeitung noch sehr wohl bei Verstand gewesen... In »Goethe schtirbt« schreibt Bernhard, die letzten Worte Goethes seien nicht »Mehr Licht!«, sondern »Mehr nicht!« gewesen. War Thomas Bernhards persönliches »Vermächtnis« also trotz allem nicht der pessimistische Hype der »Auslöschung«, auch nicht das schlußendliche Dementi alles von ihm Geschriebenen durch Goethe selbst, der sich bei Bernhard als »Vernichter des Deutschen« bezeichnet und als anachronistischer Wittgenstein-Verehrer (!) darstellt –, sondern das rührende Plädoyer für die Erhaltung der Gmundner Stern und Hafferl-Schmalspurbahn?

Es heißt von Martin Luther, daß er gesagt haben soll: »Und wenn ich wüßte, daß morgen die Welt untergeht, so würde ich heute noch einen Apfelbaum pflanzen...« Im Vorgarten des Augustiner-Eremiten-Klosters in Erfurt, wo

Luther von 1505 bis 1512 Mönch war, gibt es eine gigantische Eiche, die schon Jahrhunderte vor der Reformation gepflanzt worden ist, wenn nicht gar um Christi Geburt... Es ist ein Erlebnis, auf einen mächtigen Baum zu schauen, von dem man weiß, daß ihn schon Menschen vergangener Jahrhunderte angesehen und bewundert und sich in seinem Schatten wohlgefühlt haben. Als ich 60 Jahre alt geworden bin, hat meine Heimatgemeinde mir zur Ehre in der Nähe meines Vaterhauses eine Eiche gepflanzt, weil ich einmal in einer Erzählung das Schlägern vieler Eichen um Aichmühl in meiner Kindheit beklagt habe. Der Baum entwickelte sich in den 20 Jahren seither prächtig. Ach, könnte ich das auch von mir sagen! Bäume als Lebenszeichen... Der Baum blüht auf, der Pate verwelkt.

Thomas Bernhard also, moribund und »todgeweiht«, kurz vor seiner Fahrt zum Salzburger Notar, um sich und sein Lebenswerk in einem Testament dem verhaßten Österreich ganz und gar zu »entziehen«, gibt ein letztes, versöhnliches Lebenszeichen an eine Lokalzeitung... Nicht lange nach diesem Lebenszeichen kam aus Gmunden die Todesnachricht. Franz Kafka hat kurz vor seinem Tod als Vierzigjähriger in seinem Testament um die Vernichtung seines Nachlasses gebeten, Max Brod hat sich das höchste Verdienst erworben, indem er Kafkas Letzten Willen nicht befolgt hat. Es gab und gibt mir immer zu denken, daß das Deutsche einmal *Tod* mit weichem d (wie in *tödlich*) und einmal mit hartem t (wie in *tot*) kennt. Im definitiven Ernstfall gilt die sogenannte Tenuis oder Fortis (der Starklaut).

Es ist heute, im Zeitalter des Internets und Mobiltelephons, von E-Mails und WhatsApp und Skype, so einfach geworden, seinen Freunden (und auch Feinden) Lebenszeichen (oder Drohungen...) zu senden und »Bescheid« zu geben. Man kann eine sorglos und schlampig formulierte Nachricht per Mouseclick und Tastendruck als »Rundbrief« an alle möglichen, im Adreßbuch gespeicherten Teilnehmer loslassen ... Und man kann der Nachricht, im Rucksack gewissermaßen, als *Attachment* (deutsch eigentlich »Befestigung« ...) viel zusätzliches Material, vor allem digital photographierte oder eingescannte alte Bilder anhängen und mitgeben. Als Emeritus der Universität Klagenfurt habe ich Anspruch auf alle Mitteilungen des Intranets der Uni, die mich eigentlich nichts mehr angehen ... So füllt sich die Mailbox mit Müll. Nur Liebesbriefe und Kondolenzschreiben sollte man per gelber Post aufgeben und zustellen lassen. »Der Tischler macht's persönlich« – damit könnte auch der Briefträger werben! Egyd Gstättner, Kollege und Freund am Ort, dereinst auch »Hörer« meiner Proseminare an der Universität Klagenfurt, hat geschrieben, daß er von seinem Vater aus der Klinik eine beruhigende Nachricht bekommen hat: »Mir geht es gut. Macht euch um mich keine Sorgen!« Als die Familie Gstättner in der Waidmannsdorfer Straße die Botschaft auf dem Anrufbeantworter entdeckte und abhörte, war Vater Gstättner aber bereits verstorben und beerdigt ... Es war also ein postumes Lebenszeichen, eine Botschaft aus dem Jenseits ...

Egyd Gstättner war es auch vorbehalten, die auf Band gesprochenen Ansagen als literarische Textsorte zu etablieren: »Please, hold the line!« in »Herzmanovskys kleiner Bruder und andere Geschichten von Künstlern, Müßiggängern und Abenteurern«. Meine, das heißt die mir zugedachte und »angedichtete« Meldung lautet: »Grüß Gott! (Sic!) Ich bin derzeit in der Kirche. Wenn Sie mir im Namen des Vaters und des Sohnes und des Heiligen Geistes eine Nachricht hinterlassen wollen, so sprechen Sie bitte nach dem Amen. Amen.«

Amen! Nach den Lebenszeichen kommt unweigerlich einmal auch die Zeit, wo es heißt »klinisch tot«, die Zeit also der Totenschau nach dem Ausbleiben von Herzschlag,

Puls und Atem, also »Stillstand«. Als mein Pichler Nachbar, ein alter Bauer, im Sterben lag, hat mich die Nachbarin darüber verständigt und geholt. Wir sind um sein Krankenbett beziehungsweise nun Sterbelager gestanden, haben ein Vaterunser gebetet und gesehen und *erlebt*, wie er starb. *Ableben* – welch merkwürdiger und doch vielsagender Ausdruck! *Hinübergehen*, das *Zeitliche segnen*... Kurze Zeit später kam der zuständige Kematner Gemeindearzt, um als Amtsarzt seines Amtes zu walten, um den Totenschein auszustellen. Er überzeugte sich, daß der gute Nachbar nicht mehr atmete und schließlich bei der Nagelprobe, einem Stich mit einer Nadel in das Nagelbett unter den Fingernagel des Zeigefingers der rechten Hand an dem hochgehobenen, offensichtlich noch warmen, jedenfalls geschmeidigen Arm, keine Reaktion, also kein Lebenszeichen mehr zeigte. So erteilte der Mediziner als »Leichenbeschauer« die Erlaubnis für die Beerdigung. Ich habe im Saarland in der Ortschaft Spiesen einige Jahre als Untermieter bei einem Tischler oder Schreiner und Bestattungsunternehmer gewohnt und bin dadurch – also durch die Gespräche nach Feierabend mit meinem Vermieter –, was »Funeralien« betrifft, ein wenig vertraut und abgehärtet geworden. Herr H. hat mich auch ermuntert, mir in der Leichenhalle seine Aufbahrungen anzusehen, weil er sehr stolz war, wie er seine Toten, seine »Kunden«, durch Schminke wie lebendig erscheinen lasse, was ihn von seinem Konkurrenten wohltuend unterscheide, der keine so glückliche Hand habe. Manchmal mußte mein Vermieter auch einen tödlich Verunfallten von irgendwoher in Deutschland oder gar im Ausland abholen und mit seinem schwarzen Mercedes heimbringen, was ihn, namentlich wenn es sich um Jugendliche handelte, die vor ihrem Unglück viel Coca-Cola getrunken hatten, viel Trauer und physischen Kummer bereitete, wie er »gern« erzählte.

Die Mediziner haben ein eigenes Vokabular, eine Nomenklatur und Terminologie für Krankheiten, auch einen Hang zu »beschönigenden« Lexemen, die das schwer Erträgliche leichter kommunizierbar machen sollen. Die Zeiten aber, als Medizinstudenten das große Latinum nachweisen oder nachholen mußten, sind vorbei. Heute ist das Englische als »lingua franca« an die Stelle des Lateinischen getreten, und oft handelt es sich bei Krankheitsbezeichnungen um sogenannte »Initialwörter« oder »Akronyme«, also eine Kombination mehrerer Anfangsbuchstaben, die oft auch die Ärzte selbst kaum entziffern und auflösen können. Geschweige denn die so benannten Krankheiten heilen: AIDS (Acquired Immune Deficiency Syndrom), HIV (Human Immundefizienz-Virus), MS (Multiple Sklerose), FMS (Fibromyalgiesyndrom). »Durch die arbiträre Eigenschaft der Initialwörter kann unerwünschte Motivation vermieden werden, eine Tatsache, die oft in der Medizin genutzt wird«, heißt es in einem linguistischen Fachwerk zum Thema »Sprachliche Kürze«. Und oft verwirrt die Sprache der Mediziner, der »Götter in Weiß«, die »gewöhnlichen Sterblichen« durch »Gegensinn«: Wenn der Arzt jemanden auf eine Krankheit hin etwa per Ultraschall austestet und das Ergebnis seiner Diagnose (deutsch »Erkenntnis«) als *positiv* bezeichnet, so ist das alles andere als erfreulich... *Negativ* wäre positiv! *Positiv* aber oft geradezu wie ein Todesurteil! Es muß aber zur Ehre der Ärzte gesagt werden, daß es unter ihnen viele gibt, die den Willen und die Fähigkeit haben, ihren Patienten auch Hartes »schonend beizubringen«. Die Patienten-Ombudsmänner und Ombudsfrauen haben trotzdem genug zu tun.

Eine eigene Art, über Krankheit und Tod zu sprechen, haben natürlich auch die Theologen und die Kirchen, in vergangenen Zeiten hatte der Klerus geradezu ein Monopol auf Gegenstände des »Lebensgeleites«. Und in vielen

Pfarrmatriken ist verzeichnet, ob die Verstorbenen im christlichen Sinne vorbereitet hinübergegangen sind. Ein großer Schrecken aber war die *mors repentina*, also der unvorhergesehene Tod, wenn der Mensch also nicht mehr mit dem *Viaticum*, der »Wegzehrung«, »versehen« werden konnte und aus dem Leben gerissen wurde: *Non provideri potuit* steht gerade bei Selbstmördern oft im Akt... Ich habe mich als »Altgermanist« oft mit Ausgaben der »Kunst des heilsamen Sterbens« nach der lateinischen »Ars moriendi« lehrend beschäftigt, nicht nur vor den Seniorstudenten, sondern auch bei »jungen Semestern«. Zitiert habe ich freilich auch gern einen Satz aus einem Interview Thomas Bernhards: »Die Jugend glaubt nicht an die Unsterblichkeit, die Jugend ist unsterblich!« Das Thema Tod aber bleibt prekär. Wie darüber sprechen, ohne frömmelnd, zynisch, makaber oder lasziv zu wirken? Oder soll man sich an Ludwig Wittgensteins »Tractatus logico-philosophicus« und sein vielzitiertes Schweigen halten? Zweimal mußte ich in meinem Leben Grabreden halten, und keine meiner vielen Reden ist mir so schwergefallen wie diese. Schon wegen des »De mortuis nihil nisi bene«, auch wenn mir natürlich der Sinn nicht nach Denunziation stand. Heute gilt wohl als *opinio communis* »Pathos meiden!« Aber kann man denn ernst und würdig bei einem traurigen Anlaß wie dem Tod eines Freundes ohne »Pathos« sprechen? Eigentlich heißt das griechische *pathos* ja »Leiden«, wie das lateinische *compassio* in einer deutschen »Lehnübersetzung« »Mitleid« heißt und bedeutet. Diese müssen wohl ihren rhetorischen Ausdruck finden.

Auch einen Fehl- oder Mißgriff bei einer Grabrede muß ich hier einbekennen. Ich habe nichtsahnend und ahnungslos den Satz »Die Erde sei dir leicht«, wenn auch in Latein »Sit terra tibi levis« zitiert, der bekanntlich aus der Antike, aus der »Alcestis« von Euripides stammt. Nach dem Requiem sagte Olaf Colerus Geldern, Protonotar und Generalvikar, den ich überaus schätzte und dessen Tod ich bedauere, mit Befremden zu mir, ob ich nicht wüßte, daß der betreffende Satz gern von den Ewiggestrigen, also den in der Nazizeit als »Gottgläubige« Bezeichneten, aus der Kirche Ausgetretenen, verwendet würde und in Kärnten gerade von den katholischen Slowenen als Beleidigung empfunden werde. Das wußte ich *tumber tor* aus Oberösterreich nicht!

Wiederholt habe ich mir die Grabrede Franz Grillparzers auf Ludwig van Beethoven auf YouTube angehört, gelesen von Albin Skoda. So konnte nur er, Grillparzer, über einen wie ihn, Ludwig van Beethoven, sprechen. Grillparzer sagt am Schluß seiner Rede zur Trauergemeinde, sie könne einmal sagen: »Wir waren dabei, als sie ihn begruben. Und als er starb, haben wir geweint!« Grillparzer kommt aber durchaus auch auf Beethovens besondere Tragödie, seine Einsamkeit und »Misanthropie« als Folge seiner Taubheit zu sprechen. Aber alles wird überglänzt von seinem Genie und dem Glück, das er für die Menschheit und die ganze Welt bedeutet.

An einigen Gräbern von Freunden bin ich gestanden, die, freiwillig oder durch Unglück und Depression erzwungen, gegangen sind. Mit großer Dankbarkeit denke ich an Gerhard Fritsch zurück, der mich mit drei Veröffentlichungen in der Zeitschrift »Literatur und Kritik« von Beginn an gefördert hat. Aber auch an Brigitte Schwaiger, die wie Ophelia in William Shakespeares »Hamlet« gegangen ist, oder an Franz Innerhofer, der mich einmal, was mich ein wenig stolz macht, in einem Interview als seinen frühen Mentor genannt hat. Noch bedrängend nahe ist die Erschütterung über den unfaßbaren Abschied von Fabjan Hafner, den viele und auch ich gerne als Leiter des Musil-Hauses in Klagenfurt gesehen hätten!

14

Der Name Shakespeare ist gefallen. Er ist es, von dem man wie sonst nur aus der Bibel das Sprechen über das Unaussprechliche lernen kann, auch jenen Humor, der dem Thema entspricht, ENTSPRICHT! In der 1. Szene des 5. Aufzugs in »Hamlet« unterhalten sich zwei Totengräber über ihre Arbeit, das Schaufeln eines Grabes für Ophelia. Der erste Totengräber sagt: »Soll die ein christlich Begräbniß erhalten, die vorsätzlich ihre eigene Seligkeit sucht?« Darauf der zweite Totengräber: »Ich sage dir, sie solls, mach also flugs ihr Grab. Der Todtenbeschauer hat über sie gesessen, und christlich Begräbniß erkannt.« Dann ist davon die Rede, daß es sich die Reichen auch in diesem Fall richten können: »Wollt ihr die Wahrheit wissen? Wenns kein Fräulein gewesen wäre, so wäre sie auch nicht auf geweihtem Boden begraben«, sagt der zweite Totengräber. Später beschwert sich Laertes, Ophelias Bruder, über die Dürftigkeit der Exequien und des Libera des Priesters für seine Schwester. Darauf der Priester: »Wir würden ja der Todten Dienst entweihn, / Wenn wir ein Requiem und Ruh ihr sängen, / Wie fromm verschiedenen Seelen.« Darauf Laertes: »Ich sag dir, harter Priester, / Im Engelchor wird meine Schwester sein, / Während du heulend liegst!« Immerhin ging es hier anders und versöhnlicher zu als in den »Leiden des jungen Werther« des Shakespeare-Bewunderers Johann Wolfgang von Goethe, deren letzter Satz bekanntlich heißt: »Kein Geistlicher hat ihn begleitet.«

Daran und an Einschlägiges mußte ich denken, als ich für meinen letzten Roman »Aluigis Abbild« recherchierte: Obwohl kein Selbstmörder, sondern ein tyrannischer Markgraf, wurde dem von empörten Untertanen erschossenen Bruder des Heiligen Aloisius von Gonzaga, Ridolfo Gonzaga, ein Begräbnis auf dem Friedhof in Castiglione verweigert. Und es bedurfte inständiger Bitten der Mutter Marta Tana beim Papst in Rom, daß er später »umgebettet« und innerhalb der Friedhofsmauern beerdigt werden durfte...

Grandios ist Shakespeares Totengräberhumor in der folgenden Szene: Der erste Totengräber schickt seinen Kollegen weg, er soll ins Wirtshaus gehen und einen Schoppen Branntwein holen. Nachdem er grabend ein munteres Lied von der unbeschwerten Jugend singt, sagt der hinzutretende Hamlet: »Hat dieser Kerl kein Gefühl von seinem Geschäft. Er gräbt ein Grab und singt dazu.« Worauf der Hamlet begleitende Horatio sagt: »Die Gewohnheit hat es ihm zu einer leichten Sache gemacht.« Von höchster psychologischer Einsicht ist Hamlets Antwort: »So pflegt es zu sein. Je weniger eine Hand verrichtet, desto zarter ist ihr Gefühl.« Da denkt vielleicht einer einige Jahrhunderte voraus an den großen Dramatiker des 20. Jahrhunderts, Bert Brecht nämlich, der den Gedanken, daß die feine Moral weitgehend ein Luxus der Wohlhabenden ist, weiter und zu Ende gedacht hat...

Meine »Lebenszeichen, Lebensnachweise und Lebensbescheinigungen« – seien es die eingangs beschriebenen an die deutsche Rentenstelle in Neubrandenburg, aber auch hin und wieder einen kleinen Aufsatz oder ein Feuilleton für die Zeitung (lange Romane, wie sie der zweiundneunzigjährige Martin Walser Jahr um Jahr veröffentlicht, habe ich nicht mehr vor) – schreibe ich nach wie vor im wesentlichen mit dem Zeigefinger der rechten Hand nach der »Bussard-Methode«: über der Tastatur kreisen und dann auf den gesuchten Buchstaben hinunterstürzen! Diesen Finger habe ich im Laufe der Jahre wohl überstrapaziert. Das hat er mir nun sichtlich als Beleidigung übelgenommen, jedenfalls hat er sich im letzten Jahr nun mit dem, von meinem Hausarzt so bezeichneten »Raynaud-Syndrom« gerächt. Er wird beim leichtesten Anhauch von Kälte, ja nur Kühle »madenweiß, eiskalt und blutleer«, wie die Sym-

16

ptome im Lehrbuch beschrieben sind. Auslöser sei in der Regel ein Kältereiz und niedriger Blutdruck. Mit diesem (erträglichen) Leiden befinde ich mich vor allem in weiblicher Gesellschaft, nachdem es heißt, daß diesen Defekt nahezu nur Frauen haben, 90 Prozent der Patienten seien Patientinnen. Nachdem ich dieses Phänomen an einer meiner Schwestern im Buch »Vom Schnee der vergangenen Jahre« beschrieben habe, liegt es vielleicht auch in meinen Genen... Im Lexikon steht, das nach dem französischen Arzt Maurice Raynaud benannte »Syndrom« sei keine schwere Krankheit, sondern eher eine »Laune der Natur«, so wörtlich. Ich lasse mir jedenfalls davon die Laune nicht rauben. Ich hoffe, auch mit diesem wachsgelben und madenweißen Zeigefinger noch einige Lebenszeichen in meinen PC zu tippen, mag auch dieses »Raynaud-Syndrom« im Deutschen gern als »Leichenfingerkrankheit« bezeichnet werden.

Stifter

Als wir, die Klasse 1a des Kollegium Petrinum, vor über sechzig Jahren mit unserem Klassenvorstand, dem Maler und Zeichenlehrer Willi Zawischa, am heutigen »Stifterhaus« vorübergegangen sind, um ganz in der Nähe im Hafen ein Donauschiff zu besichtigen, wurden wir wohl auf dieses Gebäude und seine Geschichte als Wohn- und Sterbehaus des Adalbert Stifter aufmerksam gemacht, Stifter gelesen hatten wir damals ja noch nicht. Damals las ich »Durch die Wüste« und »Durchs wilde Kurdistan«. Und wegen des (lauten) Karl-May-Lesens während der Exerzitien habe ich dann auch Schwierigkeiten und das sogenannte »Consilium abeundi« bekommen. Ich wurde »relegiert«, die Direktion verständigte meine verzweifelte Mutter, die mich abholen mußte... Hätte ich (leise) Stifter gelesen, wäre ich vielleicht sogar gelobt und gefeiert, jedenfalls nicht gefeuert worden. Denn Stifter war, im Gegensatz zu mir, ein folgsamer Zögling des Gymnasiums in der Benediktinerabtei Kremsmünster, an das er sich sein Leben lang dankbar erinnert hat. Und Stifter lesen war mir später immer ein wenig wie eine Frömmigkeitsübung, eine Art säkularer Andacht...

Die Bücher des wahrlich nicht unfrommen, ja »christlichen« Autors Karl May hatte ich freilich aus der privaten Bücherei unseres Pfarrers Alois Einberger entlehnt und geliehen bekommen. Als Exerzitien-Lektüre waren sie natürlich nicht vorgesehen, vielleicht auch wegen ihres Humors, wenn man an Kara ben Nemsis Verhältnis zu »Hadschi« Halef Omar, seinem Diener, denkt. Meist gilt bei Adalbert

Stifter »Ernst auf Ernst«. Sein »Humor« ist sehr zurückhaltend. Ironie oder gar Sarkasmus sind ihm durchaus fremd. Ich kann mich mit Stifter nicht vergleichen. Auch nicht als Stifter-Preisträger des Landes Oberösterreich. Und auf eine Erinnerungs- und Gedenktafel, wie sie Stifter in Kremsmünster in der Nähe des Meierhofs bekommen hat, werde ich im Petrinum wohl nicht hoffen dürfen.

Was aber aus dem Haus am heutigen Stifter-Platz einmal werden würde, hätten wir uns damals, als wir Knabenseminaristen hier mit unserem Zeichenlehrer vorbeigingen, nicht träumen lassen. Und nicht träumen hätten wir uns auch lassen, daß einer aus unserer Klasse, der auf dem Erinnerungsphoto vom Schulausflug mit dem Donauschiff mit rundem Bubengesicht fröhlich in die Kamera lacht, diesem Stifter-Institut einmal als Direktor vorstehen würde: Johann Lachinger aus Vöcklamarkt. Ist die Redensart vom »Träumenlassen«, eine rhetorisch-poetische Verlegenheitsformel, hier vielleicht doch insofern angebracht, als mit dem Stifter-Institut für viele Kulturinteressierte, oberösterreichische »Patrioten«, Heimatverbundene, Mundart- und Sprachbewußte, tatsächlich ein »Traum« in Erfüllung gegangen ist? Mit dem Sprachatlasunternehmen und der Forschungsstelle für die bairisch-österreichische Landesmundart ist gewissermaßen ja auch Franz Stelzhamer, die Leitfigur der Mundartdichtung und der Schöpfer der mundartlichen Landeshymne, »bei Stifter« eingezogen. Und da Franz Stelzhamer einen so köstlichen, freilich maliziösen Brief, wie ihn Hermann Friedl in dem famosen Buch »Beginn der Errichtung eines Denkmals« an den Nachlaßverwalter und Stifter-Intimus Johann Aprent fingiert, in Wahrheit ja nie geschrieben hat, wird ihn, den alten Freund und Spezi aus dem Lande ob der Enns, Stifter in seinem Hause an der Donaulände wohl wenigstens als Untermieter dulden… Stifter selbst dürfte ja bei seinen

Gesprächen mit Stelzhamer, im Gegensatz zu seinem Gesprächspartner, das Mundartliche, wenigstens das sogenannte »Grobmundartliche«, vermieden haben, wie er sich ja auch in seinen Schriften eher am heute so genannten »Binnendeutschen«, im Gegensatz zum »österreichischen Deutsch«, und im Besonderen natürlich an Johann Wolfgang von Goethe orientiert hat. So herrlich mundartlich wie meine Petriner Schulkollegen aus dem Mühlviertel, aus Putzleinsdorf, Liebenau, Kirchschlag oder Haslach, die zu Kuh *kui* und zu Bub *bui* sagten, hat er sicher nicht gesprochen. Und auch »geböhmakelt« hat er wahrscheinlich nicht. Er wird wohl später, wie ein Wiener Hofrat, »Schönbrunnerisch« parliert haben. Hat er genäselt? Wir wissen es nicht, das heißt, ich weiß es nicht, stelle mir aber vor, daß er ein wenig gravitätisch und umständlich wie ein »alter Herr« und Philister ein Honoratioren- oder Beamtenidiom gesprochen hat, »gepflegt«, auf jeden Fall gepflegt!

Einmal hatte sich im Kollegium Petrinum der Schulinspektor, also ein Nachfolger Adalbert Stifters im Amte, angesagt, und es herrschte große Aufregung. Und weil er auch in unsere Deutschstunde kommen sollte, hat mich der Deutschlehrer, Professor Johann Demmler, ausgewählt, vor dem hohen Besuch eine Ballade aufzusagen: »Nis Randers« von Otto Ernst, weil ich ihm wegen meiner Vorliebe für das Hochdeutsche und meiner korrekten Aussprache aufgefallen war ... Größer als meine Aufregung war schließlich meine Enttäuschung, als der Herr Professor in die Klasse trat und mitteilte, daß der strenge Herr Inspektor aus Zeitmangel von der Inspektion unserer Klasse Abstand nehmen müsse. Ich hätte heulen können, und mir war elend wie einem Schiffbrüchigen zumute, wenn ich an meine schöne Ballade dachte: »Krachen und Heulen und berstende Nacht ... Ein Schrei durch die Brandung ... Und brennt der Himmel, so sieht man's gut: Ein Wrack auf der Sandbank, noch wiegt es die Flut.« Vielleicht hätte aber Stifter an der Ballade gar keinen Gefallen gefunden, weil er doch ein Verfechter, nein, Verehrer, des so genannten »sanften Gesetzes« war, das er in der Vorrede zu den »Bunten Steinen« formuliert hat …

Ich hatte bereits die Schule gewechselt, war nun in Wels am Bundesrealgymnasium und nicht mehr im Konvikt, als Professor Demmler dort, vermutlich zum ersten Mal, im Deutschunterricht der 4. Klasse Adalbert Stifter »durchgenommen hat« und meine fernen Kollegen mit den »Bunten Steinen« vertraut gemacht wurden. Und wenn dabei von stifterischen Ortsbezüglichkeiten und Stifter-Denkmälern die Rede war, dann wird wohl Josef Wimmer aus Gunskirchen bei Wels sich gemeldet haben und von jenem Gedenkstein an der Bundesstraße 1, nahe beim so genannten »Wirt am Berg«, dem Gasthaus Wiesinger, und auch seinem Elternhaus, dem vulgo Hochfurtner in Bichlwimm, erzählt und berichtet haben, dem Gedenkstein, der für den an dieser Stelle tödlich verunglückten Vater Adalbert Stifters, Johann Stifter, errichtet worden war, dem bei einem Flachs-Transport in die Spinnerei in Stadl-Paura hier am 3. Dezember 1817 die Pferde durchgegangen waren … »200 Schritte gegen Lambach hin von einem fallenden Flachswagen erschlagen«, schreibt Stifter 1846 in einem Brief an seinen Freund Hermann Meynert. Johann Stifters Grab befindet sich auf dem Friedhof von Gunskirchen, fern seiner Heimat Oberplan im Böhmerwald, wo seine Familie und der kleine 12-jährige Sohn Bertl vergeblich auf ihn gewartet haben …

Ich habe mich »mein Lebtag« für Erinnerungs- und Gedenkstätten (und Friedhöfe!) interessiert. Natürlich weiß ich aber und es ist mir bewußt, daß alles Memoriale in dieser Hinsicht ein wenig touristisch ist und nicht das Wesentliche der Literatur- und Geistesgeschichte ausmacht. Und mancher Gegenstand und manches so genannte »Souvenir«, das in Museen aufbewahrt und vorgezeigt wird, ist eher kurios als seriös, und nicht ohne Komik. Das »Souvenir« heißt, ins Deutsche übertragen, ja auch »Überbleibsel«, was bleibet aber stiften die Dichter, und sie schreiben es in ihre Bücher. Und auch das Bleibende, das Adalbert Stifter »gestiftet« hat, findet sich im »Nachsommer« und in der »Mappe meines Urgroßvaters«, im »Witiko« und nicht in einem Kuriositätenkabinett oder irgendeiner »Rumpelkammer« eines Heimatmuseums. Die großen, und das heißt in vielen Fällen auch umfangreichen, Werke muß man lesen, in sozusagen mühevoller und lustvoller Kleinarbeit und in Muße, das Werk muß man lesen, das »Beiwerk« kann man im Literaturmuseum betrachten...

Thomas Manns Roman-Tetralogie »Joseph und seine Brüder« kann schon für den Leser zu einem »Lebenswerk«, zu einer »Lebensaufgabe« werden, die Schreibmaschine, auf der Mann das Manuskript getippt hat, vielleicht auch das Manuskript selbst, das Chirograph, kann man im Vorübergehen im Heimatmuseum »besichtigen«... Es gibt ein Photo, aufgenommen von meinem Freund Hans-Jürgen Schrader, das mich an Wilhelm Raabes Schreibtisch im Braunschweiger Raabe-Haus zeigt, wo der große poetische Realist vielleicht »Pfisters Mühle«, »Altershausen« oder »Zum wilden Mann« geschrieben hat... Nichts also gegen Literatur- und Heimatmuseen! Ich habe seinerzeit in meinem Haus in Pichl bei Wels auf dem Weinberg auch selbst ein agrarisches »Kleinhäuslermuseum« zusammengesammelt und ausgestellt...

Sammeln als Leidenschaft. Peter Marginter hat das »zuständige« Buch über diese »Krankheit« geschrieben: »Der Sammlersammler. Für Käuze und Spinner« (1972). Natürlich wird es nachgerade auch ein kulturpolitisches und finanzielles Problem werden, die vielen Dichter- und Künstlerhäuser als solche zu erhalten und als Museen weiterzuführen. Alfred Kubin hat in Zwickledt bei Schärding in seinem Wohnschlössel eine würdige Gedenkstätte bekommen, die drei großen Besitzungen und Häuser, die Thomas Bernhard in Ohlsdorf, Traunkirchen und Ottnang hinterlassen hat, wird man, das heißt das Land Oberösterreich, nicht gleichermaßen als Gedenkstätten erhalten und »betreiben« können…

Eines der seltsamsten Literaturmuseen habe ich im vorigen Jahr nahe der Therme Abano bei Padua besucht: Arquà oder genauer Arquà Petrarca, wie es heute nach dem berühmten italienischen Dichter Francesco Petrarca heißt, der dort eine Villa besessen hat, in der er auch gestorben ist, im Jahre 1374, die berühmte Hauskatze zu seinen Füßen. Diese viel besungene Katze kann man nun, ausgestopft, in der zum Literaturmuseum mutierten Villa in Arquà in den Euganeischen Hügeln bestaunen. Daß sich eine Ortschaft im Toponym den Namen einer hochberühmten Persönlichkeit »einverleibt«, kommt wohl selten vor. In Deutschland denkt man vielleicht an das mittelfränkische Ober*eschenbach*, dessen offizielle Bezeichnung seit 1917 *Wolframs Eschenbach* lautet. Bedingung einer solchen Namenswahl ist wohl, daß der Namensgeber überragend – die Ortschaft aber nicht allzu groß ist. Nicht vorstellbar etwa wäre, daß sich Frankfurt am Main zu *Goethes Frankfurt* umbenannt hätte oder *Salzburg* zu *Mozarts Salzburg*… Öfter geschieht es freilich umgekehrt, daß sich ein Künstler nach einer Ortschaft, meist seinem Geburtsort, benennt. So ähnlich liegt der Fall bei Jacques Offenbach oder beim Maler Albin Egger-Lienz. Nur die sich überschätzenden Politiker, namentlich die Diktatoren, haben sich in einigen Ortsnamen breit gemacht und ein Denkmal setzen wollen. So wurde einmal aus St. Petersburg Leningrad. Mir reichen auch *Wittenberg* statt *Lutherstadt Wittenberg* und *Chemnitz* statt *Karl Marx-Stadt*…

Das beziehungsreichste und denkwürdigste Souvenir oder »Überbleibsel« eines Erdenbürgers, eines bedeutenden Kirchenmannes oder Künstlers etwa, sind natürlich seine »sterblichen Überreste«. In wie vielen Kirchen sind unter den Altären in gläsernen Särgen die Skelette der Heiligen »ausgestellt«. Die Kirche des aufgelassenen Augustiner Chorherren-Stiftes in Ranshofen, die ich auch zur Recherche meines Romans »Der geborene Gärtner« besucht und besichtigt habe, ist reich an solchen, oft gruselig anmutenden Sensationen. Und ganz besonders »angesprochen« – und erschreckt – haben mich in Castiglione delle Stiviere, in der Basilika des Heiligen Aloisius, die ich zur Einstimmung auf die Arbeit an meinem Roman »Aluigis Abbild« über meinen Namenspatron, den Prinzen Aloisius von Gonzaga, besucht habe, die »Vitrinen« mit den unverwesten, einbalsamierten, in Ordenstracht gekleideten Leichen der Nichten des Heiligen Aloisius, Cinthia, Gridonia und Olimpia, den Töchtern des Ridolfo di Gonzaga, seines »unheiligen« Bruders, den seine von ihm unterjochten Untertanen erschossen haben, jener drei Jungfrauen, die im Geiste und in der Verehrung ihres heiligen Onkels ein jesuitisches Institut für adelige Mädchen gegründet haben. Heute ist in Ablehnung aller Reliquien- und Totenkulte, des Aufbahrens und Erdbestattens der Vergangenheit, das Einäschern und Verbrennen der »sterblichen Überreste« in Krematorien, das von der Kirche lange heftig bekämpft und verpönt und am 2. Vatikanischen Konzil konziliant sanktioniert wurde, Brauch geworden. In den gewissen Instituten stauen sich die Särge in Warteschleifen. Eigentlich aber ist *Reliquie* ein »Überrest« und somit ein anderer Ausdruck für *Souvenir*… Und viele erst in der jüngeren Vergangenheit angelegte neue Friedhöfe sind eigentlich überflüssig geworden, weil die anfallenden Urnen, wenn die Asche nicht überhaupt verstreut oder ins Meer, in die Nordsee etwa, geworfen wird, platz- und raumsparend in kleinen Nischen in der Friedhofsmauer auf- oder abgestellt werden können.

Erdbestattet, und zwar im Garten seines Landhauses in der niederösterreichischen Gemeinde Kirchstetten, wurde der von vielen als Dichter hochgeachtete, von anderen aber wegen seiner Verstrickung in den Nationalsozialismus tief verachtete Lyriker Josef Weinheber, der sich im Jahr 1945 aus Angst vor den von Wien her anrückenden Russen das Leben genommen hat. Ich habe auf Einladung seines Sohnes und Erben Christian Weinheber-Janota und dessen Schwestern einige Tage im Kirchstettner Haus verbringen dürfen und abends dem Vortrag von Weinheber-Gedichten und Erinnerungen seiner Lebensgefährtin Janota im Arbeits- und Sterbezimmer des an Depressionen leidenden, alkoholkranken Dichters zuhören dürfen. Tagsüber haben wir, unbekümmert und jung, wie wir waren, im Garten Federball gespielt, und ich erinnere mich an eine gewisse Beklemmung und Hemmung, als ich den von ihrer Tochter Gabriele verschossenen Federball vom Grabhügel, der am Gartenrand zum Wald hin gelegen ist, aufheben mußte. Heute würde von der staatlichen und auch kirchlichen »Behörde« ein solches Privatgrab im eigenen Garten wohl kaum mehr erlaubt. Es war die Bewilligung wohl auch damals schon schwer zu bekommen. Daß dies im Falle Kirchstetten und Weinheber möglich war, zeugt von der auch nach Kriegsende ungebrochenen Beliebtheit und Prominenz des Verfassers der Gedichte von »Wien wörtlich«. Konfessionell gesehen ist der Kirchstettner Garten wohl kein »geweihter Gottesacker«, eher ein natürliches Biotop, wie es wohl auch den freireligiösen, eher in Goethes Sinn pantheistischen Vorstellungen Weinhebers entspricht. Weinheber, im Grunde ein »Heidenchrist«, hat ja wiederholt die Konfession gewechselt, zuerst anläßlich der Hochzeit mit seiner zweiten Frau Hedwig Krebs vom bereits verlassenen Katholizismus zum Protestantismus. Nach der Rückkehr seiner Frau zum Katholizismus hat auch er seine »Rekatholisierung« angekündigt. So konnte das Kirchstettner Pfarramt in seine »Sterbematrikel« zum Tod (Freitod) Weinhebers am 8. April 1945 eintragen: *reversus in corde...*

Ja, »es gibt mir etwas«, wenn ich im Stifter-Haus in Linz wie einst der Hausherr – oder war er nur Mieter? – die Treppe in den zweiten Stock mit Mühe hochsteige, den inzwischen eingebauten Lift verschmähend. Als älterer Mensch kommt man hier außer Atem und macht auf dem Absatz im ersten Stock am besten eine Schnaufpause. Es gibt sogar den Bericht eines Besuchers, der gesehen und beschrieben hat, wie sich der alte Dichter und seine Gattin Amalie die Treppe hochgequält haben. Schließlich bin ich aber inzwischen 15 Jahre älter als Stifter, der nur 63 Jahre alt geworden ist... Fast 15 Jahre älter als der große Dichter ist auch Johann Lachinger, mein Petriner Schulfreund und später Kommilitone im Germanistik-Studium in Wien, der große Stifter-Forscher und langjährige Leiter des Linzer Stifter-Hauses geworden... Er ist am 16. Oktober 2016 76jährig gestorben, sein Grab hat er am Linzer Kommunalfriedhof St. Barbara in unmittelbarer Nachbarschaft zum Grab und Denkmal Adalbert Stifters gefunden. »Sein Grab finden« – wie richtig und vielsagend ist hier dieser Ausdruck! Man darf vielleicht in diesem Fall auch ein wenig an die starke Neigung der Menschen in früherer Zeit denken, möglichst nahe am Gotteshaus und den Altären ihre ewige Ruhe zu finden. Die Mächtigen und Privilegierten des Klerus und des Adels erhielten ihre letzte Ruhestätte überhaupt in der Kirche selbst oder in einer Gruft und Krypta, in Katakomben. Die Kirche, der Anton Bruckner so treu als Organist im Alten Dom von Linz und im Stift St. Florian gedient hatte, hat dem überragenden Komponisten seinen letzten Willen erfüllt, seinen Metallsarg unter der Orgel, die heute seinen

Namen trägt, in der Krypta frei aufzustellen. So ist dieser »Keller« zu einem Wallfahrtsort nicht nur für Musik-Enthusiasten, sondern auch für einfache, von der Musik und besonders der »Musica sacra« Anton Bruckners tief berührte Menschen geworden. Seine Musik ist ein wahres Wunder. Und es ist verständlich und sozusagen kein Wunder, daß begeisterte Verehrer in ihm einen von Rom anerkannten Seligen sehen wollen ... *Nihil obstat?*

Brandstatt
Oder: Sich einen Namen machen

»Lust aufs Land« heißt ein Lesebuch im dtv-Verlag, das
Alexander Knecht und Günter Stolzenberger 2015 heraus-
gegeben haben. Auf dem Umschlag wird mit folgendem
Text geworben: »Der Stadt den Rücken kehren, hinaus
aufs Land, in die Natur – für eine kleine Weile oder gar
für immer! Von diesem Wunsch erzählen fünfundzwanzig
namhafte Autoren [...] in heiter skurrilen und berührenden
Geschichten. Wer Lust aufs Land hat, wird dieses Buch mit
großem Vergnügen lesen.« Im Nachwort zum Verhältnis
Stadt–Land heißt es: »Man hat sich an die Städter gewöhnt.
Die gegenseitigen Vorurteile sind einer gewissen Neugier
aufeinander gewichen. Obwohl es natürlich noch die Eingefleischten gibt, die wie Alois Brandstädter der Meinung
sind, dass die Städter vom Land keine Ahnung haben. Er
hat damit vielleicht sogar recht...« Hinter meinen Namen
müßte ich in diesem schwerwiegenden Fall eigentlich ein
dickes (Sic!) setzen. Als *Brandstätter* wurde und werde
ich oft verschrieben, daran habe ich mich fast schon gewöhnt. Ich habe auch 1990 in einem Text »Alois« für eine
Anthologie (»Nenne mir deinen lieben Namen, den du
mir so lang verborgen«) geschrieben: »Immer Ärger mit
Emil. Ärger ist das Ansagewort im Telegrammalphabet für
Ä und *Emil* für E.« Als *Brandstädter* mit Umlaut a (ä) und
dt statt tt wie im zitierten Nachwort bin ich bisher meiner
Erinnerung nach erst einmal verschrieben worden, be-
zeichnenderweise von Thomas Bernhard in einer Widmung, die er mir nach einer Lesung in Saarbrücken im

Jahr 1968 in das Buch »Amras« schrieb. Das Entstellen von Namen scheint in seinem Fall ein wenig Methode gewesen zu sein, der »Übertreibungskünstler« hat bekanntlich den Namen seines besten Freundes Karl Ignaz Hennetmair auf gleich mehrere Arten »transkribiert«... Den vielen Maier, Meier, Mayer, Mair etc. können es freilich auch Gutwilligere selten orthographisch recht machen. Daß ich gerade im Nachwort eines Lesebuchs über die »Lust aufs Land«, in dem ich neben den Idyllikern als Kritiker und Städter-Beschimpfer vertreten bin, als *Brandstädter* »bezeichnet« wurde, könnte nach einer veritablen Bosheit, eines Bernhard würdig, aussehen. Ist es aber sicher nicht, dafür bin ich nicht prominent genug, bin ja am Umschlag unter den »namhaften Autoren wie Eva Demski, Robert Gernhardt, Hermann Hesse, Siegfried Lenz und Herbert Rosendorfer« gar nicht genannt... Das Wort *namhaft* bedeutet ursprünglich freilich nur »einen Namen habend«. *Namhaft* ist jeder, der einen Identitätsausweis oder Paß hat, nicht nur jene wenigen, die Prominenten, also die »Herausragenden«, die sich »einen Namen gemacht haben«... Der Germanistik gelingt es freilich, ähnlich wie der Kriminalistik, auch jene, die sich einen falschen Namen gegeben oder gemacht haben, ein Pseudonym also, zu entlarven und *namhaft* zu machen... Schließlich gibt es ein Pseudonymen-Lexikon. Heute weiß man zum Beispiel, daß der 1804 erschienene Roman »Nachtwachen« nicht von »Bonaventura« stammt, sondern von dem Braunschweiger Dichter und Theaterdirektor August Klingemann... Ein Handschriftenfund im Jahr 1987 in Amsterdam hat diese Zuschreibung möglich gemacht.

Eigentlich ist der »Wutbürger«, der in meinem Buch »Zu Lasten der Briefträger« über die Städter als Land-Ignoranten herzieht, zwar eine Romanfigur, die freilich manches sagt, was ich als Schriftsteller in der Provinz unterschreiben könnte. »Rollenprosa« nennt es die Literaturwissenschaft. Vorsicht beim Interpretieren, denn da werden alle Schlüsse von einer Figur auf den Autor leicht zu Kurzschlüssen! Als Landflüchtiger, der nur die ersten 18 Jahre, also Kindheit und Jugend, auf dem Land in Oberösterreich gelebt hat und dann immer in Städten, wäre ich als Stadtkritiker mit antiurbanem Affekt nicht sehr überzeugend oder »authentisch«, wie man heute gerne sagt... Als *Brandstifter* hat mich tatsächlich einmal ein Saarbrücker Kollege, sogar österreichischer Landsmann, einem Gast aus der Tschechoslowakei, dem Prager Linguisten Alois Jedlicka, vorgestellt – es ist ihm offenbar der Spitzname, den ich an seinem Institut hatte, herausgerutscht, was ihm furchtbar peinlich war: Alois Brandstifter... Der Brandstetter als Brandstifter? Damals war ja auch Max Frischs Hörspiel »Biedermann und die Brandstifter« in aller Munde, es war die Zeit der RAF, der Ulrike Meinhof und des »Kaufhausbrandstifters« Andreas Baader, der »Baader-Meinhof-Bande«, wie der Boulevard es gern formulierte... Der »Kosename« *Brandy*, den mein Lehrer Hans Eggers benützte und den ich mir gern gefallen ließ, könnte freilich leicht als Anspielung auf einen Alkoholiker mißverstanden werden. Ich habe Brandy immer weniger als Spitznamen oder Necknamen, sondern als Kosenamen empfunden. Ich habe den Durst immer nur mit Bier gelöscht, Weinbrand, das »Feuerwasser«, war mir immer zu gefährlich, Wein überhaupt fremd.

Das Fulminante ist aber offenbar irgendwie mein Schicksal, obwohl das Feurige in meinem Falle, also im Falle eines Biertrinkers, auch eine Irreführung und Tarnung sein könnte... Auch Bier führt nicht immer zu »Bierruhe«. »Die Kunst des Schlafes« heißt ein Bildband, den mir meine Söhne zu den letzten Weihnachten geschenkt haben. Wer schläft, sündigt nicht, sage ich. Wer vorher sündigt, schläft besser, sagt der protestantische Sohn. Den Seinen gibt's der Herr im Schlaf, zitiere ich Psalm 127 ...

Brandstätter oder *Brandstetter* wird von den Namenkundlern als Wohnstattname eines auf einer Brandrodung siedelnden Bauern beschrieben. Der Vulgarname des Elternhauses meines Vaters in der Ortschaft Holzhäuseln, Gemeinde Tumeltsham, lautet Asingbauer. *Asing* von *absengen* ist ein Synonym von *Brand,* der Asingbauer (Osanger) ist also ein doppelter Brandstetter, und der Ortsname *Holzhäuseln* für einen Weiler am Rande der Gemeinde Tumeltsham bei Ried im Innkreis nach Peterskirchen hin – auch in der Gemeinde Schallerbach-Wallern gibt es eine Ortschaft *Holzhäuseln* – klingt ja wohl überhaupt »brandgefährlich«, wo sich doch Holz so leicht entzündet, in *Steinhaus* oder *Eisenstadt* fühlt man sich wohl sicherer und wohler ... Holz als Heizmaterial ist von sich aus ein »Brandbeschleuniger«, brennt wie Zunder. Mich hat übrigens schon mein Familienname mit dem Emil vor den Dummheiten der sogenannten Rechtschreibreformer bewahrt, an den Personennamen haben sie sich freilich nicht vergriffen, denn sonst hätte, wie aus der *Gemse* die *Gämse* wurde, ja aus Brandstetter wirklich ein Brandstätter werden müssen und aus der Enns eine Änns (nach der Wurzel Anisa). Gott bewahre!

Das Land-Stadt-Thema bedeutet für einen Österreicher zumeist »Wien und die Bundesländer«. Wien ist freilich im Sinne der Verwaltung auch ein Bundesland, der Bürgermeister von Wien ein Landeshauptmann. Ist das für die Hauptstadt nun eine Erhöhung oder eine »Erniedrigung«? Früher, bis zum Jahre 1986, war Wien nicht nur Bundeshauptstadt, sondern, durch den Sitz der niederösterreichischen Landesregierung in der Herrengasse, auch die Hauptstadt Niederösterreichs. Dann haben sich die Niederösterreicher davongemacht, Sezession und Distanzierung betrieben, sind von Wien abgerückt und haben St. Pölten zu ihrer Landeshauptstadt gemacht. Wiener Neustadt und Krems hatten das Nachsehen... Der Landespatron Niederösterreichs ist aber keineswegs ein Heiliger namens Pölten. Pölten ist ein verkürztes, mundartliches Hippolyt, und dieser war ein römischer Kirchenvater des 3. Jahrhunderts. Der Name ist, könnte man sagen, von weit her geholt... Man wird aus dem, was über den Diözesanheiligen von St. Pölten in den Hagiographien steht und über die Namensgebung St. Pöltens, das früher nach dem Fluß Traisen Traisma hieß, nicht leicht klug. Ein Kabarettist, also ein Witzbold, hat geraten, man sollte St. Pölten nach dem Landeshauptmann Siegfried Ludwig, der St. Pölten als Hauptstadt durchgesetzt hat, in Ludwigsburg umbenennen...

Große Popularität war dem Ortsheiligen Hippolyt wohl nicht beschieden, wenn der ihm geweihte und gewidmete Dom heute eine Mariä-Himmelfahrts-Kirche ist und im Dom selbst der ursprüngliche Hippolyt-Hauptaltar zum Seitenaltar »degradiert« wurde. Man spricht in kirchlicher Terminologie von der Heiligkeit als der »Ehre der Altäre«. Gibt es vielleicht so etwas wie eine Abstufung, eine Ehre des Hauptaltares und eine verminderte Ehre der Seitenaltäre, so wie es im weltlichen Bereich goldene und silberne Ehrenzeichen gibt? Der Landespatron Niederösterreichs ist aber bekanntlich der Babenberger Herzog Leopold III. (1073–1136) der »Heilige«, auch der »Milde« oder der »Fromme« genannt, sein Tag der 15. November, und begraben liegt er im Stift Klosterneuburg, das ihm seine Gründung verdankt...

Es gibt in Deutschland und in Österreich einige Ortschaften mit dem Namen *Brandstatt*. Auch in meiner Herkunftsgemeinde Pichl bei Wels heißt ein Weiler *Brandstatt*. Ich selbst stamme aber nicht aus diesem Brandstatt, bin somit kein *Brandstatter*. Die Hausnummer 1 der Ortschaft

Brandstatt am äußersten Rand des Gemeindegebietes von Pichl nach Grieskirchen und Bad Schallerbrach hin ist ein Anwesen, das »Urlaub am Bauernhof« anbietet. Die Ortschaft *Brandstatt* hat nur zwei Hausnummern, das erwähnte Anwesen sowie ein zweites, Brandstatt 2. Die beiden Bauernhäuser heißen mit den Vulgonamen »Oberbrandstätter« und »Unterbrandstätter« (ausgesprochen als Brandstet(t)na, transkribiert oder lemmatisiert also eigentlich *Brandstättner*). Die Familiennamen der Besitzer der Höfe wechseln natürlich ständig, die Vulgonamen aber sind über Jahrhunderte gleichlautend geblieben. Wird ein Bauernhof zum Erbhof ernannt, dann ist es vor allem der Vulgoname, der die Ehrwürdigkeit beredt zum Ausdruck bringt... Der Weiler *Brandstatt* hat nur zwei Häuser, er wird aber übertroffen oder unterboten von der Ortschaft *Pühret*, die überhaupt nur aus einem Haus, dem Gehöft *Pühringer*, besteht. Ich stamme aus einem Dorf mit vier Häusern. Das nenne ich kleinräumig... Die Endung -et in *Pühret* wie auch in *Aichet* deutet auf ein Kollektivum hin, in diesen Fällen also auf eine Mehrzahl von Birken oder Eichen. Ein sprechender, sozusagen vielsagender Vulgoname ist beispielsweise der auch als Familienname vorkommende *Himmelbauer*. Natürlich war der *Himmelbauer* ursprünglich ein Bergbauer. Der *Teufelberger* siedelte in einer finsteren Schlucht, doch daß der Familienname *Teufel* wirklich ein »auf List, Falschheit usw. des Teufels bezogen« sei, wie Maria Hornung in ihrem »Lexikon österreichischer Familiennamen« schreibt, verwundert eher, wenn man so viele liebe Menschen dieses Namens kennt... Unser langjähriger Gemeindearzt zum Beispiel hieß Dr. Johannes Teufel. Es gab natürlich auch Bischöfe, die *Teufel* geheißen haben und keineswegs Teufel gewesen sind, wie es andererseits wirklich diabolische Menschen gegeben hat, die *Engel* geheißen haben und Bengel gewesen sind. In die Namen ist sicher immer Geschichte eingegangen, aber heute ist auf sie kein Verlaß mehr…

Die Oberösterreicher haben übrigens den frühchristlichen Heiligen und Märtyrer Florian, den Nothelfer und Schutzheiligen bei Feuersbrünsten, zu ihrem Landespatron gewählt und sich vom Niederösterreicher Leopold losgesagt.

Das bekannteste *Brandstatt* aber ist sicher jenes im Gemeindegebiet von Pupping an der Donau mit einer Schiffsanlegestelle. Sollte es dort in einem früheren Jahrhundert einmal gebrannt haben, was der Ortsname ja nahelegt, dann hat die Feuerwehr an der vorüberfließenden Donau sicher nicht mit Wassermangel zu kämpfen gehabt. Dort brauchte es sicher keinen Löschteich wie in der Ortschaft Brandstatt auf dem Dingberg. Die Einheimischen sagen übrigens immer »in *der* Brandstatt« und nicht »in Brandstatt«. Und eine Stadt ist diese Stätte zwischen Eferding und Hartkirchen natürlich nicht…

Im Jahr 994 ist der Bischof Wolfgang von Regensburg auf einer Visitationsreise in die Besitzungen im Osten krankheitsbedingt »in der Brandstatt« angelandet und in der Kapelle von Pupping, sozusagen »coram publico«, gestorben, weil er den Menschen ausdrücklich erlaubt hat, an sein Sterbelager am Altar zu treten. Er hat wirklich »das Zeitliche gesegnet«… Die Menschen sollten sehen, wie ein Christ stirbt, und sich ein Beispiel für ihr eigenes Hinscheiden nehmen. Auch für die »Ars moriendi«, die »Kunst des Sterbens«, galt »Exemplum docet«, Beispiele sind lehrreich… Leider durfte Pupping den Verstorbenen nicht behalten und an Ort und Stelle bestatten. Die Regensburger haben ihren Bischof auf dem Karren nach Brandstatt und von dort mit Schiff und Treidel die Donau aufwärts nach Regensburg zurückgebracht und in St. Emmeram beigesetzt. 1052 wurde er bereits durch Papst Leo IX. »zur Ehre der Altäre erhoben«. Hätte Wolfgang – der Name bedeutet »der dem Wolf entgegengeht« – in Pupping seine Grablege gefunden, dann wäre Pupping heute bedeutender als Eferding und besäße statt der bescheidenen Kapelle eine Kathedrale mit einem himmelhohen Turm wie die Eferdinger Stadtpfarrkirche, und nicht bloß einen kleinen Dachreiter. Und eine große Wallfahrt...

Am Altar erschossen worden ist der Erzbischof Oscar Arnulfo Romero y Galdamez, und zwar während einer Messe in der Krankenhauskapelle von San Salvador. Papst Franziskus hat ihn am 23. März 2015 seliggesprochen. Sein Vorvorgänger Johannes Paul II. stand der sogenannten Befreiungstheologie, die aus der Doctrina Christiana und der Bibel unmittelbare politische Konsequenzen zieht und als deren prominentester Vertreter Bischof Romero galt, noch sehr kritisch gegenüber, was wir seinerzeit mit Erstaunen daran sehen konnten, daß er bei seinem Besuch in Nicaragua den Priesterdichter und Kulturminister Ernesto Cardenal, der sich als »Sandinist, Marxist und Christ« in dieser Reihenfolge definierte, gemaßregelt und ihm mit ernster Miene den drohenden Zeigefinger gezeigt hat. Janko Messner, der verstorbene Kärntner slowenische Dichter, der mit Cardenal in Verbindung stand und ihn wiederholt besucht hat, hat mir nach einem seiner Besuche das Buch »Antologia« mit einer Widmung mitgebracht: *Para Alois Brandstätter un cordial saludo. Ernesto Cardenal, Nicaragua, 31 de anero de 1985.* In diesem Jahr 1985 war Cardenal noch Kulturminister, das war auch das Jahr, in dem er durch Rom seines Priesteramts verlustig ging, nachdem er, wie auch sein Bruder Fernando Cardenal, der Erziehungsminister wurde, aus dem Jesuitenorden ausgeschlossen worden war. Einem so bedeutenden *homo politicus* und Revolutionär verzeiht man gern, wenn er, wie in meinem Fall, den Namen falsch oder nicht ganz korrekt schreibt. Und weil es sich um einen spanischsprachigen »geistlichen« Autor handelt, sage ich römischkatholisch: *Absolucion para Ernesto Cardenal.* Ich will nicht so päpstlich wie der Papst sein ... Ich weiß ja, daß er von mir wahrscheinlich nur gewußt hat, was ihm Janko Messner erzählt hat: Ich sei ein Schriftsteller und Kollege, aber auch einer jener »Wohltäter«, von denen Messner Spenden für Sozialprojekte in Nicaragua gesammelt hat.

Daß Eigennamen sozusagen wirklich etwas Eigenes und Eigentümliches sind, mit denen man nicht »spaßen«, also Scherz und Allotria treiben sollte, hat uns schließlich Johann Wolfgang von Goethe im zehnten Buch von »Dichtung und Wahrheit« gelehrt, wo er sich über die »Volksetymologien«, also falschen Herleitungen seines Namens, gegenüber Herder verwahrt, der ihm in Straßburg ein Billett geschickt hat mit der Bitte um Bücher, die er offenbar in Goethes Quartier gesehen hatte, das so schließt: »Der von Göttern du stammst, von Goten oder vom Kote, Goethe, sende mir sie.« »Es war freilich nicht fein, daß er sich mit meinem Namen diesen Spaß erlaubte; denn der Eigenname eines Menschen ist nicht etwa wie ein Mantel, der bloß um ihn her hängt und an dem man allenfalls noch zupfen und zerren kann, sondern ein vollkommen passendes Kleid, ja wie die Haut selbst ihm über und über angewachsen, an der man nicht schaben und schinden darf, ohne ihn selbst zu verletzen.« Es kann aber sein, daß der junge Goethe selbst gegen diese Namens-Keuschheit gesündigt hat. So kann man es vielleicht verstehen, wenn er im zweiten Buch von »Dichtung und Wahrheit« über Klopstock schreibt: »Aus der Ferne machte jedoch der Name Klopstock auch schon auf uns eine große Wirkung. Im Anfang wunderte man sich, wie ein so vortrefflicher Mann so wunderlich heißen könne; doch gewöhnte man sich bald daran und dachte nicht mehr an die Bedeutung dieser Silben ...« Sollte er also jemals über

36

diesen merkwürdigen Namen gespottet haben, dann hat er spätestens in »Die Leiden des jungen Werther« Abbitte und Wiedergutmachung geleistet: Werther und Lotte treten bei einer Abendveranstaltung beiseite an ein geöffnetes Fenster, sie blicken in die Nacht hinaus, und Lotte sagt tiefergriffen, »tränenvoll«, nur ein Wort: »Klopstock…« Darauf Werther: »Ich erinnerte mich sogleich der herrlichen Ode, die ihr in Gedanken lag, und versank in dem Strome von Empfindungen, den sie in dieser Losung über mich ausgoß.«

Und eine besonders beherzigenswerte Lektion über die Bedeutung der Namen und natürlich der durch sie bezeichneten Personen erteilt Heinrich Heine in dem titelgebenden Gedicht »Donna Clara« der Anthologie »Nenne mir deinen lieben Namen…«. Donna Clara bittet also den Ritter, in den sie unsterblich verliebt ist, ihr endlich seinen lieben Namen zu sagen. Er zögert die Antwort durch Zwischenfragen nach ihrer Treue hinaus, die sie, mit antisemitischen Ausfällen untermischt, ihre Liebe beteuernd, beantwortet. »Ach laß die Juden!«, sagt der Ritter wiederholt. Schließlich aber: »Ich, Sennora, Eu'r Geliebter/ Bin der Sohn des vielbelobten,/ Großen, schriftgelehrten Rabbi/ Israel von Saragossa…«

Im Pseudonymen-Lexikon sind eine Vielzahl von Menschen, hauptsächlich Künstler, verzeichnet, die offenbar mit ihrem Familiennamen aus irgendeinem, oft naheliegenden Grund unzufrieden waren und sich einen anderen, unverfänglichen oder vermeintlich schöneren Namen erfanden und gegeben haben. Ein besonders drastischer und darum verständlicher Fall ist der des Wiener Schauspielers Oskar Werner, der ursprünglich Josef Bschließmeier hieß. Aus Verehrung für den großen alten Kollegen Werner Krauß gab er sich dessen Vornamen als Nachnamen. Und Oskar gefiel ihm offenbar besser als das biedere Josef… Israel wie der Rabbi von Saragossa und sein Sohn, in den

Donna Clara unsterblich verliebt ist, hießen auch die Eltern einer meiner Bekannten im Saarland. Sie haben sich aber aus (falscher) Rücksicht auf den verheerenden Zeitgeist zu Beginn der Nazizeit umbenannt, oder »umtaufen« lassen, wie man diesen Vorgang theologisch inkorrekt auch genannt hat. Ihr neuer Name rekurrierte auf den »deutschen Gau«, in dem sie wohnten, und lautete Eifler...

Brandstetters Narrenschiff

Wer angibt, hat mehr vom Leben? In diesem Sinn habe ich
meinen Roman »Die Mühle« meinen »Nachsommer« genannt: viel gelobt und wenig gelesen … Als Wiederholungs-
täter will ich nun das Buch »Der Leumund des Löwen. Geschichten von großen Tieren und Menschen«, das 1994 als
Taschenbuch mit einem grandiosen, von Celestino Piatti
gestalteten Cover – dem Bild eines stolzen Löwen, der sich
ein Mascherl, eine »Fliege« umbindet – bei DTV erschienen ist, mein, also »Brandstetters Narrenschiff« nennen.
Sebastian Brant möge mir verzeihen, obwohl Nachsicht
natürlich nicht seine Stärke war … vor allem nicht in seinem »Narrenschiff«, von dem es im Nachwort der Ausgabe
von 1964 von Hans-Joachim Mähl heißt, daß »niemals bis
zu Goethes ›Werther‹ (…) einem literarischen Werk in deutscher Sprache ein so durchschlagender Erfolg und eine so
nachhaltige Wirkung wie dem 1494 zu Basel erschienenen ›Narrenschiff‹ Sebastian Brants beschieden gewesen«
sei … Und an wie vielen Narren geißelt Brant gerade die
Renommiersucht und Angeberei, ganz besonders im Kapitel »Selbstgefälligkeit«: »Der rühret wohl den Narrenbrei, /
Wer wähnet, daß er weise sei. / Und wer sich selbst gefällt
gar wohl. / In den Spiegel sieht er stets wie toll / Und kann
doch nicht bemerken das: / Daß er 'nen Narren sieht im
Glas …« *Political correctness* war Brant auch noch fremd,
ebenso die Gendertheorie: »Solch Ding gefällt den Weibern
gut, / Ohn Spiegel keine etwas tut.« Verglichen mit Brant
ist Brandstetter ein Skrupulant … Ein Schriftsteller, der wie
Brant als Moralist auftritt und unterwegs ist, darf, um Auf-
sehen zu erregen und Erfolg zu haben, natürlich auch vor

einem Skandal nicht zurückschrecken. Das könnte man von Sebastian Brant und der extrem polemischen Literatur seiner Zeit lernen. Auch Abraham a Sancta Clara, der Wiener Hofprediger aus Schwaben, aus Kreenheinstetten bei Meßkirch, mit bürgerlichem Namen Johann Ulrich Megerle, mit dem ich in mancher Rezension in Beziehung gebracht wurde, war provokant und unbekümmert skandalös zu Gange. Mit meinem Roman »Zu Lasten der Briefträger« wäre mir fast ein Skandal gelungen, als sich die Tierärzte-Kammer über das Kapitel der liederlichen »Fleischbeschau« und der Kumpanei zwischen Fleischhauer und Fleischbeschauer, das ich bei den Rauriser Literaturtagen gelesen hatte und das auszugsweise im Rundfunk übertragen wurde, bitter beschwerte und empörte. Auch Lehrer haben sich beschwert über ein Kapitel, in dem ich das mangelnde Interesse der Schulmeister an kulturellen Aktivitäten auf dem Land anprangerte. Sie seien nur rührig und beflissen in der Mitarbeit an den örtlichen Vereinen, bis sie ihr Ziel, eine günstige Beurteilung im »Objektivierungsverfahren« für die ausgeschriebene Stelle des Schulleiters und dann die Stelle selbst erreicht hätten, woraufhin sie keinen Finger mehr rührten... Auf Grund ähnlicher »Invektiven« im Briefträger-Roman, an dem natürlich auch die Post keine besondere Freude hatte, erwarb ich mir immerhin den Ruf eines »gesellschaftskritischen« Autors, der aber bald wieder ganz vom Odium des »Humoristen« absorbiert wurde. Aber gegen den Humor habe ich ja nichts, allenfalls gegen »seltsame Humore«, wie sie Shakespeare den Fürsten nachsagt...

Sebastian Brant, wie wohl auch Erasmus von Rotterdam in seinem »Lob der Torheit«, hält ja auch die Sünde, die Verfehlungen und Verbrechen und Vergehen, vor allem für menschliche Dummheit. Der Sünder ist immer auch ein Tor. Die Welt ist ein Tollhaus. Im Kapitel über Ehebruch und vor allem im Kapitel »Von Buhlschaft«, in dem Venus »mit dem strohenen Steiß« über all die Ehebrüche, die ihre Söhne Cupido und Amor mit ihren Pfeilen aus dem Liebesköcher anrichten, sinniert, steht zu lesen: »Und wen die Pfeile treffen, der verliert den Witz.« *Witz* ist gleichzusetzen mit »Verstand«. Das umschreibt auch das alte Sprichwort »Amantes amentes«, Liebe ist Wahnsinn. Was wäre doch alles unterblieben, sagt Venus, wenn die betreffenden, von den Pfeilen Getroffenen, Widerstand gegen die Versuchungen geleistet hätten, statt ihnen nachzugeben. Brant führt uns mit vielen Anspielungen durch die Mythologie der Griechen und Römer an Hand prominenter Fälle von Ehebruch und Buhlschaft: Dido in Karthago hätte sich den Suizid erspart, wenn sie sich nicht in Eneas vergafft hätte. Ja, welche Blamage hätte sich Mars (Ares) erspart, wenn er nicht von Hephaistos beim Liebeslager mit Venus (Aphrodite) persönlich überrascht, in Ketten und Netze gelegt und so zum Gespött der herbeigeeilten Götter geworden wäre. Und Ovid hätte nicht das Wohlwollen, die »Gunst«, des Kaisers Augustus eingebüßt und wäre nicht nach Tomi am Schwarzen Meer verbannt worden, »hätt nicht gelehrt er der Buhler Kunst«... Viel Unglück – und viel Literatur wäre also unterblieben... »Die Buhlschaft dient einem jeden Stande / Zu Spott und Narrheit und zur Schande.« Ja, was wäre ohne die Libido nicht alles unterblieben, die wunderbare griechische Mythologie, aber auch der Großteil der abendländischen Literatur von Gustave Flauberts »Madame Bovary« und Theodor Fontanes »Effi Briest« bis in unsere Gegenwart... In der Belletristik gäbe es nur zwei Themen, sagte der verstorbene Marcel Reich-Ranicki, zu dessen Favoriten ich leider nicht zählte: die Liebe und den Tod. Früher sagten die Gebildeten: Eros und Thanatos...

An der Spitze der Narren aber steht in Brants »Narrenschiff« der Büchernarr: Er ist der Obernarr. Unter dem

Holzschnitt, der einen Narren mit Narrenkappe und mittelalterlicher Brille und einem Palmwedel oder »Borstwisch« zeigt, mit dem er die vor ihm in einem Pult liegenden Bücher abstaubt, steht das Motto: »Im Narrentanz voran ich gehe, / Da ich viel Bücher um mich sehe, / Die ich nicht lese und verstehe.« Der Büchernarr brüstet sich einerseits damit, daß er einen »groben Sinn« hat und »deutschen Ordens« ist, aber immerhin so viel Latein kann, daß er einem Gelehrten mit »Ita« antworten kann und weiß, daß *vinum* »Wein« heißt und *stultus* »Tor«. Brant beruft sich sozusagen auf seinen gesunden Hausverstand und sagt, daß ein Phantast wird, »wer viel studiert«.

Es ist evident, daß auch heute das Bücherkaufen und Büchersammeln zum Problem werden kann, zu einem Raumproblem und, ökonomisch gesehen, zu einer Belastung, und genaugenommen zu einer Dummheit. Friederike Mayröcker hat sich eben in einem Interview in diesem Sinne geäußert: »Ich schaffe mir Bücher an, die ich wohl kaum in der restlichen Lebenszeit werde lesen können. Aber ich besitze sie ...« Nun hört man aber von großen Privatbibliotheken von Gelehrten, die – gewaltig wie einst die untergegangene Bibliothek des Ptolemäos in Alexandria, die Sebastian Brant im Büchernarren-Kapitel erwähnt – nach dem Tod ihrer Besitzer zum Stück- oder Kilopreis von Antiquaren übernommen, den Erben jener Schätze »abgenommen« werden ... Eine Besonderheit und eigentlich ein Oxymoron, ein Wortwitz, ist im übrigen der Ausdruck Neuantiquariat.

»Wer viel studiert, wird ein Phantast«, schreibt also der Dekan der Universität Basel, der Elsässer Sebastian Brant, im »Narrenschiff«! Phantasie bedeutet hier also nichts Positives, sondern Verrücktheit und Wahnsinn. Dieser Meinung, daß Studieren gefährlich ist oder sein könnte und in den psychischen Ruin führen kann, bin ich auch oft in meinem Herkunftsmilieu auf dem Land begegnet. *Studieren* ist oft auch ein Synonym für *sinnieren,* und *sinnieren* heißt *obsessiv grübeln.* Gerade auch von Theologiestudenten und Bauernsöhnen war manchmal die Rede, die sich »verstudiert« haben oder »studierend geworden« sind, und wenn sie es bis zum Priestertum geschafft hatten, den Anforderungen ihres Dienstes nicht gewachsen waren. Von einem geistlichen Religionslehrer an unserem Gymnasium wurde erzählt, daß er jedes Mal beim Zelebrieren der Messe, namentlich bei der Wandlung, zu zittern beginne und Schweißausbrüche erleide, daß er stocke und kaum fortfahren könne. Ein befreundeter Priester sagte mir, daß jene Geistlichen, die schwer »wandeln« können, als »Hokker« bezeichnet wurden, was aber nicht vom Verbum *hokken* komme, sondern vom lateinischen *hoc* in den Wandlungsworten: »*Hoc est enim corpus meum.*« Bei diesem *Hoc* aber stocken die als »Hocker« bezeichneten überfrommen Geistlichen. Von ähnlichen Skrupeln ist übrigens auch in den Biographien Martin Luthers die Rede, auch von seinen Sündenängsten, die ihn im Kloster anfangs oft zweimal am Tag in den Beichtstuhl trieben, oft schon vor der Matutin, wenn er nachts eine »Pollution« erlitten hatte, wovon er auch in den Tischreden berichtet. Immer bedrängte ihn die Frage: Wie bekomme ich einen gnädigen Gott? Bis er sich zur »Freiheit eines Christenmenschen« durchgerungen hat und zum vielzitierten Grundsatz: »Sündige tapfer, doch tapferer glaube und freue dich in Jesus Christus, der Sünde, Tod und Teufel besiegt hat.« Und die biographische Rede ist auch davon, daß er bei seinem ersten Aufenthalt in Rom, wohin er den Ordensoberen der Augustiner Eremiten, seinen Vorgesetzten Johann von Staupitz, begleiten durfte, über die Leichtfertigkeit junger italienischer Kleriker entsetzt und erschüttert war, die sich gegenseitig durch schnelles Messelesen zu überbieten suchten und sich aus dem Altardienst einen Jux machten. Luthers Antwort auf die Not der Kleriker und der Gläubigen mit der sogenannten »Transsubstantiation« war eine Abkehr vom alten theologischen Verständnis der Wandlung hin zu einem symbolischen Verständnis: »Das meint oder bedeutet meinen Leib« statt »Das ist mein Leib«, »Das bedeutet mein Blut« statt »Das ist mein Blut«. Und mit seiner Ansicht vom »allgemeinen Priestertum der Gläubigen« hat er ein neues Berufsbild des »Pastors«, des »Presbyters«, geschaffen und das alte Verständnis vom »hochwürdigen Herrn«, der durch die Priesterweihe die unerhörte, sozusagen mantische Fähigkeit zu »wandeln« erhält, weitgehend »entzaubert«. Das Wort *Hokuspokus* wird bekanntlich als die verballhornte Form von »Hoc est enim corpus...« erklärt – eine nüchterne und ernüchternde Antwort der lateinunkundigen Bauern auf die Wandlungsworte. Mein Freund Hans-Jürgen Schrader hat mich in diesem Zusammenhang aber darauf aufmerksam gemacht, daß Martin Luther im Gegensatz zu Thomas Müntzer, und vor allem zu Calvin und Zwingli, an der sogenannten Realpräsenz Christi im Altarssakrament bis zuletzt festgehalten hat.

Ich habe in meinem Roman »Vom Manne aus Eicha«, einer fiktiven Autobiographie des Koloman Fellner (1750–1818), wiederholt auch den Lambacher Pater Maurus Lindemayr zitiert, der bei der »Rekatholisierung« Oberösterreichs in der Gegenreformation eine große Rolle spielte und sich – er war ja auch ein Schriftsteller und gilt als der erste bedeutende Mundartdichter Österreichs – sehr ironisch und polemisch über Bauern vernehmen läßt, die sich plötzlich wie Geistliche gebärden und in ihre Häuser Nachbarn zu Bibelrunden einladen, obwohl sie doch keinerlei Theologie studiert haben ... Polemisch wie Luther über die »Papisten« lästert, lästert Lindemayr nun über Luther und die Lutheraner, wenn vielleicht auch nicht immer auf Luthers literarischem Niveau ... Ich habe auch von meinem Vater konfessionelle Spottsprüche auf Luther in Erinnerung, die an Maliziosität und Deftigkeit nichts zu wünschen übriglassen und die ein moderater Satiriker wie ich nicht zitieren mag ...

Sebastian Brant liest sich in vielem wie ein Progone und Vorläufer des Reformators Martin Luther. So macht er sich auch schon über den Reliquienkult lustig, von dem im Essay »Reliquien und Souvenirs« in diesem Buch die Rede ist. Im 63. Kapitel des »Narrenschiffs«, das »Von Bettlern« handelt – womit auch die Mönche der Bettelorden gemeint sind –, kommt Brant auch auf die »Heiltumführer« zu sprechen, »die keiner Kirmeß vorübergehn / Und schrein, sie führten in dem Sack / Das Heu, das tief vergraben lag / Unter der Krippe zu Bethlehem. / Eine Feder aus Sankt Michaels Flügel / Und von Sankt Jörgs Roß den Zügel / Oder die Bundschuh von Sankt Claren.« Es ist aber nicht nur von Geschäftemachern mit Heiligtümern, also Reliquien, die Rede, sondern auch von jenen Bettlern, die in meiner Mundart »Fechter« genannt wurden, die »milde Gaben heischen«... Und von vielerlei Tricks, wie: »Der geht auf Krükken bei Tageslicht / Wenn er allein ist, braucht er sie nicht.« Ein anderer markiert mit Hilfe eines »Totenbeins«, das er sich unter das Wams bindet, mitleiderregend einen Krüppel ... Und der Schluß von alldem: »Mit Betteln nähren viele sich. / Die reicher sind als du und ich.«

Einen moderaten Zeitgeistkritiker habe ich mich genannt. Was aber nun mein eigenes Narrenschiff, das Buch »Der Leumund des Löwen« betrifft, so habe ich mir biologische Autoritäten, Vater und Mutter, »vorgenommen«, vor allem aber die »Götter in Weiß«, den hohen Klerus, Stardirigenten, Heldentenöre, Chefredakteure, Ehrenbürger und Spitzensportler, alles Zeitgenossen, die schon sprachlich »viel hermachen« und groß auftrumpfen. Gerade ist in den Zeitungen wieder von einem »Starautor« die Rede, der einen hochdotierten Preis bekommt ... Ein jugendlicher Zuhörer, ein Lehrling in einem Sportwarengeschäft, hat mich aber in einer an die Lesung des Textes »Spitzensportler« anschließenden Diskussion nachdenklich gemacht, weil er gesagt hat, er fände es schäbig, daß in meiner Geschichte die Söhne von Bergbauern auf abgelegenen Höfen lächerlich gemacht würden, die kaum eine Schule besuchen könnten, als Skirennläufer aber berühmt und zu Stars würden, vor lauter Trainieren nicht zum Lernen kämen, kaum lesen und ihren Namen auf Autogrammkarten schreiben könnten, wie ich es überspitzt dargestellt hatte. Da ruderte ich zurück und entschuldigte mich damit, daß ich wohl auch ein »Übertreibungskünstler« sei, daß aber meine Sympathie eigentlich ganz bei jenen liege, denen eine große Karriere nicht in die Wiege gelegt sei, die soziale Defizite und oft auch körperliche Handicaps verkraften müßten und sich nur unter großen Entbehrungen und übermenschlichen Anstrengungen zu einer besonderen Stellung oder zu Ruhm durchkämpfen könnten. Einschränkend gab ich aber auch meine Meinung kund, daß es in meinen Augen manch zeitgeistigen und unwürdigen Unfug gäbe, für den sich Menschen krummlegten und sinnlose Opfer brächten. Ich kann viele, die im »Guinness-Buch der Rekorde« stehen, nicht bewundern, einen zum Beispiel, der fünf Pakkungen Kartoffelchips auf einmal verdrückt hat ...

Und »bäurisch« oder »bäuerlich« ist bei mir, dem Sohn eines Müllers und Kleinlandwirts, ganz anders als bei Sebastian Brant, dem Sohn aus reichem Straßburger Haus und Dekan in Basel, kein Schimpfwort. Wenn im »Narrenschiff« Brants wie auch in den Fastnachtsspielen von Hans Folz und Hans Sachs das Wort *bäurisch* vorkommt, wie auch das Wort *Weiber*, dann hagelt es meistens Spott. Im Kapitel 110a, einem Art Anhang zu 110 (»Verleumdung des Guten«) bringt Brant eine der sogenannten, in seiner Zeit beliebten, grobianischen Tischzuchten, in der *bäurisch* wahrlich im Gegensatz zu *höfisch* und *fein* der Inbegriff des Unkultivierten, Unappetitlichen ist: »Bei Tisch begeht man Grobheit viel, /Die zähl man auch zum Narrenspiel, / Von der zuletzt ich sprechen will. (...) Beim Trinken und beim Essen / Sind sie grob und unerfahren, / Daß man sie heißt bäurische Narren.« Geradezu animalisch, das heißt tierisch, ist das Vokabular der »Tischzucht« im Narrenschiff: Die Bauern haben ein *Maul*, ja, wie ihr Vieh einen *Rüssel*, sie schlingern und spucken aus, sie furzen, sie »kratzen sich derb am Grinde«. Nase und Finger wischen sie am Tischtuch ab etc. etc. Am Schluß bringt Brant freilich eine Art Entschuldigung für gastronomisches Fehlverhalten, weil es sich bei jenen unfeinen und unmanierlichen Essern eben nicht um Adelige, sondern um arme Leute handelt: »Ein armer Mann läßt sich begnügen, / Was Gott ihm gibt, muß ihm genügen / Er braucht nicht jede Hofzucht pflegen. / Wer aber auf das Tischgebet vergißt, / ist und bleibt ein Narr ...«

Das Kapitel 64 »Von bösen Weibern« hat als Motto: »Mancher, der ritte gern spat und fru, /Käm er vor Frauen nur dazu: / Die lassen dem Esel selten Ruh.« Dann beruft sich Brant, ein »Doktor beider Rechte«, wie er sich schon stolz im Incipit nennt, auf das positive, wohlwollende Urteil, das er über (ehrbare) Frauen schon in der Vorrede abgegeben hat. Es sollen »ehrbare Frauen ihm schenken / Verzeihung, denn ihrer will ich gedenken / Wie billig in keiner argen Art.« Da hat er aber schon vorher klargemacht: »In den Narrenspiegel sollen schauen / Die Menschen alle, Männer, Frauen; / Die einen wie die andern ich mein: /Die Männer sind nicht Narrn allein, / Man findet auch Närrinnen viel, / Denen ich Kopftuch, Schleier und Will / Mit Narrenkappe hier bedecke.« *Will* kommt von lateinisch *velum* und meint den Schleier der Nonnen ... Und es sind nicht nur die alten Frauen, die er sich vorknöpft: »Auch Mädchen haben Narrenröcke; / Sie wollen jetzt tragen offenbar, / Was sonst für Männer schändlich war: / Spitze Schuh und ausgeschnittene Röcke, / Daß man den Milchmarkt nicht bedecke.« Im Kapitel 50 »Von Wollust« beginnt Brant mit einem Bild der Prostitution: »Irdische Lust vergleicht sich / Einem üppigen Weib, das öffentlich sitzt auf der Straß und schreit sich aus, / Daß jedermann komm in ihr Haus / Und die Gemeinschaft mit ihr teil / Weil sie um wenig Geld sei feil, / Begehrend daß man mit ihr übe / In Leichtsinn sich und falscher Liebe.« In der Anmerkung zu diesem Passus wird in den Fußnoten der Reclam-Ausgabe auf Salomos Weisheitssprüche 7,10 verwiesen. Wer dem nachgeht, findet im Alten Testament eine rührende Geschichte von einem braven, jungen Mann, der von einem »leichten Mädchen« angelockt und verführt wird... Die Autorfrage der »Sprüche« ist kompliziert und wird von den theologischen Exegeten kontrovers diskutiert. Die Weisheitssprüche König Salomons, die das Venerische betreffen, stammen freilich von einem Kompetenten, wo es doch von ihm heißt, daß er viele »fremde Frauen« liebte, 700 Fürstinnen und 300 Nebenfrauen »besaß«. Sebastian Brant verwendet übrigens nebeneinander die Wörter *Weib* und *Frau* für den weiblichen Menschen. Die *Frau* ist aber nicht nur die Adelige, die *Dame*. Nachdem das Wort *Weib* den Sprachhistorikern immer als Beispiel eines semantisch »abgewirtschafteten« pejorativen Wortes gedient hat – mit dem Hinweis auf seine Entfernung und Ersetzung in Gebeten wie dem »Ave Maria« – scheint es nun plötzlich wieder eine Verbesserung seines Ethos, eine «Meliorisierung« zu erleben: Eine der beliebtesten Serien im österreichischen Fernsehen sind die »Vorstadtweiber«. In Brants Sinn sind sie vielleicht auch »Närrinnen«, die aber keck und frech Männer zum Narren halten...

Der russische Literaturwissenschaftler Michail Mihailowitsch Bachtin (1895-1975) gilt mit seinen Arbeiten, vor

48

allem mit »Literatur und Karneval. Zur Romantheorie und Lachkultur«, als die Autorität, wenn es um den Zusammenhang von Satire, Ironie, Sarkasmus und ihrer gesellschaftlichen Wirkung auf Volk und Herrschaft geht. Der Karneval ist sozusagen eine Auszeit der Staatsmacht, in der nicht nur den bestallten Hofnarren, sondern auch dem »Volk« unerhörte Freiheiten gewährt sind. Was das Frauenbild der »Lachkultur« der Renaissance und des Humanismus betrifft, ist Sebastian Brant gleichsam die erste Adresse. Bachtin hat aber vor allem die französische und die russische Literatur im Blick. Die karnevalistischen Züge sind im »Narrenschiff« unübersehbar. Man wird bei der Darstellung der »unfruchtbaren« alten »Weiber« – etwa wenn ein jüngerer Mann wegen ihres Besitzes eine alte Witwe heiratet – unmittelbar – oder mittelbar – an die Rolle erinnert, die alte Frauen auf dem Faschingswagen »Altweibermühle«, eine »Institution« der Rosenmontagszüge im südtirolerischen Sterzing, in Bad Reichenhall oder Reckendorf, spielen. Oft ist die »Altweibermühle« ein großes Gefährt, ähnlich einer Dreschmaschine, in deren Trichter alte »Weiber« hineingestoßen werden. Die Mühle grummelt und entläßt am Auslaß, im »Output«, ein junges, hübsches Mädchen. Ich war ein einziges Mal in meinem Leben als ungefähr Zehnjähriger an einem Faschingsumzug in meiner Heimatgemeinde Pichl bei Wels beteiligt. Ich saß als Page verkleidet auf dem Wagen des Prinzenpaares, der Prinzessin, vulgo der Baumgartner Mitz, zu Füßen. Der Zug hatte auch eine »Altweibermühle«, aber keine riesige Dreschmaschine, sondern eine sogenannte »Wenkmühle« auf einem Brückenwagen, also eine kleine Getreideputzmaschine, wie sie die Bauern zur Reinigung des Getreides benützen, bevor sie es zur Mühle bringen.

Lache über die »Altweibermühle«, wer kann. Auch wenn man den Sprachpuristen nicht zustimmen mag, die das

Wort »Altweibersommer« als »Unwort« aus dem Wortschatz tilgen möchten, kann man den Protest des »Unabhängigen Frauenbeauftragten-Kollektivs des Grazer Frauenrats«, das gegen die Prämierung und Zuerkennung des ersten Preises für die »Altweibermühle« der Faschingsgilde von Judendorf-Straßengel beim Grazer Faschingsumzug im Jahr 2012 protestierte, durchaus verstehen. Ein Zitat aus dem Protestbrief des »Frauenrates«: »Wie mögen sich all die Großmütter gefühlt haben, die sich den Umzug angesehen haben, um ihren Enkeln eine Freude zu machen? Ein solcher Auftritt aus einer Mischung von Frauen- und Altersfeindlichkeit ist auch kein Renommee für Judendorf-Straßengel. Auch der Fasching entschuldigt eine solche Diskriminierung nicht…« Dem Protest gegen die Verspottung von Frauen, namentlich alter Frauen, und alter Menschen überhaupt, wird ein 80-jähriger, also greiser Autor naturgemäß heftig applaudieren. Bei meinem letzten Besuch bei meinem in Berlin lebenden Sohn Markus habe ich ein wenig unvorsichtig, schon bei Rot, auf dem Zebrastreifen eine Kreuzung überquert, worauf ein junger Autofahrer aus dem geöffneten Seitenfenster seines Mercedes wütend zu mir herausgerufen hat: »Alter Sack!«

Namenkunde

Haß den Teufel! Schlag nit weit! Bleib nicht lang! Solche Sätze
haben es einst bis zu Eigen- und Personennamen gebracht,
Familiennamen eben vom Typus *Haßdenteufel, Schlagnit-
weit, Bleibnichtlang.* Die Namenforschung spricht von »Satznamen« und »Befehlsnamen«. Das Urbild eines Satzna-
mens ist sicher *Jasomirgott* für den frommen Babenberger,
Pfalzgrafen bei Rhein, Markgraf von Österreich, Herzog von
Bayern und Herzog von Österreich Heinrich II. Es ist der
Name eines frommen (oder frömmelnden?) Herrschers. Ein
bekannter Geschäftsmann der Stadt Klagenfurt und Funk-
tionär der Wirtschaftskammer heißt *Habenicht.* In verschiedene Personennamen, in die so genannten Übernamen, ist
viel Spott eingegangen. Maria Hornung schreibt im Vorwort
zu ihrem »Lexikon österreichischer Familiennamen«, daß es
sich im Gegensatz zu den sogenannten Wohnstatt- oder Her-
kunftsnamen wie *Pichler* für den Mann aus *Pichl* oder *Welser*
für den Mann aus *Wels* bei einem Personennamen wie *Graf,
Kaiser, König, Papst* oder *Bischof,* wie sie in ländlichen Ge-
genden häufig seien, um »gutmütigen Spott« handle für Personen, die sich anderen überlegen fühlten. So wurden aus
»Spitznamen« oder auch »Kosenamen« im Laufe der Zeit
sozusagen »seriöse« Personennamen. Mancher Name verdankt sich der sogenannten »dominierenden Assoziation«.
Solcherart sind auch die *Kennings* oder *Kenningar* der alten
nordischen Dichtung, der Edda und der Sagas. Wenn einer
Drachentöter hört, weiß er, wer gemeint ist…
    Friedrich Heer, der bedeutende Historiker und Kultur-
kritiker, Katholik und Kirchenkritiker, ein quirliger und
lebhafter Diskutant, hat einmal, wie ich Monsignore Karl

Strobl, den legendären Hochschulseelsorger der Katholischen Hochschulgemeinde Wien, erzählen hörte, über den Erzbischof von Wien, Kardinal Franz König, gesagt: »Franz König, das Kleinhäuslerkind aus Rabenstein an der Pielach in Niederösterreich, ist der Sohn einer Mutter, die mit Mädchennamen *Kaiser* hieß, in erster Ehe mit einem Bauern namens Herzog und in zweiter Ehe mit einem Bauern namens *König* verheiratet war. Und jetzt will ihr Sohn Franz *Papst* werden...« Friedrich Heer war gefürchtet für seinen Sarkasmus, der sich auch gern gegen das katholische Milieu und den Klerus richtete. Obwohl er sich ins Mitgliederbuch der Katholischen Hochschuljugend als eins der ersten oder überhaupt als das erste Mitglied nach dem Krieg mit *Fritz Heer* eingetragen hat, hat er später mit seiner Kritik und seinem Spott auch die Mitstreiter von damals, und seien sie auch im Widerstand gewesen, nicht geschont. Als er einmal in der Ebendorfer Straße im Haus der Hochschulgemeinde auftauchte, um Strobl zu besuchen, hörte ich ihn mit Mephisto sagen: »Von Zeit zu Zeit seh ich den Alten gern!« Wie Heer in seinem Riesenwerk von 1968, dieser »Atombombe zwischen zwei Buchdeckeln«, wie in einer Rezension stand, in »Der Glaube des Adolf Hitler«, den Religionslehrer Franz Sales Schwarz beschreibt, diese Karikatur eines Religionspädagogen von damals, das »spricht Bände«. Schließlich geht es um eine Art Mitschuld der Kirche an der schrecklichen Biographie des ewig pubertierenden Hitler...

Nach dem Kapitel über den von Hitler in »Mein Kampf« gepriesenen Geschichtsprofessor, die »Lichtgestalt« Dr. Leopold Poetsch, beginnt Friedrich Heer das Kapitel über den Religionslehrer Schwarz mit einem in der Rhetorik so genannten »argumentum ex nomine«: »Dieser unglaubwürdige, den jungen Menschen überfordernde, zu Spott, Empörung, ja Verwerfung des ganzen Kirchenglaubens herausfordernde Religionsunterricht...« und: »Hier erschien gegenüber der Lichtgestalt Dr. Leopold Poetsch leibhaftig für Hitler die Gestalt des Dunkelmannes: *Schwarz*. Nomen est omen, der *Schwarze*, der *Pfaffe*.«

Ein Abt des Augustiner Chorherrenstiftes in Reichersberg, Gerhoch II. (so genannt nach dem berühmten Universalgelehrten und Theologen Gerhoch von Reichersberg aus dem Mittelalter) hingegen hieß mit bürgerlichem Namen *Weiß*...Er war der Onkel meines Studienfreundes Walter Weiß aus Gurten.

Dem »argumentum ex nomine« ist trotzdem natürlich nicht zu trauen. Einen Menschen *Teufel* nennen war schon eine besondere Bosheit, wenn man bedenkt, daß man den Satan nicht bei seinem wahren Namen genannt hat, um ihn nicht auf den Plan zu rufen, und stattdessen den Satznamen *Gottseibeiuns* gebraucht hat. Mag bei der ersten Benennung auch ein »fundamentum in re« bestanden haben, also ein Grund für einen »Abnamen«, so kann schon der Sohn des so Bezeichneten und »Gezeichneten« ein Heiliger gewesen sein... So wurde vielleicht auch aus einem *Teufel* ein *Haßdenteufel*... Oft dient bei Satznamen als Übernamen ein pointierter Ausspruch als Grundlage der Benennung. Jemand hat den Bundeskanzler und Außenminister Leopold Figl den *Österreichistfrei* genannt, vielleicht werden sie die deutsche Bundeskanzlerin Angela Merkel einmal die *Wirschaffendas* nennen... Oft wird zur Kennzeichnung und Unterscheidung von Personen gleichen Namens auch ein charakteristisches Wort aus dem Berufsfeld der Betreffenden verwendet. So gab es an der Universität des Saarlandes, und zwar an der Medizinischen Fakultät in Homburg, zwei Professoren mit dem Namen Meier, darum nannten die Studenten den Psychiater, den ich einmal »konsultiert« habe, »Seelenmeier« und den Ordinarius und Primarius für Pädiatrie »Kindermeier«.

Der Name *Meyer* (in dieser Schreibung) ist der fünfthäufigste in Deutschland überhaupt mit 106 352 Vorkommen. Würde man alle *Meyer, Maier, Mayr* etc. zusammenzählen, würde das den in der Statistik des Duden ausgewiesenen häufigsten Familiennamen *Müller* mit 324 101 Vorkommen vielleicht sogar übertreffen. In *Mayer* steckt bekanntlich das lateinische *major*, Hornung übersetzt *Mayer* mit »Oberbauer«. Dann ist das häufige *Niedermayer* eine »contradictio in adjecto«, ein Widerspruch in sich ... Merkwürdig, das heißt historisch gesehen vielsagend, ist die Häufigkeit der *Müller* (vor *Schmidt* und *Schneider*, den beiden Namen auf Platz 2 und 3). *Müller* und *Maier* haben natürlich eine große Schar Komposita hinter und nach sich: *Mittermaier, Obermaier, Niedermaier, Obermüller, Neumüller* etc. Der Name *Kumpfmüller* kommt im deutschen Familiennamen-Duden nicht vor, wohl aber in Maria Hornungs kleinem »Lexikon der österreichischen Familiennamen«: »*Kumpfmüller*, Müller, der eine sogenannte *Kumpfmühle* (mit tiefen gefäßartigen Einbuchtungen im Mühlrad) besitzt.« Wenn es nach dem heutigen wirtschaftlichen Zustand, nach dem radikalen Mühlensterben im vorigen Jahrhundert ginge, dann dürften sich nur noch wenige *Müller* nennen. Der Beruf des Scheiders, des Kollegen des Müllers, der das Getreide vorbehandelt und später das Mehl »gesichtet« hat, ist überhaupt verschwunden. »Müller« sind heute jene wenigen Techniker und Ingenieure, die an großen Schalttafeln vor hunderten Kontrollämpchen sitzen und das Mahlen in den gigantischen Industriemühlen überwachen ... Lehrlinge werden nicht mehr zu Müllern, sondern zu »Verfahrenstechnikern der Getreidewirtschaft« ausgebildet. Die brauchen nicht mehr zu wissen, wie man einen Getreide- oder Mehlsack schultert. Sie müssen auch nicht mehr den in der Mundart so bezeichneten *fochtl* (eigentlich »Vorteil«) kennen, den besonderen Griff und Kniff, um beim Schul-

54

tern die Schwerkraft zu überlisten ... Gab es in Deutschland im Jahr 1915 noch 19 000 Mühlen, so sind es heute 550. Und sie vermahlen jährlich 8,7 Millionen Tonnen Brotgetreide, Weizen und Roggen. Auch Dinkel. Die Konzentration auf wenige Großmühlen ist in der Schweiz noch radikaler. In Österreich gab es im Jahr 1980 immerhin noch 450 Mühlen, Gewerbe- und Industriemühlen, und sie mahlten die österreichische Ernte von 5,5 Millionen Tonnen. Leider sind mir in meinem »Buch der alten Mühlen«, das 1984 erschienen ist, andere, bedauerlicherweise falsche, Zahlen »unterlaufen«, worauf ich vom damaligen Innungsmeister der Müller Österreichs Hans Mittermayer, also von kompetenter Seite, aufmerksam gemacht wurde. Inzwischen ist mindestens eine Mühle, nämlich die Aichmühle in Pichl bei Wels, die Mühle meines Vaters und meines Bruders Felix, verschwunden ... Relativ lange hat sie sich gehalten, viele andere Mühlen, allein entlang des Innbachs im Gemeindegebiet von Pichl vier an der Zahl, hat sie überlebt, aber nun ist endgültig und definitiv Schluß. Molinologie ist heute Nostalgie, eine museale Kunde. Prächtige, alte, technisch gesehen »vorsintflutliche« Wind- und Wassermühlen kann man heute in Freilichtmuseen besuchen, im Mühlenmuseum in Gifhorn etwa nahe Braunschweig, die sogenannte Wilhelm Busch-Mühle in Ebergötzen im Harz, in Oberösterreich die Furthmühle in Raab an der Pram, die sogenannten Flodermühlen in Appriach und Maria Luggau in Kärnten und und und ... Die Chöre aber singen noch immer gern die alten Mühlenlieder, sogar das romantische Kinderlied des Ernst Anschütz »Es klappert die Mühle am rauschenden Bach« nach der Melodie des alten Volksliedes: »Es ritten drei Reiter zum Tor hinaus«. Obwohl die Mühlen längst nicht mehr klappern und viele Bäche gestaut sind und nicht mehr rauschen ... Sehr beliebt ist auch das »erwachsene« Mühlenlied »Das Wandern ist des Müllers Lust«

mit der Melodie von Karl Friedrich Zöller und dem Text des Dichters mit dem passenden Namen Wilhelm *Müller*. Von Wilhelm Müller sind auch die Texte, die Franz Schubert seinem Liederzyklus »Die schöne Müllerin« zugrunde gelegt hat. Die Mühlen sind aber leise geworden und die stolzen Müller verstummt und wandern nicht mehr ...

Hinaus aus der Mühle und zurück vom Land in die Stadt, zum bereits erwähnten Friedrich Heer und seinem aufsehenerregenden Buch »Der Glaube des Adolf Hitler«. Bemerkenswert oder doch »anmerkenswert« ist, daß im großen Familiennamen-Buch der Duden-Reihe der Name Hitler nicht vorkommt, in Hornungs Buch über die österreichischen Nachnamen schon: Hittler, »Übername für einen Hüttenbewohner«. Ich habe mich in gewisser Weise bei zweien meiner Geschichten über den GRÖFAZ in meinem ersten Buch »Überwindung der Blitzangst« indirekt auf Friedrich Heer bezogen, ohne ihn zu zitieren. Die Geschichte »Lambach 1« erzählt fiktiv und unhistorisch über die Jugend des von Hafeld, wo Hitlers Vater Alois ein Anwesen besaß, nach Lambach pendelnden Schülers Adolf Hitler und seiner Ministranten- und Chorsänger-Begeisterung im Stift. »Lambach 2« aber handelt von der Assistenz des kleinen Adi für den Pater Alois bei den Bemühungen, den Kirchenraum sauber und frei von Ungeziefer zu halten. In meinem zweiten Buch mit dem etwas unhandlichen Titel »Ausfälle, Natur- und Kunstgeschichten« findet sich die Erzählung »Katzenpuffer«, die auch von Friedrich Heer und dem Kapitel »Deutschland heilige Mutter« inspiriert sein könnte. Noch eher aber von dem auch bei Heer zitierten und als unzuverlässig kritisierten Augustin Kubitschek (»Adolf Hitler mein Jugendfreund«), der seine und die Entrüstung seines Jugendfreundes, zweier naiver junger Provinzler, beschreibt, als sie bei ihrem Flanieren über den Gürtel in Wien von den vielen Prostituierten angesprochen und belästigt werden ...

In Lambach soll Hitler ja auch auf dem Wappen des Abtes Maximilian Pagl (1668–1725) ein Flügelkreuz als Vorbild für das Hakenkreuz »aufgegangen« sein. Das Stift Lambach spielte im (kirchlichen) Leben von Pichl immer eine Rolle, eine größere Rolle als Kremsmünster. Aus Pichl sind drei Priester hervorgegangen, zwei waren Patres in Lambach. Einer war der Sohn unseres Schuldirektors Ferdinand Bohuslav, der schon vor der Zeit des Nationalsozialismus pensioniert war, im Krieg aber aus Mangel an Lehrpersonal wieder als Lehrer reaktiviert wurde. Von seinem Sohn Richard Bohuslav hieß es immer, daß er »das Zeug habe«, einmal Abt zu werden. Er verließ aber später den Benediktinerorden und wurde »Weltpriester« und nach dem Dienst in zwei Pfarren, einer Stiftspfarre und zuletzt in Gurten im Innviertel, im Ruhestand Aushilfspriester in Pichl, seiner Heimatpfarre, wo er sein Elternhaus bewohnte. So schloß sich der Kreis. Der zweite aus Pichl, und zwar aus meiner unmittelbaren Nachbarschaft, aus Geisensheim, stammende Benediktinerpater hat im Stift Lambach seine Heimat, aber letztlich auch nicht sein Glück gefunden. Als er im August des Jahres 1973 einmal zur Frühmesse, die er halten, »zelebrieren«, sollte, nicht erschien, man also vergeblich auf ihn wartete und schließlich in seiner Zelle nachschauen ging, fand man ihn dort – erhängt. Wenn ein Geistlicher und Mönch sich das Leben nimmt, hat dies eine besondere Tragik, weil er doch als Seelsorger in gewisser Weise auch Optimismus gepredigt haben wird. Im Mittelalter galt bekanntlich sogar ein »Melancholieverbot« (wie auch im Kommunismus…), weil der erlöste Mensch, wie auch der Mensch der »klassenlosen Gesellschaft«, letztlich keinen Grund und keine Berechtigung zur Trauer hat. Man hat auch mit Verwunderung festgestellt, daß wenigstens im Mittelalter der Suizid kein großes Thema war. Die Benediktinerregel verliert kein Wort darüber. Das Skandalon des

Selbstmords der von Aeneas verlassenen Dido in Karthago verweist ja auf Antike und Altertum, wo der »Freitod«, etwa auch im Sinne der Stoa, oft geradezu verteidigt und angepriesen wird. Man spricht von »Bilanz-Selbstmord« bei Einsicht in die Ausweglosigkeit der Situation. Selbstmörder sind Philosophen – und Heroen… Ich habe es immer als ein wenig »mittelalterlich« empfunden, wenn unser Pichler Kirchenrektor Ferdinand Hochedlinger von der Kanzel herunter gegen die in seiner Pfarre offensichtliche Häufung von Selbsttötungen gewettert hat. Hat er sich dadurch in seinem Amt als Seelsorger in Frage gestellt gesehen?

Lambach war in der Biographie und Schulkarriere Adolf Hitlers nicht die erste, sondern die zweite Adresse. Die ersten beiden Volksschuljahre absolvierte er, wie in allen Biographien nachzulesen, von 1895–1897 in der einklassigen Volksschule von Fischlham im Hausruckviertel, wohin er vom väterlichen Rauschergut in Hafeld einen kurzen Schulweg hatte. Mit Fischlham und Pichl hat es eine besondere Bewandtnis. Der Pichler Schuldirektor Hubert Schiffmann ist in den späten dreißiger Jahren des 20. Jahrhunderts von Pichl nach Fischlham versetzt worden, mehr oder minder »strafversetzt«, wie Herr Schiffmann es immer dargestellt hat, weil Fischlham im Gegensatz zu Pichl eine einklassige Zwergschule besaß, während in Pichl mindestens die ersten vier Klassen separat geführt wurden und die Kinder erst ab dem 5. Schuljahr gemeinsam in einer Klasse unterrichtet wurden, nachdem die begabteren Schüler nach der 4. Klasse auf Hauptschulen in Wels wechselten oder einige wenige wie auch ich in ein Internat in Linz oder Ried im Innkreis kamen, wenn sie etwa Priester werden wollten. Die Behörde, die Herrn Schiffmann nach Fischlham versetzte, hat nicht bedacht oder gewußt, daß der Ort bald eine besondere Berühmtheit als erster Schulstandort des »Führers« und Reichskanzlers des Deutschen Reiches erlangen sollte. So befand sich Hubert Schiffmann nolens volens und als erklärter Gegner des Regimes plötzlich auf einem besonderen Posten, um den ihn andere Direktoren und Lehrer beneideten. Gerne hätten manche sogar mit ihm getauscht. Schiffmann blieb aber, und so war er jener Lehrer, der den »Führer« bei seinem späteren Besuch in Fischlham am 12. Juni 1939 durch die Schule führen mußte. Hitler fiel mit einem großen Konvoi und einigen Adjutanten vom nahen Rauschergut ein, wo er seiner Entourage seine weitreichenden größenwahnsinnigen Pläne für Fischlham, das er zu einem Schulzentrum ausbauen lassen wollte, darlegte. Über diesen Besuch gibt es sogar eine Bild-Reportage, die Hitler mit Gefolge zeigt, wie er die Schule betritt, sich in ein Goldenes Buch einträgt, und anschließend ein Mädchen aus der zum Teil bloßfüßig angetretenen Schar der Kinder tätschelt und herzt. Diesen Schülern hat er dann auch einen Ausflug auf den Obersalzberg in Berchtesgaden spendiert, den sie am 26. Juni 1939 mit drei großen Autobussen absolvierten. Schiffmann hat erzählt, daß sich die Busse auf der »Reichsautobahn« verspäteten und die Fahrer und die Aufsicht habenden Lehrer aus dem Büro des »Führers« fernmündlich verständigt wurden, sie sollten nichts übereilen und womöglich ein Unglück provozieren. »Der Führer wartet«, war der Kern der Mitteilung...

Hubert Schiffmann wurde nach dem Krieg wieder in Pichl Schuldirektor. Er galt als nicht belastet, ob man ihn einen Mann des Widerstandes nennen darf, weiß ich nicht, Mitglied der NSDAP war er bestimmt nicht. Bei dem Wort »Widerstand« ist ja Vorsicht geboten. Ich habe einmal in Freistadt im Mühlviertel, der Geburtsstadt der Schriftstellerin Brigitte Schwaiger, an einer Gedenktafel für die Toten des Krieges in der Kirche gestaunt, daß dort unter einer eigenen Rubrik »Gefallen im Widerstand« an die zehn Namen angeführt waren. Ich wurde aber später von Brigitte Schwaiger aufgeklärt, daß es sich bei diesen Männern nicht um Widerstandskämpfer gegen die Naziherrschaft, sondern um Menschen handelt, die sich vor dem endgültigen Zusammenbruch gegen die einrückende Besatzungsmacht, also gegen die Russen, stellten und umgekommen sind. Brigitte Schwaigers Vater, ein beliebter und fähiger Arzt, hat nach dem Krieg seine Mediziner-Lizenz im Rahmen der »Entnazifizierung« verloren. Daß er mit der Enkeltochter einer Jüdin verheiratet war, hat ihm in seinem Prozeß nicht geholfen, da er der Großmutter seiner Frau, Brigitte Schwaigers Urgroßmutter, der Jüdin und Opernsängerin Carola Seligmann, die im KZ Theresienstadt ums Leben kam, nicht geholfen hatte. Hätte er dies vermocht?

Ich habe zwei Wissenschafts- und Klosterromane geschrieben, einen über das fiktive Kloster *Freimünster*, das aber öfter als *Kremsmünster* gelesen wurde, obwohl die Figur des Inspektors Einberger, der mit dem Abt von *Freimünster* über den Raub eines berühmten Kelches, nicht des Tassilo-, sondern des »Arnulfkelches«, und den Stand seiner Ermittlungen spricht, ohne zu einem greifbaren Ergebnis zu kommen, diesem Abt *Kremsmünster* als Vorbild vorhält; und einen zweiten Roman über Lambach, »Vom Manne aus Eicha«, in dem es um den Benediktinerpater Koloman Fellner aus Aichkirchen bei Lambach geht, der als Stiftsschaffner, Chorregens und Künstler gewirkt hat. Er hat als Praktikant bei Alois Senefelder in München gelernt, danach die Lithographie in Österreich eingeführt und durch Drucke nach den Bildern des berühmten Barockmalers, des sogenannten Kremser Schmidt, den Steindruck populär gemacht. Bei einer Landesausstellung im Stift Lambach war eines der wichtigsten Themen Koloman Fellners Wirken. Nach ihm ist heute die Volksschule in Aichkirchen benannt... Ich habe mich in diesem Roman in den Bauernsohn aus Pisdorf bei Aichkirchen Koloman Fellner versetzt und »für die kleinen Aichkirchner« »mein« Leben aufgeschrieben. Es entspricht der didaktischen Intention des Unternehmens, daß ich klösterliche, aber auch musikalische oder bildkünstlerische Fachausdrücke und Fremdwörter in Klammern jeweils übersetze oder erklärend paraphrasiere. Lambach ist trotz Hitlers Nostalgie und Sentimentalität aber, wie auch alle anderen oberösterreichischen Klöster in »Oberdonau«, der Aufhebung nicht entgangen. Hitler hat ärger gewütet als Joseph II. ... Vier Jahre nach dem Besuch, der »Heimsuchung«, von Fischlham hat der »Führer« von Linz aus das Augustiner-Chorherrenstift St. Florian besucht. Dort hat ihn am 4. April 1943 Johannes Hollnsteiner durch das Stift, zum Sarg Anton Bruckners in der Gruft und vor allem in die Stiftsbibliothek geführt. Dieser Johannes Hollnsteiner ist eine der widersprüchlichsten Persönlichkeiten der Vorkriegs-, der Nazizeit und der Nachkriegszeit. Er war ursprünglich Augustiner-Chorherr in St. Florian, dann Theologie-Professor in Wien und als fanatischer Vertreter des politischen Katholizismus Berater und Vertrauter des Bundeskanzlers Kurt Schuschnigg, dem er, wie auch dem Führer der »Heimwehr« Ernst Rüdiger von Starhemberg, in Sachen Ehe-Annullierung durch die Rota beim Heiligen Stuhl in Rom behilflich war. Diese Annullierungen, die man eigentlich geheimhalten wollte, wurden natürlich publik und waren ein großes Ärgernis für einfache Katholiken wie meinen Vater. Es entstand der berechtigte Eindruck, daß für die Mächtigen auch eherne Prinzipien wie die Unauflöslichkeit der Ehe nicht bindend seien. In Wien war Hollnsteiner ein prominenter Besucher des Salons der Alma Mahler-Werfel und ein Freund Franz Werfels. Alma Mahler-Werfel, die unter Hollnsteiners Einfluß zum Katholizismus konvertierte, wurde aber schließlich in ihrem Exil in Amerika, als sie von einer anderen »Konversion«, dem Umschwenken Hollnsteiners vom Ständestaat-Ideologen zum Nationalsozialisten, erfuhr, Hollnsteiners erbitterte Feindin. Die Biographie Hollnsteiners ist auch insofern ungewöhnlich, als er als Schuschnigg-Anhänger und Vertreter und Verfechter des politischen Katholizismus zunächst ins Konzentrationslager Dachau kam, nach seiner Entlassung, und seiner halbherzigen »Bekehrung« zum Nationalsozialismus und dem Ende des »Tausendjährigen Reiches« aber ins Internierungs- und Entnazifizierungslager Glasenbach... Er war das, was man später einmal »Wendehals« nennen wird, der für seine wechselnden Überzeugungen aber gekämpft und wohl auch gelitten hat.

Aus gegebenem Anlass hier noch ein kleiner Exkurs in die Namenkunde: Friedrich Buchmayr berichtet in seiner Biographie »Der Priester in Almas Salon. Johannes Hollnsteiners Weg von der Elite des Ständestaates zum NS-Bibliothekar«, daß Johannes Hollnsteiner in einem Schreiben an die RSK (Reichsschrifttumskammer) am 14. Oktober 1939, um im Herder-Verlag einen Band seiner »Kirchengeschichte« veröffentlichen zu dürfen, den geforderten Ariernachweis und den ausgefüllten Fragebogen nicht mit seinem bis dahin üblichen Vornamen Johannes, sondern mit Hans unterschrieb: Die RSK in Berlin wußte aber natürlich genau, »mit wem sie es bei dem Aufnahmeantrag 1939 zu tun hatte, auch wenn Hollnsteiner nun in einem hilflosen Maskierungsversuch seinen Vornamen Johannes in Hans umgeändert hatte«. Hier handelt es sich also um die Änderung eines Namens auf Grund einer Änderung der Gesinnung. Heute kennt man ähnliche Namensänderungen eher als Folge von Geschlechtsumwandlungen und Transsexualismus. Diesen Weg ist etwa Waltraud (früher Walter) Schiffels gegangen, ein Germanist und Schriftsteller aus Saarbrücken, der in verschiedenen Beiträgen (etwa in der Zeitschrift »Emma«) und in Romanen wie »Der Vampir von Sankt Johann« einschlägige Probleme behandelt. In dieser Weise hat auch Jutta Schutting nach ihrem sensationellen Outing im Jahr 1989 als Julian Schutting eine große schriftstellerische Karriere fortgesetzt. »Eigentlich« hieß Schutting Jutta Maria Francisca mit Vornamen. Den Taufnamen Maria tragen freilich auch auf Grund des Namens ihrer Patin viele Männer (Rainer Maria Rilke, Erich Maria Remarque).

Selbstverständlich und natürlich kam Johannes (Hans) Hollnsteiner auch mit der Kirche »übers Kreuz«, als er sich »wendete«, also dem Nationalsozialismus zuwandte, aus dem Orden austrat, eine Opernsängerin heiratete und Freimaurer geworden ist ... Diesen Ordensaustritt erklärte er in einem Brief an den Prälaten Hartl, seinen Förderer, ein wenig fadenscheinig damit, daß ihm die Chorherren in St. Florian zu weltlich, zu wenig geistlich und geistig geworden seien ... Johannes (Hans) Hollnsteiner lebte zu Kriegsende im Stift mit seiner Frau in einer »Dienstwohnung«, in jenem Stift also, durch das er für den »Führer« im April 1943 den orts- und sachkundigen Führer gespielt hatte. Und durch jenes Stift, das Hitler, der Bruckner-Verehrer, sogar als seinen eigenen Alterssitz vorgesehen hatte! Nach der Auflösung des Stiftes St. Florian kam der verbliebene Rest der Chorherren nach Pulgarn, einer Ortschaft im unteren Mühlviertel, in eine Stiftspfarre mit einem stattlichen Pfarrhof. Unter diesen Chorherren befand sich auch Johann Hollnsteiners Bruder Josef, der mit dem »Abtrünnigen« bis an sein Lebensende keinen Kontakt mehr suchte.

Im »Entweihen« und Profanieren heiliger Orte, von Kirchen und Klöstern, waren die Nazis ja hemmungs- und skrupellos. Man denke nur an die Pläne für den Dom in Braunschweig und Alfred Rosenbergs »Mythos des 20. Jahrhunderts« mit seiner Verachtung und Beseitigung alles

Jüdisch-Christlichen und seiner neuen Religion der Rassenseele, in der Hitler den Platz Christi einnehmen und zur Ehre der Hochaltäre erhoben werden sollte. Mit dem verordneten Gruß »Heil Hitler« statt dem verbotenen »Grüß Gott« hatte man den Weg der Götzenverehrung und des »Personenkults« ja bereits beschritten. Ob sich jemals noch ein Volk dieser Erde so viel perverse Albernheit durch geisteskranke Herrscher gefallen lassen wird?

Rückbau

In der Wiener- und der Kramergasse in Klagenfurt entstand die erste Fußgängerzone Österreichs. Sie wurde durch die Initiative eines sozialistischen Funktionärs namens Steindorfer eingerichtet. So wurde aus Durchzugsstraßen durch »Rückbau« eine verkehrsberuhigte Flaniermeile. An den beiden Rändern des angrenzenden Alten Platzes etablierten sich Cafés, die nun schon im April ihre sogenannten Schanigärten mit zahlreichen Stühlen und Tischchen einrichten. Das ist eine Entwicklung, die ich liebe und lobe. Und Gott sei Dank heißen die Plätze im Zentrum wieder *Hauptplatz* oder *Benediktinerplatz* (nicht *Hermann Göring-Platz*), *Heiliggeistplatz* (nicht *Platz der Saarpfalz*), *Alter* und *Neuer Platz* und *Heuplatz*. Welch schöne, unspektakuläre, einerseits kirchliche, andererseits agrarische Namen! So wie es auch in anderen Städten einen *Fleischmarkt* oder *Kohlmarkt* oder eine *Getreidegasse* gibt... Man mag gar nicht daran denken, daß diese Plätze in K. einmal nach nationalsozialistischen Bonzen umbenannt wurden. Wie der *Heuplatz*, der nach Otto Planetta, dem 1934 hingerichteten Terroristen und Attentäter von Bundeskanzler Engelbert Dollfuß, benannt wurde, den die Nationalsozialisten als Helden gefeiert haben. Viele Straßen und Plätze sind auch andernorts nach ihm benannt worden.

Uwe Johnson hat in seiner Erzählung »Eine Reise nach Klagenfurt« eine lange Liste der alten Straßen- und Platznamen und der neuen Namen im sechsjährigen »Tausendjährigen Reich« aufgeschrieben. Die von Johnson gesuchte Durchlaßstraße, an der sich das Geburtshaus seiner Dichterkollegin Ingeborg Bachmann befindet, deren Grab am Friedhof in Annabichl das Ziel seiner Reise war, kommt in jenem Verzeichnis der Straßennamen aber gar nicht vor, an ihr haben sich die Nazis nicht vergriffen – eine Vorstadtstraße, die nach einer kleinen Bahnunterführung benannt ist! Es bedurfte einer »Historikerkommission«, damit nach der Methode des »toponymischen Rückbaus« die »belasteten« Straßen »entnazifiziert« werden konnten ... Zum Opfer gefallen sind der nachträglichen »Bereinigung« der Nobelpreisträger Philipp Eduard Anton von Lenard, Thomas Rauter, Paul von Hindenburg und Ferdinand Porsche. Die ehemalige Ferdinand Porsche-Straße heißt heute nur noch *Porschestraße*, hat also den Vornamen eingebüßt ... Wenige sind geblieben oder sogar später noch nach eigentlich »Belasteten«, also NSDAP-Mitgliedern, in Einzelfällen sogar mit niedrigen Mitgliedsnummern, benannt worden. Das betrifft etwa meinen Doktorvater Eberhard Kranzmayer, der ein gebürtiger Klagenfurter war, Sohn eines Kupferschmieds in der Waaggasse gegenüber der Kapuzinerkirche, als Dialektologe in München gewirkt hat und wie so viele bedeutende Germanisten auf den Schwindel der Deutschtümelei hereingefallen ist, wie etwa auch sein Kollege Otto Höfler, der Wiener Altgermanist, über dessen Vergangenheit sein Nachfolger Helmut Birkhan nachgeforscht und Erstaunliches eruiert hat. Eberhard Kranzmayer war schon zur Zeit des Austrofaschismus Mitglied der verbotenen NSDAP, also ein »Illegaler«, später, 1942, als Leiter eines Kärntner Instituts für Landesforschung auch Mitglied der SS. Beide, Höfler und Kranzmayer, sind nach der Entnazifizierung, nach Berufsverbot und einer gewissen Zeit des Übergangs, einer »Quarantäne«, wieder Universitätslehrer, Höfler Ordentlicher und Kranzmayer immerhin vorerst Außerordentlicher und schließlich Ordentlicher Universitätsprofessor geworden. Die Kranzmayerstraße befindet

sich im Stadtteil Waidmannsdorf, dort, wo einmal der sogenannte Russenkanal, also ein von russischen Kriegsge-
fangenen ausgehobener, nun lange verrohrter Abwasserkanal war. Die Kranzmayerstraße ist eine wichtige Straße
Richtung Wörthersee, neben der eine Siedlung und einige
große Wohnbauten entstehen. Also eine »gute Adresse«…

Ein besonderes Problem sind bekanntlich Umbenen-
nungen von Straßen, deren Namen sich eingeführt haben
und die in den Anschriften vieler Anwohner und Geschäfte
vorkommen. Das hat die Nationalsozialisten wenig geküm-
mert. Mit einem Federstrich haben sie ganze Landstriche
und altererbte Namen ausgelöscht. So wurde aus Oberösterreich *Oberdonau* und aus Niederösterreich *Nieder-
donau*… Heute ist es schwer, eine vorhandene Straße zu
finden, deren Anwohner mit einer Umbenennung einverstanden wären. Darum werden heute kleinere Brötchen ge-
backen: So wurde nach Georg Drozdowski, dem Publizisten
und Schriftsteller aus Czernowitz, ein Weg benannt, der
bisher anonym war und an dem kein einziges Haus steht…
Ähnlich verhält es sich auch mit dem Maria Lassnig-Weg
in meiner Nähe oder mit dem Kiki-Kogelnik-Park im Zentrum neben dem Landhaus, auf dem sich freilich ein ein-
drucksvoller Brunnen der wohl bekanntesten Popartkünst-
lerin Österreichs befindet. Nach Herbert Wochinz, dem
langjährigen Intendanten des Klagenfurter Stadttheaters
und Gründer der Komödienspiele in Spittal an der Drau,
wurde ein Durchgang und Innenhof benannt. Eine größere
Ehrung des verdienten Intendanten im Theater selbst, etwa
mit einer Büste, wie sie in anderen Theatern üblich ist, war,
auch aufgrund des Desinteresses seines Nachfolgers, nicht
möglich… Wie oft sieht man, daß Leiter von Institutionen
wie dem Denkmalamt, von Museen oder Theatern, bei
ihren Nachfolgern der »damnatio memoriae« anheimfal-
len und sich die Neuen so überheblich gebärden, als hät-

ten sie die Wissenschaft oder die Kunst und die Politik erst erfunden... Andererseits gibt es auch viele, die sich in der Pension nicht zurechtfinden und nicht loslassen können, und ihre Nachfolger und Nachfolgerinnen mit Dreinreden und »guten Ratschlägen« belästigen. Aber schließlich findet sich jeder Mensch früher oder später im Altenteil und auf dem Abstellgleis – und findet sich damit ab. Wünschen wir ihm oder ihr eine Abfindung und eine Pension, die ein sorgloses Auskommen ermöglicht... Ich habe schon als jüngerer Mensch so müden Sprüchen wie »Alt ist, wer sich alt fühlt« gründlich mißtraut, und Alte, die besonders auf aufgeräumt und munter machen, belächelt. Man muß mit dem »Rückbau« beizeiten beginnen. Auch ist es ratsam, jenen Spruch zu beherzigen, daß man auf dem Weg zum Gipfel die Mitmenschen, die man überholt, freundlich grüßen soll, weil man ihnen ja beim Abstieg wieder begegnet. Und außerdem ist die Luft ganz oben sehr dünn... »Der Chef ist einsam!«

Es fällt freilich schwer, mit dem »Rückbau« rechtzeitig zu beginnen, einen Zweitwohnsitz oder ein Ferienhaus aufzugeben, mit der »warmen Hand« Erben zu überlassen oder zu verschenken, das Zweitauto »abzubauen«, sich mit einem Kleinwagen zu begnügen, Dauer- und Einziehungsaufträge zu durchforsten und zu stornieren, alte Verbindungen eher zu beenden als neue einzugehen... Nur die Verbindung und die Verbindlichkeiten gegenüber der Krankenversicherung sollte man nicht kappen! Vielleicht aber den Führerschein schreddern... Nicht mehr weiß Gott wo in der Welt herumfliegen. Es ist kein Malheur, das Tadj Mahal nicht besucht zu haben... Nicht mehr nach Antiquitäten oder wertvollen Büchern gieren. Ein Humorist, ein reich gewordener Schauspieler und Regisseur, hat gesagt, sein Haus sei mit Antiquitäten und wertvollem Mobiliar so gerammelt voll, daß ihn die Bestatter einmal nur schwer in dem Gerümpel, hinter dem er sich verschanzt, finden und ins Freie bringen werden können...

Eben hat man in einem Film über einen ehemaligen deutschen Bundeskanzler, der aus ärmlichen Verhältnissen stammt, erfahren, daß er in jedem seiner Lebensabschnitte, als Werkstudent, als Parteijugendführer, schließlich als Chef der Partei und als Bundeskanzler und nun als Aufsichtsratsvorsitzender in der Privatwirtschaft immer »den passenden Lebensabschnittspartner«, das heißt die richtige Frau, also die richtige Gattin gefunden habe. Hierin hat er sich wahrscheinlich nicht an seinen Eltern orientiert... Seine fünfte Frau, heißt es, sei eine Koreanerin. Ein weltläufiger Mann!

Einen einzigen wirklichen und buchstäblichen Rückbau, nicht im übertragenen Sinn, oder genauer gesagt den Abriß eines Tiefbaus, nämlich unseres Freibads oder »Swimmingpools«, habe ich in meinem Leben veranlaßt und in Auftrag gegeben. Mir war es eine echte Erleichterung, als das viele Plastik herausgerissen und als Sondermüll entsorgt und die Grube oder der Krater mit Aushubmaterial zugeschüttet war. Das war das kostspielige Ende einer zwanzigjährigen Fehlinvestition. Fehlinvestition in meinen Augen. Aber wir haben doch viele Sommer in dieser luxuriösen Fehlinvestition gebadet und geplantscht, wurde seitens der Mitbewohner eingewendet. Aber außer mir, der ich gewissermaßen pflichtbewußt, weil das teure Bad wie ein nasser Vorwurf auf mich gewirkt hat, schon im Morgengrauen geschwommen bin, ist doch kaum jemand vom Nachwuchs ins Becken gestiegen. Und ich muß gestehen, daß auch ich, wenn ich jung wäre, lieber im nahen Wörthersee-Strandbad auf der sogenannten mittleren Brücke liegen und vielleicht beobachtet oder gar bewundert von jungen weiblichen Mitmenschen ins Wasser hechten würde... statt einsam im eigenen Garten herumzurudern. Nun ist jedenfalls Schluß mit den vielen Chemiebomben, kübelweise Wasserenthärtern und Chlortabs, die zugesetzt werden mußten, damit das Wasser nicht bricht und der Pool zu einer Kloake wird, einem »Swimmingpfuhl«, wie ich sage, was uns auch zweimal widerfahren ist, Schluß mit der viele Stunden durchlaufenden Gegenstromanlage, mit dem Fischen von angewehtem Laub mit dem Netz oder Kescher... Schluß mit der lästigen Wartung der sogenannten Skimmer, aus denen ich manchmal einen hilflosen Frosch oder sogar einen Igel befreien mußte. *To skim*, von dem der Name dieser Überlaufeinrichtung abgeleitet ist, heißt »Fett abschöpfen« oder »Milch entrahmen«, und es sammeln sich dort etwa in Hallenbädern und Freibädern wohl auch viele Fettschlieren, Sonnencremereste und andere Schmiermittel an. Von den Haaren ganz zu schweigen, seit das Tragen von Badehauben nicht nur nicht mehr Vorschrift ist, sondern man nahezu ganz davon abgekommen ist... So ein Bad mögen sich Millionäre leisten und anschaffen, die viel Personal beschäftigen und einem Hausmeister und Domestiken das Reinigen und Befüllen überlassen können, und selbst wirklich nichts zu tun haben als langweiliges Schwimmen, vielleicht wie Kaiser Tiberius in seinen Villen auf Capri, über den freilich wilde Gerüchte von venerischen Badeexzessen kursieren. Ähnliches könnte sich ein bürgerlicher Mensch heute ja im verbauten Gebiet gar nicht erlauben. *Quod licet Iovi non licet bovi*... Auch Stürme und Starkregen haben unserer Anlage zugesetzt. Es bewahrheitete sich Friedrich Schillers Vers aus der Ballade »Das Lied von der Glocke«: »Denn die Elemente hassen das Gebild von Menschenhand...« Nur ganz selten, etwa wenn Volksschulkinder meine Frau, ihre Lehrerin, besuchten und ins Wasser sprangen und miteinander den größten Spaß hatten, mit Anspritzen und Tümpeln, Tauchen und Wasserballspielen, hatte ich das gute Gefühl einer sinnvollen Investition.

70

Große öffentliche Bauten haben sich als »Milliardengräber« erwiesen. Wer denkt in diesem Zusammenhang nicht an das praktisch fertiggestellte Atomkraftwerk im niederösterreichischen Zwentendorf, das vor vierzig Jahren nach einer negativ ausgegangenen Volksabstimmung eingemottet wurde und nun, als weltweit einzigartige Industrieruine, museal genützt wird, aber natürlich die hohen Kosten des Baus und der notwendigen Instandhaltung keineswegs durch Eintrittsgelder hereinspielt... Heute werden in einem Wettbewerb Ideen gesucht, wie man ein solch weltweit einmaliges Ereignis »gebührend« feiern könnte. AKW Tullnerfeld, Zwentendorf an der Donau, Sonnenweg 1 ist die stimmige Adresse, an die Vorschläge für die »Nachnutzung« zu richten wären: Sonnenweg 1, benannt also nach der Sonne, der ersten Energiequelle... Schade, daß Fritz von Herzmanovsky-Orlando nicht mehr unter uns weilt...

Wenn heute ein Großbauunternehmen, etwa ein Krankenhaus oder ein Flughafen, eine Bahnstrecke oder ein Stadion, begonnen wird, kann man sicher sein, daß die Kosten und die Finanzprognosen nicht halten und bald um das Doppelte oder Mehrfache überschritten werden. Dann gibt es »Zusatzfinanzierungen« und »Nachtragshaushalte«. Und jahrelange Verzögerungen der Eröffnung. Und jede Menge Kritik durch die Presse und böse Leserbriefe, wohl auch Rücktritte von Verantwortlichen, wie eben jetzt im Zusammenhang mit dem »Krankenhaus Nord« in Wien. Auch werden Zusagen, man würde etwa ein zu großes Stadion, das nur einmal bei einer Europameisterschaft wirklich voll ausgebucht war, rückbauen und auf ein vertretbares Maß reduzieren, kaum eingehalten... Viele »Rückbauten« werden auf den Nimmerleinstag verschoben. Und selten wurde etwas ursprünglich nicht durch Baubescheid Genehmigtes und später Beanstandetes tatsächlich entfernt und abgerissen.

Die Kunst reagiert auf den Wildwuchs von Werken der (oft mißlungenen) Architektur. Egyd Gstättner hat in vielen Zeitungskommentaren und in mindestens einem eigenen Roman auf das sogenannte »Wörtherseestadion« in seiner Heimatstadt Klagenfurt pointiert und geistreich reagiert (»Das Freudenhaus« und »Am Fuße des Wörthersees«). Als Besucher von Fußballspielen ist er aber wohl grundsätzlich mit dieser Institution und Investition, mit der sich die Stadt gründlich übernommen hat, auch wenn sie nun, nachdem die Einwohnerzahl auf über 100 000 Einwohner gestiegen ist, sich als »Großstadt« bezeichnen darf, einverstanden und zufrieden. Fußball ist ein populärer Volkssport. Es kann einem aber schwindlig werden, wenn man sieht, wie für in meinen Augen unsinnige Sportarten, wie etwa das Bobfahren oder Kunstrodeln, mit enormem Aufwand künstlich vereisbare Betonröhren in die Hänge gepflastert werden, durch die die Schlitten wie die Rohrpost dann hinunterstürzen. Was hat die Menschheit davon, wenn der Siegerbob um eine Hundertstel Sekunde »schneller« ist als der zweite?

Der Kunst geht es natürlich vor allem um das Ästhetische, also auch um die Schönheit von neuen Bauten. Mit solchen Fragen der »Ansehnlichkeit« wollte sich auch einmal ein Fernseh-»Format« beschäftigen. Es hat sich jedoch alsbald gezeigt, daß man nicht ohne weiteres das Haus eines Privaten als häßlich bezeichnen und »denunzieren« darf, so wie man ja auch Personen nicht wegen eines Geburtsfehlers verspotten darf. »Schau wie häßlich!« hätte der Titel der Fernsehserie lauten sollen. Man dachte, den Experten in Fragen Architektur schlechthin, den Autor und Baukunstsachverständigen Friedrich Achleitner, als Konsulenten und Berater zu gewinnen. Um aber den ins Haus stehenden Klagen von Hausbesitzern zuvorzukommen, hat man sich im Pilotlauf nur mit Bauten der »öffentlichen

Hand« befaßt, die man gefahrlos an den Pranger stellen konnte, weil für das Kommune und Kommunale meist niemand zuständig und verantwortlich ist oder sich fühlt… Das ambitionierte Unterfangen endete sang- und klanglos. Hier im Ort, in Klagenfurt, hat einmal ein bildender Künstler, Viktor Rogy, den man gern auch Kärntens Josef Beuys nannte, für Aufregung gesorgt, als er auf einem großen Poster das Bild des sogenannten »Rothauer Hochhauses« mit einem zornigen Kreuz ausixte und dieses an einigen Stellen in der Stadt affichierte. Dieses vom Konzeptkünstler mit dem X virtuell »gecancelte« Hochhaus war nun wirklich ein architektonischer Aufreger. Damals nannte man, mit Blick auf das bewunderte, vorbildliche Amerika Hochhäuser gern *Wolkenkratzer*, obwohl bekanntlich das Wolkenkratzen schon in Babylon nicht funktioniert hat… Mit der Zeit werden aber merkwürdigerweise auch solche, einst als »Bausünden« kontrovers diskutierte, »deplazierte« Objekte, Gebäude und Monumente sozusagen »integriert« und als Besonderheiten des Stadtbildes, als »Akzente« akzeptiert, jedenfalls nicht mehr attackiert…

Ein eigenes, meist wild umstrittenes Kapitel waren oder sind kirchliche Neubauten, wie etwa das moderne Diözesanmuseum in Paderborn neben dem alten, altehrwürdigen Dom. Man kann den Kontrast zwischen Altem und Neuem in unmittelbarer, »unvermittelter« Nähe und Nachbarschaft je nach Standpunkt gut oder schlecht finden. Einige Puristen haben ja auch das sogenannte Haas-Haus, einen Bau des berühmten österreichischen Architekten Hans Hollein auf dem Stock-im-Eisen-Platz, in dessen gläserner Fassade sich der nahe Stephansdom spiegelt, als eine Art Gotteslästerung empfunden… »Haltet Abstand!« hat man den Architekten mit einem Zitat aus einem Gedicht von Ingeborg Bachmann vorwurfsvoll zugerufen. Heute sind natürlich Kirchen wie die Chapelle de Notre-Dame-du-

Haut in Rochamp von Le Corbusier oder jene des Bildhauers Fritz Wotruba in Wien-Mauer (als »begehbare Plastik«) Klassiker der Architekturgeschichte, mögen sie auch nicht von frommen Kirchgängern, sondern manchmal auch von Agnostikern entworfen worden sein... Ich habe mir im Roman »Die Abtei« die Anmerkung erlaubt, daß die Päpste der Renaissancezeit auch Raffaello Santi oder Michelangelo Buonarotti oder Donato Bramante oder David Bernini nicht beauftragen und beschäftigen hätten können, wenn sie biedere Pfarrgemeinderäte um Erlaubnis hätten bitten müssen... Mag sich damit vielleicht auch der Bischof von Limburg Franz Tebartz van Elst trösten, der, freilich nicht in der Renaissancezeit, sondern in unseren Tagen, ein opulentes Bischofspalais hat bauen lassen?

Ähnlich wie der Bildhauer Fritz Wotruba, sozusagen von außen kommend, die professionellen Architekten mit seinem Werk überrascht und die staunende Mitwelt verblüfft hat, hat auch ein Maler, Friedensreich Hundertwasser, mit seinem »Kunsthaus«, das heute nach Schönbrunn und dem Stephansdom die drittgrößte touristische Attraktion Wiens ist, alle Grenzen des »akademischen« Bauens gesprengt. Von den »Zünftigen« kann den »Amateuren« Wotruba und Hundertwasser am ehesten Günter Domenig mit seinem »Steinhaus« am Ossiacher See das Wasser reichen...

Aufregungen ums Bauen, wohin man blickt, in Kirche und Staat... Wie gespalten ist doch die Meinung der Deutschen über den im Bau begriffenen Bahnhof »Stuttgart 21«. Es mußte ein Grüner Ministerpräsident in Baden-Württemberg werden, damit dieses unterirdische Monstrum verwirklicht werden konnte. Kein Kabarettist aber und kein satirischer Dichter, sondern ein deutscher Bundesverkehrsminister, Volker Hauff, hat gesagt, der Main-Donau-Kanal sei »so ziemlich das dümmste Bauwerk seit dem Turmbau zu Babel«...

Bauleute

Tycoon, auch *Taikoon* geschrieben, soll ein chinesisch-japanisch-englisches Wort sein für einen übermächtigen Großkapitalisten, für Mogule und Magnaten oder Großindustrielle. Das kleine Österreich hat überraschenderweise einen oder gar zwei Bau-*Tycoone* oder *Bautycoons*. Der ortsübliche Ausdruck ist *Baulöwe*. Löwen gibt es freilich mehr als Tycoone... Die Tycoone »kontrollieren« Baufirmen, die weltweit als Full-Service-Provider für Hoch- wie für Tiefbau agieren. Wenn Sie also eine Autobahn (ab 100 Kilometer) oder einen Stadtteil, eine Siedlung, einen Wolkenkratzer, einen Turmbau wie den zu Babel oder einen Tunnel durch das Riesengebirge bestellen möchten, wenden Sie sich bitte an die ILLBAU, die STRABAG oder die Firma PORR. Wenn Sie aber den Bau eines Einfamilienhauses *vorhaben*, das heißt planen, dann kommt eher ein kleiner Baumeister am Ort in Frage, wenn Sie nicht überhaupt einen Maurer in der Verwandtschaft haben, der in seiner Freizeit und am Wochenende Ihr Bauvorhaben ausführt. Wichtig ist in einem solchen Fall aber die sogenannte Tafel, also ein Brett, auf dem der Name eines eingetragenen und konzessionierten Professionisten firmiert, für den Fall, daß ein Herr vom Gewerbeinspektorat vorbeikommt. Es haben auch schon mißgünstige Nachbarn die Behörde auf »Schwarzbauten« aufmerksam gemacht. Schließlich gibt es Leasing- Firmen, die weniger bauen als Tafeln verleihen und mit den Gebühren ihr finanzielles Auskommen finden. Ein kleines Büro und eine Sekretärin reichen ihnen. Andere Kleine sind auf Baupläne spezialisiert, die sie, leicht variiert und modifiziert, den Bauplätzen und den Wünschen der Bauherrschaft anpassen und einreichen, die Ausführung aber sogenannten »Pfuschern« überlassen. Oft kommt es auf den guten Draht an, den einer zu einem Beamten hat, ohne gleich mit »Bestechung« daherzukommen... Um einen einfachen Plan zu lesen, braucht es keinen Ingenieur oder Polier, das kann Ihr Schwager auch. Kommt es zu einer Anzeige, dann erklären Sie den »Pfusch« als »Nachbarschaftshilfe« und den Pfuscher zu ihrem Vetter zweiten Grades, den Vetter sozusagen zum *Fretter* (laut Wörterbuch »ein Mensch, der sich nur mühsam durchbringt«). Appellieren Sie an das soziale Gewissen des Beamten! Wenn möglich, halten Sie sich an die üblichen Arbeitszeiten an den Werktagen! Keine Nachtschichten! Am Sonntag sollten Sie wie der Schöpfer ruhen. Und gröberen Lärm sollten Sie grundsätzlich vermeiden. Das gilt nicht nur für die Betonmischmaschine, sondern auch für das Wunschkonzert im Kofferradio. Bitte Zimmerlautstärke, auch im Rohbau!

Begonnen wird mit dem Keller. Ich selbst habe Freunden beim händischen Ausheben der Baugrube für den Keller geholfen, ich war entweder in der Grube selbst beim Befüllen der sogenannten Scheibtruhe (binnendeutsch *Schubkarre* oder *Schiebetruhe*) tätig oder als »Fahrer«, der über Bretter und Pfosten das Aushubmaterial hinaufschiebt und hinausbefördert. Da es sich in meinem Fall immer um Häuser im Talboden handelte, vor allem im Innbachtal, ist mir auch das Einschlagen von Piloten, veritablen Baumstämmen zur Verankerung und Verbindung des Hauses mit dem Untergrund, vertraut. Den Beton für die Bodenplatte aber haben wir mit Abfalleisen bewehrt, irgendwelchen verbogenen Stoßstangen, Hufeisen, Pflugscharen und ausrangierten Sensen... Meist ging es ja nur um einen oder zwei kleine Kellerräume. Und oft hat man sogar einen Kellerraum nicht mit Flötz und Estrich ausgeführt, sondern ihm den »gewachsenen Grund«, den Lehmboden, gelassen – gut für Gemüse und »eingeschlagene« Erdäpfel und mit einem gesunden Raumklima für eingelagerte Äpfel auf einer »Bühne«, einem Podium unter der Decke. Auch der »Krautstander« mit dem gehobelten und mit nackten Füßen getretenen Sauerkraut hatte hier seinen Platz... War die Decke über dem Keller fertiggestellt, war man aus dem Gröbsten heraus, nun ging es himmelwärts, meistens einen Stock bis zur Dachgleiche... Zu meiner aktiven Zeit bestanden die Decken noch aus hölzernen Tramen, die mit Brettern zugenagelt wurden. Unter die Fußböden, die Schiffböden mit Nut- und Federbrettern, aber schüttete man zur Isolierung Schlacken. Ich habe sogar einmal mit unserem Traktor aus den »Vereinigten Österreichischen Eisen- und Stahlwerken«, die einige unzeitgemäße Zeitgenossen immer noch »Hermann Göring-Werke« nannten, Schlacken geholt, diese »Sekundärprodukte aus der Erzverhüttung«, wie sie das Lexikon definiert, man könnte auch sagen: Reliquien, also Überreste aus den Hochöfen, die wegen ihrer Gestalt auf den agrarischen Namen *Birnen* (»Bessemerbirnen«) hören. Das war eine staubige Angelegenheit und man sah nach diesem Transport wie ein Kohlenführer aus, wie der »Schwarze Mann«, wie der »Kohlenklau«, wie man damals noch unverdrossen sagte. Bald war aber Schluß mit dieser primitiven Isoliertechnik und es kamen die in Eferding vorgefertigten Fertigteildecken mit Trägern und eingehängten Spezialziegeln, Spanntonziegeln der Firma Leitl, auf den Markt. Als Ende der 50er Jahre in meiner Herkunftgemeinde Pichl bei Wels eine neue Volksschule gebaut wurde, kam es zu einem folgenschweren Unfall mit einem toten Polier, als man die Steher unter der aufgepölzten Decke zwischen Erdgeschoß und erstem Stock zu früh entnahm, die Decke einstürzte und Herrn H. unter sich begrub. Ich saß am Tag danach in der Küche des

Studentenheimes in der Wiener Ebendorferstraße beim Frühstück, als mir ein Mitbewohner aufgeregt die Tageszeitung brachte, deren erste Seite mit der Sensation dieses Unglücks in Pichl aufgemacht wurde. Ich glaube nicht, daß meine Gemeinde jemals wieder auf einer ersten Seite einer überregionalen Zeitung genannt wurde. Traurige Berühmtheit ... Es könnte von Schilda die Rede gewesen sein. Als hätte man den Ast, auf dem man sitzt, abgesägt ...

Ziegeleien gab es seinerzeit auch viele. Als mein Vater 1949 seine Mühle um einen größeren Zubau erweiterte, bezog er die Ziegel aus einer Ziegelei in Gaumberg bei Linz. Genau erinnere ich mich, wie die Gattin des Pichler Fuhrunternehmers, die robuste Frau E., die selbst Lastauto fuhr, Fuhre um Fuhre aus Gaumberg nach Aichmühl transportierte, mit einem Lastauto ohne Servolenkung, wie es heute nicht mehr denkbar wäre. Sie war weiß Gott keine Vertreterin des »schwachen Geschlechts«, hatte einen wirklich ungewöhnlichen »Anpack« ...

Vor und nach dem Ersten Weltkrieg und vereinzelt sogar noch in der ersten Wiederaufbauzeit nach dem Zweiten Weltkrieg gab es Bauern und Kleinhäusler, die sich ihre Ziegel selbst herstellten, oder die auch Wanderarbeiter, vor allem aus Italien, sogenannte *Ziegelschlager,* beschäftigten, die den Bedarf an Mauerziegeln, aber auch Dachziegeln, nach der italienischen Art von *Mönch* und *Nonne* deckten. Sie arbeiteten mit Schablonen und einer Matrize. In Haiding bei Wels gibt es eine *Ziegelschlagergasse.* Es gibt auch heute noch in der Umgebung von Wels Schlier- und Lehmgruben, von den Schottergruben ganz abgesehen, aus denen man das Rohmaterial entnehmen konnte, das man mit Wasser wie einen Teig anrührte, knetete und wie das Brot, die Strutzen, in Form brachte, um die Ziegel dann wie Brennholz zu schlichten, luftzutrocknen und spätestens nach zwei Jahren gebrauchsfertig zu haben. Sofern

78

die Ziegel auch gebrannt wurden, geschah dies auf freiem Feld, in zu »Öfen« aufgeschichteten Meilern, die befeuert wurden. Die großen Ziegeleien wie *Würzburger* betrieben freilich sogenannte »Ringöfen«. *Ringofen* war in der Mundart meines Vaters sogar ein Synonym für Ziegelei. Dachziegel, vor allem sogenannte Biberschwanzziegel, hatte mein Vater immer in Reserve. Nie aber habe ich ihn wütender gesehen als damals, als wir einige dieser im Sägewerk gelagerten Ziegel aus der Höhe, vom Venezianergatter, in den Mühlbach warfen und uns am Zersplittern und Wegspritzen der geborstenen Tonziegel erfreuten. Diesen Lausbubenstreich habe ich sogar einmal in einem Schulaufsatz im Gymnasium nacherzählt und mit dem lateinischen Sprichwort um Nachsicht und Verständnis gebeten: *Sunt pueri pueri puerilia tractant.* Frei übersetzt: »Wir waren Kinder und haben uns wie Kinder aufgeführt...« Damals wußte ich auch schon, daß das Wort »Ziegel« vom lateinischen *tegula* kommt, und die »Mauer« von *murus*, denn die Germanen hatten ursprünglich ja nur Wände, also ein Flechtwerk, etwas »Gewundenes«, ungefähr wie wir Buben in unseren »Lagern« im Gebüsch am Ufer des Innbachs... Nahezu alle elementaren Wörter des Bauens haben im übrigen einen lateinischen Ursprung, wie auch die Begriffe *Mühle* oder *Industrie* oder *Architektur*...

Hier in meinem Klagenfurter Haus schützt mich in meinem erkerähnlichen, als Bibliothek und Schreibstube benützten Anbau, in meiner »Dichterklause«, kein Ziegeldach, sondern ein Dach aus Kupferblech, und ich fühle mich sicher und wohl wie in Abrahams Schoß, wenn es auch noch so schüttet. Ich brauche nicht wie Spitzwegs »Armer Poet« einen Regenschirm...

Auch viel frequentierte Sandgruben gab es seinerzeit in Oberösterreich, etwa in der Ortschaft See zwischen Kematen und Offenhausen, wo sich vor der Zeit der Baumärkte

Häuselbauer den feinkörnigen, rötlichen oder sienabraunen Sand für den Verputz der Fassaden besorgten. Der Besitzer der Sandgrube, ein Bauer, hatte damit ein schönes Nebeneinkommen. Den beizumengenden Kalk haben die Bauern auch selbst gelöscht. Neben oder hinter vielen Häusern gab es Kalkgruben, in denen man den rohen Kalk aus dem Lagerhaus »löschen« konnte. Das Zischen und gefährliche Brodeln und Blubbern beim Kalklöschen habe ich noch im Ohr. Dort haben wir den gelöschten Kalk dann im Herbst mit einem Schöpfer herausgehoben und in einem Schaff angerührt, wenn wir, während die Kühe auf der Weide waren, mit einem großen *Pemsel* (Pinsel) den Stall ausweißten.

In einem mit dem alten, ehrwürdigen Namen *Bauhütte* benannten Institut der Kärntner Bauunternehmer gibt es einen »Vergangenheitsraum«, einen »Gegenwartsraum« und einen »Zukunftsraum«, und im »Gegenwartsraum« findet man, und zwar museumspädagogisch übersichtlich aufbereitet, eine Sammlung der Ziegelprodukte des Landes und eine Aufschlüsselung der Zunftzeichen und Stempel der Hersteller, an denen man die Herkunft erkennt. Initiiert wurde diese Institution des Kärntner Baugewerbes vom ehemaligen Innungsmeister Stefan Haase, fortgeführt vom gegenwärtigen Spiritus rector DI Franz Josef Kollitsch, einem erfolgreichen Baumeister und Sachverständigen, der ein ganz besonderes Verhältnis auch zu historischen Themen hat und im Mitteilungsblatt des Geschichtsvereins für Kärnten publiziert.

Kollitsch hat auch mein Wohnhaus in Klagenfurt gebaut, in dem wir nun über 30 Jahre sehr zufrieden wohnen, einen sogenannten »postmodernen« Bau, dessen Säulen sogar das klassische Altertum zitieren ... Geplant hat es ein junger, ehrgeiziger Architekt, der sich freilich einige ästhetische Merkwürdigkeiten, sozusagen im Sinne des »Ruinenbaumeisters« von Herbert Rosendorfer, ausgedacht hatte, die dem Praktiker nicht tunlich erschienen, so daß wir, er, der Baumeister, und ich, der Bauherr, in Details vom Plan des Künstlerarchitekten selbstherrlich abgewichen sind, was diesen verbitterte und dazu veranlaßte, mein Haus nicht in sein Œuvreverzeichnis aufzunehmen. Eine Kindesweglegung?

Eine große Sache war in meiner Kindheit und Jugend immer das sogenannte »Heben«, das Aufziehen und Aufsetzen des Dachstuhls, der Balken auf die Mauerbänke, der Rofen und Sparren und zuletzt der Dachlatten. Zum Heben waren in der agrarischen Welt von gestern alle starken jungen Bauernsöhne aus der Nachbarschaft eingeladen. Dabei gab es muntere Reden und auch der Krug ging von Mann zu Mann und Mund zu Mund ... Und es galt auch der Spruch: Die Arbeit ist schwer, aber die Kost ist gut. Am Abend wurde oft gesungen und getanzt, ähnlich wie nach dem Feierabend beim Maschinendrusch. Heute ist natürlich alles anders, rationeller und nüchterner. *Nüchterner* auch in dem Sinn, daß die Baufirmen den Maurern und »Zureichern«, wie die Hilfsarbeiter in der Mundart heißen, jeden Alkoholkonsum bei der Arbeit verbieten. *Bau* und *Bier* reimt sich nicht mehr. Jetzt sind auch die »Bauhütten« bei Großbauten meist zirkuswagenartige Waggons mit integrierter Toilette für die Mannschaft (das Bauwesen ist ja fest in Männerhand), reine Umkleidekabinen und Depots für Helme und Werkzeug, und nicht mehr Lager für Lagerbier, in dem sich wie früher einmal die Bierkisten (binnendeutsch *Kasten*) türmen. Und an den Wänden sind auch nicht mehr jene Poster mit hübschen jungen, nackten Frauen aus der Zeitschrift »Playboy« zu sehen. Es ist alles sehr korrekt und langweilig und seriös geworden. Und wenn einmal einer meint, er könnte vom Gerüst herunter ein vorbeikommendes Mädchen blöd anquatschen, kann er sich alsbald seine Papiere holen ...

Ich gestehe: Ich bin ein »Baustellentourist«, ein »Voyeur«, und neugierig auf alles, was mit Bauen zusammenhängt. Ich »verfolge« etwa auch den Straßenbau, wie jetzt der Villacher Straße in Klagenfurt. Vielleicht ist dies eine Prägung aus meinem Elternhaus, denn solange ich denken kann, hat mein Vater gebaut, ausgebaut, umgebaut. Das betraf nicht nur die Mühle, das Sägewerk, die Bäckerei und die landwirtschaftlichen Gebäude, Remisen, Scheune, Stadel, Ställe, sondern vor allem auch das Wehr am Innbach, das das Bachwasser gestaut und im Mühlbach zur Turbine gelenkt hat, zur Francis-Turbine. Meiner Lust an Maschinen, das heißt dem plausiblen und peniblen Schildern und Beschreiben von Arbeitsmaschinen, habe ich im Roman »Die Mühle« gefrönt. Vor allem an dem Kapitel über den »Widder«, das heißt den »Stoßheber«, eine Vorrichtung und großartige, sinnreiche Einrichtung, um das Wasser einer Quelle in eine Steigleitung zu drücken und ohne zusätzliche Energie, nur durch »Wasserkraft«, auf einen Berg zu pumpen, habe ich lange laboriert, vielleicht auch »herumgebosselt«. Vielleicht hat der Erfinder dieses Wunderwerks für die Ausgestaltung seiner Erfindung auch nicht viel länger gebraucht als ich für meinen literarischen »Nachvollzug«. Ähnliches gilt auch für den sogenannten »Regler« oder »Regulator« an den Turbinen, der bewirkt, daß die von den Turbinen angetriebenen Generatoren immer gleichmäßig schnell auf Touren bleiben: Wenn die Turbine schneller wird, werden durch die größere Fliehkraft zwei Gewichte hochgetrieben, die über ein Vorgelege die Wasserzufuhr drosseln. Der Regler zügelt also die Turbine. So kann sie nicht »durchgehen« ...

Solche »Regler« müßte es eigentlich auch im zwischenmenschlichen Umgang für jene Menschen geben, die gern heißlaufen und neuerdings als »Wutbürger« durchdrehen. Es sind ja heute eine Menge gemeingefährlicher Choleriker unterwegs, auch Amokläufer und Veitstänzer. Ein solches Reguliergerät möchte ich demnächst beim Patentamt unter der Bezeichnung KALMATOR patentieren und auf der Erfindermesse präsentieren lassen. Ich verspreche mir davon einiges, vielleicht sogar den Friedensnobelpreis.

Kaufleute

Der *Werbefritze*, englisch *adman*, hat dem Poeten den Rang abgelaufen. Die Werbefritzen dichten auf Teufel-komm-raus, nicht nur in Reimen und »freien Rhythmen«, wie sie in der Literaturgeschichte seit Friedrich Hölderlin üblich sind, sondern auch in Stabreimen, in der Metrik der altnordischen »Edda«: *Manner mag man eben.* Eine stabgereimte Werbung für die Werbung selbst und zwar für das beliebteste und erfolgreichste Sujet ist *Sex sells.* Und damit ist nicht die Prostitution gemeint, die ohne Werbung auskommt, sondern etwa Bilder von sich räkelnden Mädchen auf Kühlerhauben, die den Käufern Lust auf die darunterliegende Automarke machen, Sexappeal als Umweg zur Kauflust, Aufreizen, um zum Konsum anzureizen.

Das Duden-Rechtschreibwörterbuch verzeichnet den wohl ironischen, aber heute sehr gebräuchlichen Ausdruck *Werbefritze* nicht, jedenfalls meine alte Ausgabe nicht. Die Herkunft der Wörter *Werbung* und *werben* ist aber etymologisch gut belegt und bezeichnend genug: *Werbung* ist demnach verwandt mit *Wirbel* und auch mit *Werft.* Die Grundbedeutung von *werben* und *wirbeln*: »geschäftig hin und her gehen, sich bewegen«. Warum es aber *Werbefritze* und nicht *Werbekarl* oder *Werbehans* heißt, habe ich vorerst nirgends entdeckt. Das englische *adman* wird mit »Werbetexter« übersetzt, das amerikanische *pitchman* mit »Straßenhändler« – und »Werbefritze«. Auch *huckster* wird als Übersetzung für *Werbefritze* oder *Reklamefritze* angeboten. In der Nähe ist auch *hawker*, das entweder »Falkner« oder aber »Straßenhändler« bedeutet. Ein *huckster* oder auch *hawker* ist jemand, der mit unlauteren, aggressiven Methoden wirbt und aufdringlich agiert. Im Deutschen ist diese Bedeutung mit *Keiler* abgedeckt, ein Wort, das entweder, wie in der Jägersprache, den »unsauberen« *Saubären*, den »wilden Eber« bezeichnet, oder im übertragenen, abträglichen Sinn den aggressiven Werber oder Verkäufer (etwa von Versicherungen). *Keilerei* ist eine Rauferei oder Schlägerei. Es gab schon Keilereien unter Keilern, etwa um die besten Standplätze bei Verkaufsmessen. Ein *pusherman* ist ein skrupelloser Drogendealer. Das sind also jene »Kaufleute«, die den, der nicht bestellen oder kaufen will, beim »Abschied« noch verfluchen... Auch dann, wenn sie oder gerade weil sie für eine »gute Sache« an der Haustür oder in der Fußgeherzone werben, sei es der Tierschutz oder das Rote Kreuz. Es reicht einigen auch nicht, wenn man eine Münze oder einen Schein in die Sammelbüchse wirft, sie wollen einen Dauerauftrag bei der Bank erwirken und »erwerben«...

Zu den Werbemethoden für bestimmte soziale und altruistische »Produkte« gehört seit jeher das Erregen von Mitleid... Es liegt entweder im Anliegen der Werbung oder in der schwierigen Lage, in der sich der Werber, etwa ein Werkstudent, befindet, was er mit einem vorgezeigten Papier auch belegen kann. Jede Krankheit hat ihre Lobby, von den Kinderkrankheiten bis zu Alzheimer... Ungeniert und nicht gerade unaufdringlich stellen auch Bettler, die für sich und nicht für Organisationen um milde Gaben bitten, ihre Gebrechen und ihre Krücken in die Auslage. Frauen ihre unversorgten Babys. Daß Gott erbarm! Bettler vor den Domen und Kirchen versuchen, mit frommen Sprüchen und Stoßgebeten die Kirchenbesucher gewogen und freigebig zu stimmen. In meiner Novelle »Kummer ade«, die vom Diebstahl eines Kummerkastens aus dem »Paradies« einer Klagenfurter Kirche handelt, habe ich das gar nicht so schwere Rätsel geklärt, warum sich die Bettler vor den Kirchen, aber nicht vor dem Eislaufstadion oder dem Hallenbad versammeln.

Nicht im Duden, aber in Heinz Küppers »Wörterbuch der deutschen Umgangssprache« von 1963 bin ich in Sachen *Werbefritze* fündig geworden. Nach Küppers bedeutet *Fritz* in der Berliner Form *Fritze* einen Händler oder Verkäufer. In Berlin hieß offenbar jeder zweite Mann *Fritz* bzw. *Friedrich* bis hinauf zu den Königen der Hohenzollern, zu »Friedrich dem Großen«, dem »Alten Fritz«... *Werbefritze* kennt Küppers als Beispiel zwar (noch) nicht, aber *Butterfritze, Kohlenfritze, Gemüsefritze, Tapetenfritze*. Am nächsten kommt er dem *Werbefritzen* der *Zeitungsfritze*.

Bestimmt hat der Frankfurter Psychiater Heinrich Hoffmann, der Verfasser des »Struwwelpeter«, seinen *Friederich* wegen des Anklangs und des Reimes einen »Wüterich« genannt: »Der Friederich, der Friederich... Er fing die Fliegen in dem Haus und riß ihnen die Flügel aus...« Hoffmann ist noch für einige weitere »Denunziationen« von Eigennamen verantwortlich, für den *Suppenkaspar* etwa. Einer meiner Söhne war im Gegenteil zum Suppenkaspar ein Kind, das viele Speisen verschmäht und verweigert hat, den wir aber gerade mit (Nudel)Suppe großbekommen haben. Nun ist Markus mit einem Meter achtzig der weitaus Größte und »Längste« in der Familie und langt heute bei Verschiedenem kräftig zu, was er als Kind angewidert abgewiesen hat...

Wenn man die Wörterbücher konsultiert und manches Defizit konstatiert, so findet man unter *Werbung* aber eine Verwendung des Wortes, an die man heute kaum noch denkt oder höchstens als an einen Anachronismus oder im Zusammenhang mit alter Literatur: *Werbung* als *Brautwerbung*. So wird zweimal nach allen Regeln der Kunst und der Poetik im Nibelungenlied *geworben*. Expeditionen, sogenannte »Werbungsfahrten«, werden unternommen, einmal, um für Gunther Brünhild in Island zu »erwerben«, und vieles später von Rüdiger von Bechelaren (Pöchlarn), um nach langer Trauerzeit die Witwe Kriemhild für den Hunnenkönig Etzel zu gewinnen. Eine andere «Werbungsfahrt« wird von Werbel und Swemmel, sogenannten Spielleuten, *fidelaere*, unternommen, um die Burgunden an den Hof Etzels und Kriemhilds einzuladen.

Künstler und Dichter als Werber, ähnlich wie heute? Legendär war etwa eine Werbekampagne der Schuherzeugerfirma HUMANIC im Österreichischen Fernsehen mit »Gedichten«, auch mit Nonsenspoesie oder Lautgedichten der sogenannten Konkreten Poesie, in denen ein wenig kryptisch und unvermittelt der Name FRANZ »erklang« – und »Humanic paßt immer«. Als Kunst in Werbung »ausfranzte«… H.C. Artmann etwa skandierte und zählte mit den Fingern seiner rechten Hand die Silben eines haiku-ähnlichen Poems: *Bei die Ja- pa- ner trogns pa- pie- rene Stie- fel. Des haßt donn Ge- dicht.* Ganz besonders denkt man in diesem Zusammenhang natürlich an Eugen Gomringer, der sich als Werber bei der Rosenthal AG in Selb »verdingte« und dreißig Jahre lang, »inspiriert von Konkreter Poesie, die Werbung der Warenhauskette Au Bon Marché bestimmte« (Wikipedia).

WERBEL! Wieder ist *nomen omen*, der Name klingt fast wie die Berufsbezeichnung eines Heiratsvermittlers. Wie sich die Werbung Gunthers für Brünhilde gestaltete, dürfte vielleicht manchen in Erinnerung an den Deutschunterricht noch bekannt sein: daß Gunther, der Schwächling, auf die Hilfe seines Schwagers Siegfried und dieser auf die Hilfe seiner Tarnkappe angewiesen war, um die Heroine, dieses nordisch-mythische Kraft- und Mannweib Brünhild, in den drei Disziplinen Steinwurf, Speerwurf und Hundertmeterlauf zu besiegen… Gunther wäre nicht Manns genug, wie sich auch dann in der Brautnacht zeigte, als es ihm nicht gelingt, Brünhild ihr »*magettuom*«, ihre Jungfräulichkeit, zu nehmen. Er wird von ihr an einem Haken in der Wand aufgehängt! Wieder muß Siegfried »einspringen« und die Unwillige niederzwingen. *Springen* heißt in der übertragenen Bedeutung auch *coire*... Das führt tief ins Animalische, wenn man etwa an den *Sprungstier* denkt.

Ein Werber wie Rüdiger von Pöchlarn mußte der Umworbenen die Wahl des Bräutigams schmackhaft machen und Bedenken und Vorbehalte ausräumen, die bei ihr bestehen mochten. Bei Etzel, dem Hunnenkönig, handelt es sich um einen Heiden, Kriemhild aber ist Christin. Von vielen Messe- und Kirchenbesuchen ist im Nibelungenlied die Rede. König Etzel selbst macht vor der Expedition Rüdigers nach Worms zu Beginn des 20. Abenteuers, des Werbungskapitels, gegenüber seinen »Freunden«, die ihm die Werbung um Kriemhild empfehlen, schon auf das Konfessionsproblem aufmerksam: »Wie ginge das wohl an? Ich bin ein Heide, ein ungetaufter Mann, sie jedoch ist Christin, sie tut es nimmermehr...« Dieses Ehehindernis bleibt weiterhin Thema. Von Kriemhild heißt es in Strophe X des 20. Abenteuers: »Sie dacht in ihrem Sinn: Und sollt ich meinen Leib einem Heiden geben? Ich bin ein Christenweib. Da würde mich mit Recht alle Welt schelten...« Rüdiger aber zerstreut ihre Bedenken auch mit dem Hinweis auf eine mögliche, durch Kriemhild möglich werdende Konversion: »Vielleicht erreicht ihr, daß er sich taufen läßt.« Das kirchliche Ehegericht, mit dem ich einmal zu tun hatte, entscheidet in kritischen Fällen nach dem Grundsatz »In favorem fidei«, also »zu Gunsten des Glaubens, der Religion oder der Konfession«. Das ist es, was Rüdiger im wesentlichen andeutet, sozusagen eine Entlastung und ein Dispens, ein mögliches zukünftiges Verdienst um die Kirche oder den Glauben... Das alles sind für Hagen, den die Königsbrüder Gunter,

Gernot und Giselher in allen Zweifelsfällen wie ein Orakel fragen und zu Rate ziehen, weil er buchstäblich alles weiß und auch jeden Neuankömmling in Worms sofort identifizieren kann, nicht die Gründe für die radikale Ablehnung dieser »morganatischen« Verbindung zwischen dem Witwer Etzel (nach Helches Tod) und der Witwe Kriemhild (nach der Ermordung Siegfrieds, die schließlich Hagen ins Werk gesetzt hat). Er kennt Kriemhilds wichtigsten Plan für den Fall ihrer Ehe mit Etzel: »Vielleicht wird noch gerochen meines lieben Mannes Tod.« Wir würden heute eher *gerächt* statt *gerochen* sagen. Ein altgermanistischer Kollege hat mir erzählt, daß ihm ein Kandidat in der Lehramtsprüfung auf die Frage nach Kriemhilds Bedenken gegen eine Ehe mit Etzel geantwortet habe, die hätten darin bestanden, daß sie Katholikin und Etzel Protestant gewesen sei ...

Heute wird wohl kaum noch im alten Sinne »geworben« und etwa bei den Eltern der Braut um die Hand der Tochter angehalten. Auch das förmliche Verloben mit einem ersten Ringtausch ist ja aus der Mode gekommen. In der Aristokratie gibt es noch den guten Brauch, daß die Eltern des Bräutigams und der Braut jeweils die Hochzeit ihres Sohnes oder ihrer Tochter bekanntmachen. Auch in Ländern, in denen wie in Österreich der Adel abgeschafft ist, kann der Staat nichts gegen solche Formalitäten haben. Er adelt und nobilitiert zwar nicht mehr, erhebt also nicht mehr in den Adelsstand, aber am »Altbestand« an Titeln und Privilegien ändert das wenig, auch wenn das Führen von Adelstiteln in Österreich verboten ist. Eigentlich handelt es sich um eine Art Parallelgesellschaft. Besonders klug hat bekanntlich der Dirigent Herbert von Karajan das Problem gelöst, indem er das »von« als Teil eines Künstlernamens, also eigentlich eines Pseudonyms, ausgab. Deutschland ist zwar auch keine Monarchie mehr, aber der Staat ist den Adeligen gegenüber weitaus großzügiger. Noblesse oblige. Und darum sind dortzulande MinisterInnen mit berühmten Namen in der Regierung. Daß gerade ein Adeliger mit dem wohl berühmtesten Namen neben Bismarck, den schon viele als den kommenden Kanzler Deutschlands sahen, über einen Dissertationsschwindel gestolpert ist, ist insofern von besonderer Tragik und auch grotesk. Ich hätte ihm Pardon gegönnt, großzügig und edel wie ich bin... Vieles aber an der alten Lebenswelt hat sich gründlich überholt und Lebewohl gesagt: Es gibt kein Duellieren mehr. Konflikte werden heute anders ausgetragen, aber auch nicht immer fein. Ich muß wieder einmal »Effi Briest« von Theodor Fontane lesen.

Ja, wie kompliziert war es seinerzeit, als die Kirche mit ihrem Kanonischen Recht ein Monopol auf die Ehe hatte, oder nach der Reformation die *Kirchen*, und wie hat sich das Heiraten nach Einführung der Zivilehe, der Möglichkeit der Scheidung und der Wiederverheiratung, in Zeiten der sogenannten »Lebensabschnittspartnerschaften« und schließlich nun sogar der »Ehe für alle« entwickelt und verändert! Die Ehe ist nicht wiederzuerkennen! In meiner Kindheit, ja noch in meiner Jugend, war es für einen Geschiedenen und Wiederverheirateten schwierig bis unmöglich, in einer kleinen Volksschule am Land Direktor zu werden. Noch vor gar nicht allzu langer Zeit war davon die Rede, daß, »unterstützt« von der Kirche, ein Landeshauptmann demissionieren mußte, als ruchbar wurde, daß er seine (kranke) Frau vor der Silbernen Hochzeit wegen einer neuen Jüngeren »verlassen« hatte. Der offiziell verlautbarte Grund für den Rücktritt hieß »gesundheitliche Probleme«, genauer und zugleich kryptisch: »Herzrhythmusstörungen«... Heute heißt es manchmal von hoch-, ja höchstgestellten Persönlichkeiten in Politik und Wirtschaft, sie lebten in zweiter oder dritter Ehe... Und ist die Ehe »zerrüttet«, wie von einem Erdbeben erschüttert, wird auch nicht mehr nach dem oder der Schuldigen gefragt. Mit der »Ehe für alle« und dem Adoptionsrecht für gleichgeschlechtliche Paare ist diese Entwicklung zu einem gewissen Abschluß gekommen. Und man darf es vielleicht doch ein wenig merkwürdig finden, ohne gleich als verzopft verschrien zu werden, daß eine Bundeskanzlerin und Vorsitzende der sogenannten *Christlich Demokratischen Union*, also der Partei mit dem hohen C, wie Günter Grass geätzt hat, eine Pfarrerstochter, sich in Interviews fragen lassen und sich antwortend winden muß, warum sie der »Ehe für alle« im Parlament nicht zugestimmt habe. Kann man dem Papst vorwerfen, daß er römisch-katholisch ist? Es bleibt wohl anthropologisch konstant, daß mit der liberalen Lösung eines Problems keine »Erlösung« und endgültige Ruhe und Befriedung erreicht werden kann, sondern sich neue Fragen auftun und unvorhergesehene Probleme ergeben. Der Mensch bleibt ein »Mängelwesen«.

Wenn heute jemand *Werbefahrt* hört, denkt er sicher nicht an das Nibelungenlied, an ein anderes Heldenepos oder das Kudrunlied, sondern an Werbefahrten von Firmen mit oft sehr dubiosen Geschenkversprechungen für die in der Mehrzahl älteren Herrschaften und Teilnehmerinnen. Der eloquente *Werbefritze* und Reiseleiter, der die Teilnehmer auf der »Kaffeefahrt« »betreut«, spielt natürlich schon im Autobus den Entertainer und bringt die Leute mit mehr oder minder anzüglichen Witzen in Stimmung und »in Fahrt«. In einem eher ungemütlichen Wirtshaussaal, der zudem abgesperrt wird, damit niemand flüchten kann, geht es dann ans Eingemachte, das Anpreisen von preisgünstigen Produkten von Bettwäsche bis zu Haushaltsgeräten. Wer heute die Wirtschaftsseiten der Zeitungen liest, findet dort nicht nur Ausschreibungen und Ankündigungen und Einladungen zu Werbefahrten, sondern auch und fast mehr noch Warnungen vor ihnen durch den Ombudsmann des Mediums: »Abzockfalle Kaffeefahrt« lese ich da. Dort werden, wie auch in Beiträgen auf YouTube, die leichtgläubigen Pensionisten und Pensionistinnen vor Illusionen gewarnt, vor allem, was irgendwelche Wundermittel wie Heilsteine gegen Rheuma oder Gicht oder Ischias betrifft, die ihnen dort »ans Herz« gelegt werden, die aber eher das Portemonnaie entlasten, als die Altersbeschwerden abstellen und beseitigen ... Von den Geschenken, die versprochen wurden, ist auch nicht mehr die Rede, allenfalls von einem Preisnachlaß und Rabatt auf die »Geschenke«. Gratis ist nur der billige Kaffee oder ein Glas Prosecco aus dem Diskonter ... Und wenn's hoch kommt, ein »Strammer Max« oder ein belegtes Brötchen. Umsonst ist der Tod und der kostet bekanntlich das Leben!

Wer in den Wörterbüchern nach Personennamen, Vor- oder Nachnamen für Produkte sucht, stößt alsbald auf den erwähnten *strammen Max*. Und die Assoziationen, die genannt oder als »Semanteme« erwähnt werden, haben ihren Sitz auch meist in Berlin. Sie sind in Preußen »verortet«. Der strammste Maxe, der immer genannt wird, ist natürlich Max Schmeling. Wenn in meiner Kindheit ein rauflustiger Bub von einem Erwachsenen wie dem immer zum Kindernekken aufgelegten Wirt Derflinger in Nisting verspottet wurde, dann mit »Meisterboxer Max Schmeling«. Es kann einem Sprachinteressierten zu denken geben, daß im Band des Dudens »Familiennamen, Herkunft und Bedeutung von 20 000 Nachnamen« vermerkt ist, daß der Name *Schmeling* des deutschen »Boxidols«, wie auch der Name *Schmahl*, ein Übername ist und sich vom mittelhochdeutsch *smal*, also »schmal, dünn, schlank, schmächtig«, herleitet. Daran sieht man wieder, wie spätere Träger eines Übernamens das Ursprüngliche Lügen strafen können. Wie viele große *Kleins* und wie viele kleine *Große* gibt es doch. Der Name *Max* scheint in Berlin ähnlich populär gewesen zu sein wie

Fritz oder *Otto*. Bei *Otto* ist die Assoziation zu *Otto Normal-verbraucher* und dem Nachkriegsfilm »Berliner Ballade« mit Gert Fröbe in der Hauptrolle zwingend: Der Kriegs-veteran muß sich im Nachkriegsberlin mit der Bewirtschaf-tung und Rationierung der Lebensmittel auf Marken ohne Sonderrationen (für Schwangere etc.) zurechtfinden und abfinden. Ich habe aus meinem Elternhaus einen Scherz-artikel, eine Karte, in Erinnerung, auf der man zwei Berliner Steppkes sieht, von denen der eine zu seiner Mutter im er-sten Stock des Hauses hinaufruft: »Mamme kiek mal run-ner, Maxe will nit globen, det du schielst.« Zum Stichwort *Strammer Max* steht in Heinz Küppers »Wörterbuch der deutschen Umgangssprache«: »Rohes Schweinsgehack-tes mit Eiern, Zwiebel und allerlei scharfen Zutaten«. Und: »Stramm spielt auf die Stärkung des Penis, des geschlechtli-chen Leistungsvermögens an.« Dieser Zusammenhang ist, den Belegorten nach, die Küppers nennt, praktisch allen Deutschen geläufig... Ja, es gibt Leute, die denken bei allem Strammen und Aufragenden an Phallisches, und sei es ein Kirchturm...*Strammer Max* – ein anders Wort für *Viagra*?

Ein Zentralwort und »Hauptwort« der Kaufleute ist heute das englische SALE. Früher hat es auf Deutsch *Aus-verkauf* oder *Schlußverkauf* geheißen, und die Zeiten des Abverkaufs waren eher limitiert. Heute ist SALE fast schon ein Dauer- und Normalzustand. Der »Sommerschlußver-kauf« beginnt im Frühjahr und der »Winterschlußverkauf« im Herbst... Wer auf Sonderangebote aus ist, kommt nicht mehr zur Ruhe und rotiert durch die *Shopping Malls*... So heißt es auch nicht mehr *einkaufen*, sondern *shoppen*, nicht mehr *Laden* oder *Geschäft*, sondern *Shop* oder *Bou-tique*. Man kauft sich in der Hühner-Boutique *Chicken-wings*. Ich bin kein Sprachpurist oder »Sprachpolizist«, der es auf »Anglizismen« abgesehen hat und sein Mütchen an Fremdwörtern kühlt, aber manches englische Ersatzwort für ein alteingesessenes deutsches Wort läßt einen doch staunen – und schmunzeln. Nicht ärgern, nur wundern! Nach dem Kaufrausch, dem *spending spree,* vor Weihnachten kommt nach dem Fest das große Umtauschen, der *exchange* der *items* in anderen *sizes,* anderer *colour* und anderem *design*...

Das Ende und der Schluß, sozusagen das Alpha und das Omega allen Geschäftemachens, ist das Outletcenter. Eigentlich stammt englisch *Outlet* aus derselben Wurzel wie das deutsche *Auslaß,* schließlich sind Englisch und Deutsch zwei nahe verwandte westgermanische Sprachen, wobei der Anteil romanischer Wörter im Englischen deutlich höher ist als im Deutschen – obwohl es andererseits im Deutschen wieder romanische, aus dem Lateinischen entnommene Wörter wie *Fenster* (von *fenestra)* gibt, wo das Englische mit *window* (eigentlich »Windauge«) ein uraltes germanisches Wort bewahrt hat.

Aber nun zu *Outlet,* für das die Wörterbücher mehrere Übersetzungen anbieten, von »Auslaß«, »Ausgang« und »Ausguß« bis zu »Aussparung«, »Auspuff« und »Steckdose«. *To find an outlet for one's emotions* heißt laut »Langenscheidts Großwörterbuch der Englischen und Deutschen Sprache« (»Der Kleine Muret-Sanders«), »seinen Gefühlen Luft machen können«. Bei den *items* der Outletgeschäfte handelt es sich aber, ihrem Selbstverständnis und ihrer Werbung nach, nicht um *Ausschuß*-Waren, auch nicht um Auslaufmarken, sondern um zertifizierte Qualitätserzeugnisse. So billig oder »preisgünstig« können sie sein, weil sie den Erzeugern große Mengen und Stückzahlen abnehmen und sich auf bestimmte, konkrete Waren, hauptsächlich der Bekleidungsindustrie, konzentrieren. Die *Werbefritzen* der Outletcenter verbieten sich aber die Vermutung, es könnte sich um aus der Mode gekommene Wäsche oder Kleidung handeln... Auch die Vermutung, ihre Waren könnten, ähnlich wie die Lebensmittel eines nach einer ähnlichen Verkaufsphilosophie agierenden Diskonters, wegen der Schlichtheit des Mobiliars und der primitiven Regale der Verkaufsräume so günstig sein, also wegen der Senkung von »Nebenkosten«, wird vehement negiert. Böswillige Beobachter der Branche sagen, der Handel erpresse zu Gunsten der Käufer die Erzeuger, ähnlich wie die Molkereien und Lebensmittelmärkte zu Gunsten der Konsumenten und zu ihrem eigenen Profit die Bauern. Stimmt alles nicht?

Es gibt auch in meinem Metier, der Schriftstellerei, auch Literatur genannt, eine ähnliche kommerzielle Erscheinung und Entwicklung, nämlich das Bücherschreiben für das sogenannte Neuantiquariat. Eigentlich sind *neu* und *antiquarisch* wohl Gegensätze. Zwar gibt es noch die sogenannte »Buchpreisbindung«, aber manchmal wird nicht lange nach der Herstellung der Bücher der reguläre Buchpreis »aufgehoben« und das »Verramschen« beginnt. Sehr viel, aber sicher nicht alles, was »verramscht« wird, ist auch Ramsch und billiges Lesefutter. Die Alternative zum Verramschen heißt freilich Makulatur, Papierschnitzel oder Konfetti für den Karnevalsumzug oder die Loveparade.

Sehr oft geht gerade das Anspruchsvolle und Gute schlecht... Ich weiß, wovon ich spreche. Denn ich habe mich auch schon besser verkauft, wenn ich an einige meiner früheren Bücher denke. Wilhelm Raabe, einer der ersten Bestseller-Autoren des 19. Jahrhunderts, hat im Alter mit »Schriftsteller a. D.« hinter seinem Namen unterschrieben. Als Träger des Raabe-Preises der Stadt Braunschweig steht es mir zu, daß ich seinem Beispiel demnächst und alsbald Folge leiste, statt weiterhin »auf Halde« und am Markt vorbei zu produzieren.

Bei einer Recherchefahrt für meinen letzten Roman »Aluigis Abbild«, der von meinem Namenspatron Aloisius von Gonzaga handelt, nach Mantua und vor allem Casti-glione delle Stiviere, um mich mit der Materie und dem Schauplatz des Geschehens um den merkwürdigen Hei-ligen vertraut zu machen, habe ich erstaunt festgestellt, daß es in Norditalien Verbrauchermärkte mit dem Namen *Aloysius* gibt. Aloisius zu Ehren? Seither rätsle ich, wie der junge Jesuit, der Gonzaga-Prinz Aloisius, der mit 24 Jahren bei der Pflege von Pestkranken in Rom gestorben ist und vorher auf alles verzichtet hat und nicht Markgraf werden wollte, zu dieser kapitalistischen Ehre gekommen ist, daß man nach ihm eine Diskonter-Kette und Outletcenter für Kleidung benannt hat. Ja, ist denn der heilige Aloisius der Schirmherr der »Restposten«? Der Patron der »Reliquien« im Sinne der Ladenhüter und »Überbleibsel«?

Aktivraucher und Passivraucher

Passivraucher ist ein Widerspruch in und an sich. Das Wort Raucher ist ein sogenanntes *Nomen agentis*, also ein Hauptwort, das einen *Agenten* anzeigt, einen Menschen, einen Mann in diesem Fall, der etwas tut. *Agens* verweist auf einen *Handelnden. Rauchen* ist dagegen ein *Nomen actionis,* es bezeichnet das Geschäft, die Handlung des Rauchenden. *Raucher* kommt von *Rauch,* so wie *Räuber* von *Raub* kommt... Es könnte auch gut und gern *Räucher* heißen... Ein *Passivraucher* aber handelt nicht, er wird *behandelt,* man könnte auch sagen, er wird *mißhandelt.* Er erleidet das Rauchen anderer, ist ihm ausgeliefert. Er tut nichts, er kann sich sozusagen nicht wehren, er erlebt die Passion, die Leidenschaft, die Sucht der Raucher als Passion im Sinne von »Leidensgeschichte«. Untersuchungen haben ergeben, daß Kellnerinnen in Lokalen, in denen früher ungehemmt geraucht wurde, in ihrem achtstündigen Arbeitstag das Nikotin einer ganzen Packung Zigaretten intus bekommen haben. Der sogenannte *Passivraucher,* die *Passivraucherin* im Service, war also alles andere als eine *Nichtraucherin.*

Meine Frau Suchra lebte als Kind mit ihren Eltern und ihrem jüngeren Bruder Tahir in einer kleinen Wohnung in der sogenannten Dag Hammarskjöld-Siedlung im Stadtteil Waidmannsdorf in Klagenfurt, einem Bau des UNHCR, des UNO-Hilfswerks für Flüchtlinge, »Refugees«. Ursprünglich waren sie in einer Baracke am Klagenfurter Stadtrand untergebracht, die so desolat war, daß ihr Vater Teka, ein gebürtiger Albaner und lange »staatenlos«, bei Regen einen

Schirm über die Betten seiner Kinder hielt... Dort und dann auch in der kleinen 60-Quadratmeter-Wohnung der Dag Hammarskjöld-Siedlung wurde täglich nach Feierabend, nicht nur von ihrem Vater, sondern auch von den ihn besuchenden Landsleuten, vor allem beim Kartenspielen ununterbrochen geraucht. Feierabend war Feuerabend... Am Nebentisch aber oder überhaupt im winzigen Vorhaus machte die kleine Suchra ihre Hausaufgaben. »Die Albaner rauchten wie die Türken!«, sagten die Leute. Bei einer Untersuchung durch den Schularzt stellte sich heraus, daß die Funktionswerte ihrer Lunge denen von Rauchern entsprachen... Es braucht aber, wie uns die Lungenfachärzte belehren, lange Jahre, bis Raucher, die ihre Sucht überwunden haben, und auch Passivraucher von den Folgewirkungen verschont bleiben. Der menschliche Körper ist nachtragend, er vergißt und verzeiht angeblich keine einzige inhalierte Zigarette...

Kein Wunder, daß sich bei vielen Menschen, bei vielen Passivrauchern, eine große Aversion gegen das Rauchen und die Raucher entwickelte. Aus dem »Deutschen Wörterbuch« der Brüder Jacob und Wilhelm Grimm (Band 21) erfährt man im Artikel *Tabak* Verblüffendes und Erstaunliches: Neben den verschiedenen Wortformen, neben *Tabak* mit der Betonung auf dem zweiten a begegnen wir auch *Tobak* mit dem Ton auf dem o der Stammsilbe. *Starker Tobak*, auch dort, wo es sonst *Tabak* heißt... Und es ist in einigen der zitierten alten Texte vom Teufel die Rede, der zum Unglück der Menschen aus Armenien oder Amerika den Tabak importierte. Philander von Sittenwald (ein Pseudonym für Johann Michael Moscherosch) wird mit einem markigen Spruch zitiert: »Indem ich, der Tubakteufel, den Spaniern den Tubak in den Kopf gebracht, habe ich ihnen mehr geschadet, als der König von Spanien den Indianern mit allen seinen Columbis, Pizarris et ceteris...« Das

Wörterbuch belehrt uns aber auch, daß es einmal »Tabak trinken«, ja, »Tabak saufen« geheißen hat, weil der Rauch sozusagen geschlürft wurde. Rauch als Rausch. So wurden die Raucher auch zu Säufern ... Wenn man freilich die Aversion, ja, Verachtung für das Rauchen und die unglaublich drastischen Warnungen auf den Zigarettenpackungen liest, wird man vielleicht daran erinnert, daß manche Kulturwissenschaftler sagen, die Angst vor Nikotin oder allgemeiner vor Bakterien und Keimen habe heute die Angst der früheren Zeiten vor dem Teufel, dem Leibhaftigen, abgelöst. So wie auch *bio* und *biologisch heilig* ersetzt. Das »Deutsche Wörterbuch« der Brüder Grimm verzeichnet auch die Komposita *Tabaksfreund* und *Tabaksfeind*. Kaspar von Stieler, der große Lexikograph des 18. Jahrhunderts, spricht sogar von »alienus ab usu nicotianae«. Rauchen also als Brauch und Mißbrauch, als *abusus* ... »Dementsprechend« werden Raucher ja heute fast wie »Unreine«, ja, »Parias« oder »Unberührbare« betrachtet, und es ist fast schon mitleiderregend, heute vor dem Tor zu einem Amt oder auch der Universität Raucher und Raucherinnen zusammenstehen und rauchen, »paffen«, zu sehen. Die Sucht muß wahrlich stark sein, wenn man die armen die Unbequemlichkeiten und winters die Kälte einer solchen Rauchpause in Kauf nehmen sieht ...

Raucherinnen! Ich stamme aus einer Zeit und einer Gegend, wo fast nur Männer geraucht haben. Zigaretten waren eine reine Männersache. Und waren schon rauchende Frauen eine besondere Seltenheit, umso mehr Frauen, die, wie die legendäre Frau Sacher, Zigarre rauchten. Ich bin der Sohn eines Vaters, der geschnupft hat. Einige Male habe ich ihm die Freude gemacht, ihm auf dem Weg von Saarbrücken nach Oberösterreich aus einer Trafik in Landshut einen bayrischen Schmalzler der renommierten Marke Pöschl mitzubringen. Und in unserer Nachbarschaft gab es einen alten Mann, den Schlemer, der Tabak gekaut hat. Das nannten wir *bagern* und fanden es ein wenig ekelig ... Im Wörterbuch steht dementsprechend, Tabak werde entweder *geraucht* – als Zigarette oder in der Pfeife –, *geschnupft* oder *gekaut*. Die Zigaretten waren damals filterlos und besonders rauh. Das galt sicher für die sogenannte »Austria 2«, weshalb ihr der erfinderische Volksmund den Ausdruck »Beuschelreißer« verlieh. *Beuschel* ist der mundartliche Ausdruck für die Lunge. Auch sonst ist das Wortfeld Rauchen und Zigarette reich mit Metaphern bestückt. Wenn sich der Kettenraucher mit dem kurzen glühenden Stummel oder »Tschick« die nächste Zigarette anzündete, um sein Feuerzeug zu schonen, so nannte man dies »künstlich befruchten«. Oder wenn er einen Mitraucher auf diese Art um Feuer bat ... Den Zigarettenspitz, das aus Edelholz gefertigte Mundstück, in das man die Zigarette steckte, um zum »Glimmstengel« Abstand zu gewinnen, hörte ich »Präservativ« nennen. Es schützte ja wohl wirklich vor der Wirkung der letzten teerhaltigen Lungenzüge ... Was aber auch nicht verhinderte, daß mein albanischer Schwiegervater, der seine selbstgedrehten Zigaretten im »Spitz« rauchte, im hohen Alter noch Lippenkrebs bekam und ein ähnliches Schicksal wie der zigarrerauchende Sigmund Freud erlitt.

Nicht ganz zu Unrecht nannten manche ihr Feuerzeug auch »Flammenwerfer«. Von einem, dessen Zigarette unregelmäßig und nicht gleichmäßig rundum glomm, sagte man, er hätte einen »Juden« zusammengebracht. »Einen Juden anrauchen« bedeutet laut Auskunft von Wikipedia »eine Zigarette nur teilweise anglühen, so daß sie schräg brennt«. Die Kommentare zu diesem Eintrag reichen von »harmlos« und »unverdächtig« bis zu »eindeutig antisemitisch«. Wollte man gründlich sein, müßte man wohl auch die zahlreichen und geistreichen jüdischen Witze bei Salcia

Landmann (»Der jüdische Witz«) mitbedenken, in denen Zigaretten eine Rolle spielen. Ein Beispiel: Reb Jine macht seinem Schwiegersohn, der am Schabbes eine Zigarette raucht, bittere Vorwürfe. »Hast du vergessen, daß ein Jude am Schabbes nicht rauchen darf?« Der Eidam verteidigt sich: »Wie könnte ich das vergessen?«

»Was hast du dich aber dann vergessen!«

»Ich habe vergessen, daß ich Jude bin«, lautet die Antwort.

Unser Nachbar in Aichmühl war Kaufmann, sein Geschäft hieß also damals »Gemischtwarenhandlung, Kolonialwaren, Kurzwaren und Tabak-Trafik«. Mit dem Sohn des »Krämers«, dem späteren erfolgreichen Thalheimer Unternehmer Josef Kaser, bin ich manchmal mit einem Pappendeckelkoffer in den Welser »Hauptverlag« der »Tabakregie«, wie das spätere Monopolunternehmen »Austria Tabak« ursprünglich hieß, Nachschub an Rauchwaren holen gefahren – *fassen*, wie man dies nannte, sozusagen *nachfassen*. Das Wort *Verlag* meinte ja ganz allgemein nicht nur den Literatur- und den Buchverlag, einen »Verlag« kannten auch die Brauereien, einen »Bierverlag« für das »Lagerbier«, das sie, die sogenannten »Bierversilberer«, per Pferdefuhrwerk zu den Wirten brachten. Der Bierverleger ist laut Wörterbuch ein »Zwischenhändler« zwischen Brauerei und Wirt, so wie der Buchverleger ein Zwischenhändler ist zwischen Autor und Leser ...

Josef Kaser hat manchmal von der »Fassung« eine Stange »Austria 2« abgezweigt und sie, statt ins Regal oder in die Lade des Geschäftes zu legen, in unser sogenanntes »Lager«, eine Art ebenerdiges »Baumhaus«, gebracht, wo wir ungefähr fünf Freunde aus der Nachbarschaft – Buben von 6 bis 15 Jahren – waren, wie Schillers Räuber eine »Gang«, wie man vielleicht heute sagen würde, bildeten und, im Kreis am Boden oder auf niedrigen Bänken sitzend, Josefs Zigarettenspende verrauchten. Das ging einige Zeit lang gut, bis uns Josefs älterer Halbbruder Hubert, bei einem kleinen Fenster oder »Guckerl« ins »Lager« blickend, entdeckte und auffliegen ließ. Diese Lausbubengeschichte habe ich in meinem Buch »Über den grünen Klee der Kindheit« wohl schon einmal zum besten gegeben. Nun, da sich nach der Kindheit – wie in Ferdinand Raimunds »Der Bauer als Millionär« – auch die Jugend verabschiedet und wahrlich das Alter, ja das Greisenalter, angemeldet und eingenistet hat, wollte sie noch einmal ein wenig wehmütig erzählt und rekapituliert werden ... Obwohl man sich im Alter nicht mehr so gut erinnern kann. Gewisse Begebenheiten vergißt man aber nie. *Rekapitulieren* heißt, wörtlich übersetzt, »wieder in den Kopf bringen«. Ohne das anlautende Suffix *re* (*kapitulieren*) heißt es merkwürdigerweise »sich besiegt erklären« oder auch »resignierend aufgeben«. Nach der Definition des Fremdwörter-Duden bedeutet *rekapitulieren* »sich noch einmal vergegenwärtigen«. Das ist genau das Geschäft, das mir vorschwebt: Noch einmal Lebenszeichen geben, im Zusammenhang mit Zigaretten vielleicht »Rauchzeichen« ...

In der Not der Nachkriegszeit nach dem Zweiten Weltkrieg haben viele Raucher in Stadt und Land auf »Eigenbau« gesetzt, das heißt, selbst Tabak angepflanzt, sei es im kleinen »Prägarten« oder auch im größeren Stil auf freiem Feld. In Steinhaus bei Wels hat sich nach dem Zweiten Weltkrieg ein adeliger Großunternehmer mit Tabakerzeugung beschäftigt. Ich erinnere mich an einen Besuch bei meinem Schulfreund Franz Weingartner, den ich dort bei seinem Ferialjob, dem Auffädeln der Tabakblätter zum Trocknen wie auf langen Wäscheleinen in einem großen Wirtschaftsgebäude, angetroffen habe. Inzwischen spielt der Tabakanbau in unseren Breiten kaum noch eine Rolle. Die Konkurrenz aus anderen Klimazonen und Ländern mit billigerer Arbeitskraft ist einfach zu groß. Gerade was die Zigarren betrifft, die ja aus ganzen Blättern gedreht werden, kann kein europäisches Land mit Kuba mithalten. Die Preise für eine nach der Hauptstadt Kubas San Cristobal de la Habana benannte handgefertigte »Havanna« sind gepfeffert und geschmalzen! Aber dennoch sind die Havannas weltweit gefragt!

Einmal sind wir in der Nähe des Wiener Westbahnhofs in ein Hotel geraten, dessen Frühstücksraum abends offenbar als Vereinslokal des sogenannten »Cigars Club Vienna« diente und der auch als »Cigars Lounge« ausgeschildert und mit großen Photographien von berühmten Zigarrenrauchern versehen und bebildert war, von Fidel Castro und Che Guevara über Sir Winston Churchill, Hermann Hesse, Sigmund Freud bis zu Frank Sinatra, und der vom kalten Rauch mehr als imprägniert war, der sich in den Tapeten und Vorhängen festgesetzt hatte und auch durch vorübergehendes Lüften offenbar nicht mehr zu beseitigen war. An ein appetitliches Frühstücken, sei es kontinental oder britisch, war in diesem Ambiente nicht zu denken. Wir haben den ungastlichen Ort ungefrühstückt fluchtartig verlassen und uns in eine Bäckerei auf der Mariahilfer Straße verfügt...

Nicht nur die Pfeifenraucher hatten seinerzeit ihr »Besteck« zum Stopfen, Entleeren und Reinigen der Pfeife, daneben natürlich die Tabaksdose oder früher noch den Tabaksbeutel aus Schweinsleder – ich besitze in meinem Pichler »Kleinhäuslermuseum« ein solch rares Stück mit dem Bild der Mariazeller Basilika und der entsprechenden Legende aufgedruckt –, auch die Zigarettenraucher hatten entsprechendes Werkzeug, etwa eine gespaltene, mit Scharnieren versehene Metallröhre zur Herstellung der Zigaretten, den erwähnten Spitz und wiederum die Zigarettendose, in der man die in der Trafik gekauften, aus der Schachtel genommenen Zigaretten einordnete, wo sie im Bodenteil und im Deckel von einem Gummiband festgehalten wurden. Eine Futtermaschine en miniature ist eine besondere Attraktion meines Kleinhäuslermuseums: Ein pfiffiger Bastler hat eine Futtermaschine, wie sie in den Heuböden der Bauern zum Zerkleinern von Heu und Stroh zu »Kack«, also Schnitzeln, zur Erleichterung für die Kühe beim Fressen, Kauen und Wiederkäuen, stehen, bis ins kleinste Detail genau nachgebaut. Mit ihr hat er also seine Tabakblätter aus dem Garten geschnetzelt, um sie dann zu »wuzeln«, also ins Zigarettenpapier, das in den Trafiken angeboten wurde, zu drehen.

In Erinnerung ist mir aber in diesem Zusammenhang auch das schreckliche Raucherbein unseres Krämer-Nachbarn, das ihn gezwungen hat, am Stock zu gehen. Sein Tod ist einer Amputation zuvorgekommen... Die Medizin nennt dieses Leiden bekanntlich PAVK, was für *Periphere arterielle Verschlußkrankheit* steht und eine besondere »Arterienverkalkung« – Arteriosklerose – im Bein bedeutet. Der Volksmund nennt diese Krankheit auch »Schaufensterkrankheit«, weil sich bei längerem Stehen vor Auslagen etwa ähnliche Symptome einstellen, wie Fühllosigkeit in den Beinen und ein Gefühl, als hätte man Extremitäten aus Styropor. Ich kenne dies von meinem rechten Oberschenkel, obwohl ich dieses noch erträgliche »Leiden« sicher nicht vom Stehen vor Schaufenstern bekommen haben kann. Ich bin ja ein anerkannter und familiär manchmal auch gescholtener »Konsummuffel«... In meinem Fall war es eher das lange Stehen an Rednerpulten und vor Tafeln in Hörsälen. Ich hatte mir darum auch gegen Ende meiner Lehrtätigkeit ambulantes Dozieren angewöhnt. Ein alter Lehrer braucht ja auch nicht mehr ständig die Unterlagen am Pult oder Katheder. *Routine* enthält das Grundwort *route*... Er unterrichtet *andante*...

Um das Rauchen ist nachgerade eine Art Kulturkampf ausgebrochen, ENTBRANNT, an dem ich mich aber als dereinst starker, aber seit Jahren entwöhnter Nichtraucher nicht beteiligen möchte. Natürlich blickt man mit Verwunderung in jene Vergangenheit zurück, als ein berühmter Chirurg und berühmter oder berüchtigter Raucher am Welser Krankenhaus Operationen unterbrach und seine Mannschaft von Oberärzten und Schwestern weitermachen ließ, während er auf dem Gang draußen eine Rauchpause einlegte. Er hat aber immerhin erfolgreich meinen Vater von einem Zwölffingerdarmgeschwür befreit... Auch denke ich mit Vergnügen an jenen Nordisten zurück, der nach seinem Vortrag an der Universität des Saarlandes beim anschließenden gemeinsamen Mahl die Pfeife nicht ausgehen ließ und beim Souper simultan mit Löffel und Pfeife hantierte. Und fast bin ich geneigt, Wolf Wondratschek zuzustimmen, der einen geharnischten Artikel gegen den Niedergang der Wiener Kaffeehauskultur geschrieben hat: »Ich halte es für einen schrecklichen Fehler, geradezu für ein Verbrechen am Weltkulturerbe, daß dieser Platz mit einem Rauchverbot belegt worden ist.« Er denkt an das Wiener Kaffeehaus im allgemeinen und im besonderen an das legendäre Café Hawelka in der Dorotheergasse. »Die Allianz von Kaffee und Tabak ist durch Gesetze zerstört worden.« In der Tat kann man sich einige, nicht nur Kaffeehausliteraten, sondern auch Nobelpreisträger, als Nichtraucher kaum vorstellen. Man denke nur an jene Ikone des freihändig an der Schreibmaschine rauchenden, die Augen wegen des aufsteigenden Rauchs zusammenkneifenden Albert Camus...

Ausdrücklich möchte ich, sozusagen testamentarisch, erlauben, daß an meinem Grab gerne auch geraucht werden darf. Gerade gestern habe ich auf dem Friedhof St. Martin in Klagenfurt an einem Grab »in meiner Nähe«

einen älteren Herrn, wahrscheinlich Witwer, geradezu andächtig vor einem Grab, vermutlich dem seiner verstorbenen Frau, seelenruhig eine Zigarette rauchen gesehen, nachdem er die Blumen bereits gegossen hatte. Er hat erst eine Kerze und dann sich eine Zigarette angezündet... Es war wie Weihrauch...Und sollte mich einmal einer in Verletzung der Friedhofsordnung mit seinem Hund dort besuchen, habe ich, obwohl kein besonderer Hundefreund und Kampfhunde fürchtend, auch nichts dagegen...

Zeitgenossen

Wutbürger sind Menschen, die gerne »ausrasten«, leidenschaftlich, zornig, unbeherrscht. Ein Gutteil ihrer Emotion
ist dabei aber Lust! Nicht wenige regen sich gerne auf. Wer
»ausrastet«, gerät und ist »außer sich«. Dieses »Außersich-
sein« ist wohl inhaltlich verantwortlich für die Übertragung
des aus der Technik kommenden, dem Maschinenbau ent-
nommenen Wortes. *Ein-* und *ausrasten* bezieht sich etwa
auf Zahnräder, die ineinandergreifen – und getrennt, *aus-
gerastet* werden, so daß eine Maschine anders, unkontrol-
liert und ungebremst schneller oder auch *heißläuft*. Das
entspricht auch dem »Durchdrehen«. Fehlt nur noch, daß
die Maschine wie im Leerlauf aufheult... Meine Wörterbücher verzeichnen zwar das Wort *ausrasen*, das aber
semantisch mit *ausrasten* nichts zu tun hat, in der Bedeutung »ein Orkan *rast aus*, hat *ausgerast*, hat sich gelegt und
beruhigt«. Wer ausrastet, beginnt erst mit dem Wütendwer-
den, steigert sich hinein in Rage und Zorn. Das Lateinische
hat eine eindrucksvolle grammatische Möglichkeit, bei
Zeitwörtern das Entstehen, Werden und Steigern von Tätigkeiten auszudrücken, das sind die sogenannten *inchoati-
ven* Verben. (*Inchoare* heißt »beginnen, anfangen, einlei-
ten, anschwellen«.) Im Deutschen erreicht man ähnliches
durch das Präfix er (*erblühen, erschrecken*). In diesem Sinne
heißt *irasci* (von *ira*, »Zorn«) »zornig, wütend werden, sich
in den Zorn hineinsteigern, erzürnen«. Ich bin von meinen Wörterbüchern ein wenig enttäuscht, und weder das
»Herkunftswörterbuch« der Duden-Reihe noch das »Etymologische Wörterbuch des Deutschen« von dtv geben

ausrasten als Stichwort an. Das Wort *ausrasten* wird in den meisten Rechtschreib-Wörterbüchern verzeichnet, zu seiner doppelten Bedeutung heißt es im Rechtschreib-Duden: *ausrasten* (umgangssprachlich auch für: *zornig werden*; süddeutsch und österreichisch für: *ausruhen*). Damit ist *ausrasten* ein Homograph für zwei ganz konträre »Tätigkeiten« – für »die Ruhe verlieren« und »die Ruhe finden«... Der Nachbarort meiner Herkunftsgemeinde Pichl bei Wels heißt Steinerkirchen am Innbach, es ist ein Wallfahrtsort mit einer Kirche »Maria Rast«. Sie liegt heute nahe an der Innkreisautobahn und nicht fern einer Autobahn-Raststätte, dem »Landzeit Autobahn Restaurant Aistersheim«. Unter »Bewertung« hat sich jemand im Routenplaner mit diesem Lob eingetragen: »Super Raststätte, bin zufällig vorbeigekommen. War aber sehr zufrieden. Toiletten waren sauber. Essen gut und Preis war ›ok‹.« Der Laudator war offensichtlich alles andere als ein unzufriedener Wutbürger. Er hat nicht gerast, sondern zufrieden gerastet...

Wer nun einen Wutbürger, einen wahren Wüterich, am Werk, das heißt am Ausrasten oder auch *Ausflippen* (nach englisch *to flip out*: »durchdrehen«) sehen und hören will, der kann sich die Interviews des Schauspielers Klaus Kinski ansehen, die er neben der an sich schon konfliktreichen Arbeit am Film »Fitzcarraldo« des Regisseurs Werner Herzog gegeben hat, sie sind voll gräßlicher und häßlicher Flüche und Verwünschungen und Beschimpfungen der InterviewerInnen. Es wimmelt von *Arschloch* und *Idiot*... Klaus Kinski hat auch unter meinem verstorbenen Freund Herbert Wochinz im Wiener Theater am Fleischmarkt, einer Avantgardebühne der 50er und 60er Jahre, eine Rolle in Michel de Ghelderodes »Escorial« gespielt und dabei dem Mitspieler, dem später sehr populär gewordenen Kärntner Volksschauspieler Georg Bucher, eine eiserne Krone immer wieder so hart und heftig auf den Kopf gedrückt, daß

Bucher nach jeder Vorstellung verarztet werden mußte. »Herbert, der bringt mich um!«, hat Bucher sich bei Wochinz beschwert. Als Kinski Buchers Beschwerde zu Ohren kam, sagte er voll Verachtung: »Diese Memme!«

Neben bösen Fäkalwörtern, wie sie Klaus Kinski gern gebrauchte, gibt es auch ein ganzes Arsenal an nonverbalen Möglichkeiten, zum Beispiel mit Hilfe der Hände, etwa des aufgerichteten Mittelfingers, des »Stinkefingers« der rechten Hand, Verachtung zu signalisieren. Es gibt Handzeichen von Autofahrern, die aggressives Verhalten gegen andere Verkehrsteilnehmer ausdrücken, die als Nötigung einklagbar sind. Rabiate Mobilisten zeigen gerne anderen Autofahrern, die ihrer Meinung nach verkehrswidrig unterwegs sind, den sogenannten Vogel, indem sie sich an die Stirne tippen.

Eines meiner wertvollsten Wörterbücher ist das »Dictionary of Worldwide Gestures« von Betty J. Bäuml und Franz H. Bäuml. Franz H. Bäuml, 1926 in Wien als Sohn eines jüdischen Geschäftsmannes geboren, hat dieses einmalige Wörterbuch der Gesten im Exil als Professor für Ältere deutsche Literatur an der University of California zusammen mit seiner Gattin, die Romanistin an derselben Universität war, geschrieben. Ich schätze mich glücklich, ein persönlich von Professor Bäuml gewidmetes Exemplar zu besitzen: »Mit herzlichem Dank und zur Erinnerung an den 18.–19. April 1998 in Klagenfurt«. Das Diktionar ist nach Körperteilen strukturiert, von Abdomen (Unterleib), Armen, Augen, Hand, Kopf, Fingern bis Zehen, in Leben und Literatur, weltweit! So wird auch deutlich, daß oft eine Geste in verschiedenen Weltgegenden Unterschiedliches, ja oft Konträres bedeutet. So indiziert der aufgerichtete Daumen der rechten Hand hierzulande »alles bestens!«, in anderen Weltgegenden aber Spott für Schwule oder auch eine Einladung für homosexuellen Kontakt.

Über die wohl populärste Geste heißt es in Bäumls Dictionary unter *Hand* und *Victory*: »Index and middle finger extended, forming a ›V‹, other fingers folded towards palm, hand raised…« Und später: »It became the characteristic gesture (palm facing outward) of Winston Churchill during WW II.« Dieses Victory-Zeichen gehört zu Churchill wie auch die dicke Zigarre. Sogenannte Spin-Doctors, also Medien- und Imageberater, wollen herausgefunden haben, daß sich auch andere Staatsmänner, die eigentlich Nichtraucher waren, Zigarren angesteckt hätten, weil dies auf die Leute souverän und beruhigend wirke. Auch Churchills Zigarren seien meist »kalt« gewesen, also unentzündet… Einen Zigarrenraucher kann sozusagen nichts aus der Ruhe bringen, auch kein WW II… Es ist wohl wirklich manches am Gebaren der Volksvertreter Berechnung und Kalkül. Bundeskanzler Bruno Kreisky wurde nachgesagt, er habe, ebenfalls aus Popularitätsgründen, im Presse-Foyer sehr langsam gesprochen, während er sonst im Privaten ein normales Sprechtempo pflegte. Daß er, gefragt, warum er so langsam spreche, gesagt habe: »Damit die Herren vom Bauernbund in Blockschrift mitschreiben können«, ist wohl erfunden, obwohl er sicher oft Schlagfertigkeit bewiesen hat…

Manches an Gesten und Sprache ändert sich auch mit der Zeit. Die Sitten ändern sich, Pessimisten sagen, die Sitten *verfallen*. Mores muß man darum lehren und lernen! Heute wird ja auch in Kärnten niemand mehr, der als Gast auf einer Burg einkehrt, erwarten können, daß ihn die Frau des Burgherren badet, oder gar sich ihm hingibt, wie es in der Chronik des Santonino, des Sekretärs des Bischofs von Caorle, der eine Visitationsreise durch Kärnten absolvierte, um vor allem Kirchen, die von den Türken verwüstet und »entweiht« worden waren, neu einzuweihen, beschrieben oder doch angedeutet wird: Ich habe den entsprechenden denkwürdigen Passus im Text des Photobandes »Kärnten im Besonderen« wegen seines besonderen Informations- und Unterhaltungswertes zitiert und darf ihn hier wiederholen: »An diesem Tag wurde ich, Santonino, vom edelblütigen Herrn Georg Vend, Burghauptmann von Priessenegg, eingeladen und betrat mit ihm das Bad, um die dichte Kruste des Reiseschmutzes zu reinigen. Auf seinen Befehl, vermutlich, kam bald darauf die adelige Frau Barbara Flaschberger, Tochter des genannten Herrn von der Burg Flaschberg, zur Tür herein, seine Gattin. Sie stand im Alter von 20 Jahren, war sehr schön und vor allem leutselig und gütig. Auf Befehl ihres Mannes hat sie dem Santonino den ganzen Leib bis herunter zum Bauch mit ihren weißen und zarten Händen zartest abgerieben..., schließlich säuberte sie vom Bauch bis zu den Füßen dem Santonino die Glieder. Vielleicht mag einer, der den Landesbrauch nicht kennt, dies der züchtigen Frau als Laster, ihrem Mann als Dummheit und Leichtsinn anrechnen, daß er die eigene, noch dazu schöne junge Gattin einem fremden Manne zur Dienstleistung ins Bad geführt hat.« Später heißt es: »Alle sagen, daß dies aus alter Gewohnheit den Gästen gegenüber so gehalten wird, damit sie sich mit besonderer Liebe und Ehre aufgenommen fühlen. Natürlich gilt dies, wie billig, jeweils nur für gesellschaftlich gleichgestellte Personen.« Also ganz bestimmt auch für die hohe Geistlichkeit, darf man annehmen...

Auch Parzival wird ja in Wolframs von Eschenbach Epos auf der Burg Graharz seines Lehrers Gurnemanz nach seinem Einzug erst einmal in einer Kufe (einer Wanne) von Jungfrauen gebadet, die sich über seine Anatomie lustig machen... Das war einmal! Andererseits ist der Begrüßungskuß unter Verwandten und Bekannten, der in meiner Jugend auf dem Land absolut unüblich war, groß in Mode gekommen, so daß mit einigem Recht von der »Bussi-Bussi-Gesellschaft« gesprochen wird. Ein eigenes Kapitel ist auch der sogenannte »Bruderkuß«, den die Führer der Sowjetunion und die Präsidenten der Satellitenstaaten ausgetauscht, die sich freilich schlußendlich als »Judasküsse« herausgestellt haben. Zungenküsse waren die Bruderküsse wohl nicht, wie einmal auf leicht manipulierten Bildern der Kuß Leonid Breschnews mit Erich Honecker dargestellt wurde.

Von den *Wutbürgern* und ihren aggressiven Gesten nun also, sozusagen auch um des Reimes willen, zu den *Mutbürgern*. In Österreich gab es schon zur Nationalratswahl 2013 eine eigene Partei mit diesem Namen, eine Partei, die sezessionistisch den Austritt aus der Europäischen Union als Wahlziel auf ihre Fahne heftete. Der Mutbürger ist die Fortsetzung dessen, was man früher einmal den »mündigen Bürger« genannt hat, der sich von Bürokraten und Apparatschiks nicht einschüchtern läßt und seinen eigenen Weg geht. Der Slogan, der auf Wahlplakaten zur Nationalratswahl 2017 plakatiert wurde – »Hol dir, was dir zusteht!« – würde ideologisch gut zu den Mutbürgern passen, er wirbt aber merkwürdigerweise für die Sozialdemokratische Partei, die doch seit langem den Bundeskanzler und den Sozialminister stellte. Haben die denn den Bürgern etwas vorenthalten und verweigert, »was ihnen zusteht«, so daß diese zur Selbsthilfe schreiten müssen? *Mutbürger* sind mit einer gewissen Toleranz noch als »bürgerlich« einzustufen, *Wutbürger* aber sicher nicht, sie dementieren das Grundwort ihres Kompositums. Sie sind eher Bürgerschreck als Bürger. Mich hat vor der Wahl im vorigen Jahr ein Redakteur der Kleinen Zeitung verblüffend direkt gefragt, wen ich denn wählen werde. Nach einer Schrecksekunde sagte ich: Figl und Raab. Der Redakteur hat über diese konservative Schrulle milde gelächelt. Ich bin aber wirklich nicht ganz frei von anarchischen Gelüsten. Allerdings bin ich schon auf Grund meines Alters nicht mehr der, als der mich ein Büttenredner bei einer Faschingsveranstaltung während meines Studiums in Wien bezeichnet hat: »ein pubertärer Neinsager!« Als es um die Frage des Beitritts zur Europäischen Union ging, habe ich als individualistischer Schriftsteller und bekennender Regionalist wegen der Ab- und Aufgabe vieler Souveränitätsrechte an die Brüsseler Zentrale dagegengestimmt und meinen Standpunkt in einem Aufsatz in einem Sammelband zum Thema Europa erklärt oder zu erklären versucht. Betroffen und auch ein wenig stolz war ich, als mich Außenminister Alois Mock, mit dem mich freilich mehr als nur der Vorname verband, einer längeren persönlichen brieflichen Antwort würdigte, in der er die Vorteile des Beitritts und die EU als Friedensprojekt beschrieb.

Nun gibt es neben den Wut- und Mutbürgern neuerdings auch die sich so bezeichnenden *Reichsbürger*. Neue Bezeichnungen für neue Phänomene oder handelt es sich um Altbekanntes in neuer Formulierung oder, wie man jetzt oft hört, um ein neues *Format*? Ganz neu ist das ganz alte Wort *Reichsbürger* für Menschen, die den gegenwärtigen Staat, in dem sie leben, nicht anerkennen und sich weigern, Steuern oder auch Strafen zu zahlen, die ihnen vorgeschrieben werden. Die Reichsbürger aber haben sich der Vergangenheit verschrieben. Welchem Reich trauern sie nach, dem Frankenreich Karls des Großen, dem »Heiligen Römischen Reich deutscher Nation« oder dem Habsburgerreich, der Österreichisch-Ungarischen Monarchie? Oder, wie ihre Kritiker nicht ganz zu Unrecht vermuten, dem »Tausendjährigen Reich«? Sie leben wie »exterritorial« in einer rückwärtsgewandten Utopie, fallen aus der Zeit und aus dem Rahmen... Sie sind eine Sekte, wie andere auch, die sich absondern, man denke etwa an die »Amischen« und

»Altmennoniten« in Amerika, die eine altertümliche protestantische Theologie und eine archaische Landwirtschaft betreiben – und alles Moderne und Aufgeklärte ablehnen, bis hin zu Seife und Zahnbürste. Ihre Sprache ist das Pennsylvania-Deutsch, eine Mundart, die die meisten ihrer Vorfahren aus der Pfalz gesprochen haben. Sie orientieren sich an den »Pilgrim Fathers«. Das Wort *Sekte* gilt heute als politisch unkorrekt, als Beleidigung, ihre Mitglieder verstehen sich als Glaubensgemeinschaft und bemühen sich und kämpfen um ihre Anerkennung als solche, sie sagen, nicht sie hätten sich abgespalten (das Wort *Sekte* kommt ja von lateinisch *sequi:* »folgen«), sondern die Mehrheit der »Altgläubigen« sei vom rechten Weg abgewichen. Ihre Feinde sind die »Modernisten.« Sie sind im buchstäblichen Sinn Dissidenten. Die »Sektierer« sind nach Meinung ihrer Kritiker Besserwisser und Rechthaber ... Viele Reichsbürger ignorieren sogar die von Kaiserin Maria Theresia eingeführte Schulpflicht und unterrichten ihre Kinder selbst in der Familie, um sie von der bösen Welt fernzuhalten. Legislative und Exekutive des etablierten Staates verfolgen die »Staatsverweigerer« und werfen ihnen Landfriedensbruch vor. An sich ist *Landfriedensbruch* definiert als eine Straftat, die die öffentliche Ordnung durch gewalttätige Demonstrationen stört. Eine besondere Splittergruppe von »Staatsverweigerern« sind die sogenannten *Autonomen*, die durch spektakuläre »Hausbesetzungen« und ähnliche Ungehorsamsdelikte auf sich aufmerksam machen.

Die Neuen Medien haben auch neue Möglichkeiten der Meinungsäußerung eröffnet, Postings und Kommentare auf Twitter und Facebook. Die sogenannten Shitstorms, wörtlich ins Deutsche übersetzt »Scheißstürme«, in Reaktion auf mißliebige Ereignisse oder Äußerungen erreichen Windgeschwindigkeiten und Stärken wie Hurrikans, Tornados und Wirbelstürme in Amerika. Sie haben auch im gesellschaftlichen Leben einen Klimawandel gebracht, eine nie dagewesene Härte in der Auseinandersetzung, eine Brutalisierung und Verrohung. Schamgrenze war gestern. Der Tabubruch alltäglich. Aus zivilisierten, harmlosen Bürgern sind Wutbürger geworden. Und die Stoßrichtung ihrer Abneigung, ihres Hasses und ihrer Wut geht oft gegen die sogenannten »Gutmenschen« oder auch gegen »Linke«. Die Linken bleiben aber natürlich den Rechten nichts schuldig! Das Wort *Gutmensch* ist ein klassisches Beispiel für Ironie und »Gegensinn«. Die Kritiker halten die »Gutmenschen« für selbstgerecht und eingebildet, für schlecht und nicht für gut ... Die Sprachwissenschaft kennt den Ausdruck »mittelalterliche Ironie«, wenn es darum geht, daß erkennbar das Gegenteil von dem gemeint ist, was gesagt wird: »Du bist ein wahrer Held!«, »Dir kann man blind vertrauen«... Eine alte, sozusagen ehrwürdige Methode des »Anprangerns« und Spottens ...

Ein besonderes Beispiel für Ironie und Sarkasmus ist der Begriff *Frauenversteher* für einen Mann, der den Feminismus unterstützt und sich als Mann wie ein Sympathisant der emanzipierten Feministinnen verhält. Ein raffiniertes Kunststück oder Verwirrspiel ist der Partei der Grünen im Nationalratswahlkampf 2017 gelungen. Sie plakatierten ein Bild ihrer neuen Vorsitzenden Ulrike Lunacek mit dem Text: »Sei ein Mann, wähle eine Frau!« Frau Lunacek ist, wie nach ihrem Outing oder Coming-out oft publiziert, eine bekennend lesbische Frau, Gründungsmitglied der sogenannten »Grünen andersherum« sowie mit einer Frau verheiratet. Es ist natürlich die Frage, wen dieses Plakat ansprechen sollte ... Ganz sicher jene, die Humor beweisen wollten und Freude an ausgeklügelten Wortspielen haben. Doch was die Wahl selbst betrifft, gilt immer noch Erich Frieds »Sager« von der »Heiligkeit der geheimen Wahl«...

Modemacher

»Sie rennt mit dem Schüppel«, sagte man in Oberösterreich von einem Mädchen, das nicht *auffallend* hübsch, aber auch nicht »unhübsch« war (um das häßliche Wort *häßlich* zu vermeiden): *Si rend mitn Schiwö.* Das Wort *Schüppel* bedeutete aber *eigentlich*, also nicht *uneigentlich* wie in der zitierten Redewendung, so viel wie »Büschel« (Haare etwa) oder ein »Bündel« (Halme etwa). Eins meiner Wörterbücher vermutet, *Schüppel* sei wohl eine Weiterbildung von *Schopf* in der Bedeutung »Bündel« und bringt auch als Beispiel: ein *Schüppel Stroh.* Von einem *überdurchschnittlich* und *außergewöhnlich* schönen Mädchen heißt es oft: Sie ist »eine Schönheit«, nicht nur »eine Schöne«, sondern sozusagen »DIE Schönheit *in Person*«, die »personifizierte« Schönheit.

Das Wort *Schüppel* ist agrarisch grundiert, und so kennt es heute in der urbanen Umwelt kaum noch jemand, es sei denn als Kompositum in *Lügenschüppel*... Das äußerst negative *Lügenschüppel* meint einen durch und durch verlogenen Menschen, einen, der lügt, sobald er den Mund aufmacht. Ein *Ausbund* an Falschheit. Mit solchen Menschen muß man *Mode machen*, das heißt *Klartext reden*, das heißt *Schlitten fahren*. Den muß man *Mores lehren*, daß es eine Art, daß es Mode hat...

Die Mode aber im engeren und eigentlichen Sinn, die Mode der Schneider, der Modemacher, die Mode der Modebranche, ist bestimmt und geprägt vom Streben nach Einmaligkeit, Unverwechselbarkeit, Originalität. Das gilt ganz besonders für sogenannte Modellkleider. Keine Frau möchte einer anderen Frau begegnen, die dasselbe oder das gleiche Modell trägt. Hier ist Individualität das oberste Gebot – und nicht »Partnerlook«. Die Kleidererzeuger verteilen die verschiedenen Exemplare eines Modellkleides auf verschiedene, womöglich weit auseinanderliegende Märkte. So ist die Wahrscheinlichkeit gering, daß sich Frauen als Doppelgängerinnen mit demselben Geschmack treffen... Wer sich aber eine Jeans kauft, muß damit rechnen, daß er auf Schritt und Tritt andere Jeansträger trifft. Nonkonformistische Jugendliche lassen sich dann gern eine besondere Art der Zerstörung der Hose durch Schlitze oder Löcher einfallen, die sie in das Gewebe schneiden oder reißen. Die flexible Industrie hat auf diesen revolutionären Trend aber bereits reagiert, indem sie solcherart mißhandelte Hosen von sich aus erzeugt und anbietet, ausgebleichte und ausgebeulte Stücke. Eine Bügelfalte kennen diese Beinkleider nicht. Der Kampf um diese Bügelfalte, der früher erbittert geführt wurde, ist damit beendet. Ich erinnere mich an einen besonders ordentlichen Kommilitonen, einen oberösterreichischen Landsmann, der seine Hose abends im Studentenheim in der Porzellangasse immer ganz penibel unter dem Leintuch aufgelegt und so wirklich sorg-*fältig* »gebügelt« hat. Er war auch sonst ein wenig skrupulant und hat mir manchmal Vorwürfe gemacht, wenn er der Meinung war, ich träte zu früh und zu wenig vorbereitet zu einer Prüfung an. Und einmal fühlte er sich bestätigt, als ich ein Examen wiederholen und einen Mißerfolg in einer Wiederholungsprüfung »ausbügeln« mußte.

Mich haben, lange bevor diese Revolution mit den zerstückelten Hosen begonnen hat, in meinem Haus in Pichl bei Wels einige Schriftstellerkollegen aus Deutschland besucht, Christoph von Derschau, ein Autor namens Kiew Stingl, und auch österreichische Kollegen, Hans Carl Artmann und Peter Rosei. Ein deutscher Kollege hatte, vielleicht aus Armut, aber doch auch aus Stolz, so dermaßen zerfetzte Kleidung, daß an einer bestimmten Stelle im Schritt auf Schritt und Tritt das dahinterliegende Gemächte sichtbar wurde, eine »Windhose« gewissermaßen. Als wir bei einer Exkursion nach Linz in der Herrengasse (!) das Café Goethe (!) besuchen wollten, wurde der deutsche Freund aber von einem Oberkellner betreten am Betreten gehindert... Aber auch wir anderen sahen nicht aus wie der klassische Johann Wolfgang von Goethe, höchstens wie die Romantiker, vielleicht wie Vagabunden wie Johann Gottfried Seume oder Jakob Michael Reinhold Lenz. Aus Solidarität mit dem abgerissenen und abgewiesenen Kollegen haben wir aber alle auf dem Absatz kehrtgemacht und unter Protest die ungastliche Gastwirtschaft gemieden... Unser »Rädelsführer« H. C. Artmann hingegen kam natürlich alles andere als abgerissen daher, er fühlte sich ja immer ein wenig als Lord, manchmal auch als Dandy, und je nachdem, in welcher Rolle er sich sah, trug er oft Stiefel, dann wieder glich er mit seinem Lorgnon auch einem spleenigen Gelehrten, einem Lepidopterologen. Man könnte vermutlich aus seinem Werk »Fleiß und Industrie« – in meinen Augen eines seiner schönsten Bücher – viel Wissenswertes über Mode und Outfit vergangener Zeiten und fremder Kulturen, auch über »verschwundene Berufe« erfahren! Er hat ja souverän mit Moden und Perioden gespielt.

Eine absichtlich und bewußt »unmoderne« Mode ist die Tracht. Man verlangt von ihr, daß sie das Alte bewahrt, daß sie Überkommenes tradiert. Ich erinnere mich aber auch an den Streit, den es in Österreich um die sogenannte »erneuerte Landestracht« gegeben hat. *Erneuerte* Tracht war für »eingefleischte« Brauchtumsfreunde ein Widerspruch in sich. Die neue Tracht war für sie nur noch ein Anklang und eine Erinnerung an die »echte« alte Tracht. Ich erinnere mich auch an die Zeit nach dem Zweiten Weltkrieg, als die Musikkapelle in meiner Heimatgemeinde Pichl bei Wels von Uniform auf Tracht umgestellt hat. Die neue Tracht war freilich in meinen Augen eine Art Phantasieuniform. Statt ein wenig militärisch oder polizeilich anmutenden Kappen trugen die Männer (damals gab es in den Musikkapellen noch keine Frauen) plötzlich »trachtige« Hüte mit einem, ein wenig an Tirol erinnernden Design. Fehlten nur die Gamsbärte. Und statt der Uniformjakken sah man plötzlich Joppen, Walkjanker, statt der langen grauen Hosen plötzlich Kniehosen und rauhwollene Wadenstutzen, die in Haferlschuhen steckten. An das Alte gewöhnt, kamen einem die so gekleideten Herren im Zug plötzlich wie »verkleidet« vor. Oberösterreich hatte das diesbezügliche Problem, daß bei den Männern der sogenannte »Steireranzug« als »Landestracht« und die beliebte Goldhaube für die Frauen auch als Import aus der Wachau gilt. Wo bleibt Oberösterreich?

Das frühere selbstverständliche Tragen von Tracht, wenigstens am Sonntag, war aber ganz allgemein Vergangenheit geworden, allenfalls noch bei bestimmten Brauchtumsterminen, zu denen auch die Goldhaubenfrauen und die Flügelhaubenträgerinnen wie meine Mutter »auftraten«, um etwa in der Fronleichnamsprozession mitzugehen. Das Anlegen und Aufsetzen der schwarzen Flügelhaube war im Elternschlafzimmer immer eine Gemeinschaftsaufgabe der Familie, oder doch ihres weiblichen Teils, der drei Schwestern, es war harte Arbeit, bis man den Haarknäuel der Mutter in der Kalotte der Haube untergebracht und verstaut und vor allem mit Haarnadeln befestigt hatte ... Die drei Schwestern trugen natürlich Dirndl. Dirndl ist ein merkwürdiges Wort, eine Verkleinerungsform von Dirne. *Dirne* aber war in unserer Mundart der Ausdruck für einen weiblichen Dienstboten, so wie *Knecht* den männlichen

Dienstboten bezeichnete. Die Komposita *Saudirn*, *Stall-dirn* und *Kuhdirn* zeigten im Beziehungswort auf den Haupteinsatzort der betreffenden Frau, so wie *Roßknecht* die besondere Profession des Knechts kundgab, dem dann wieder der sogenannte *Stallbub* zugeordnet und unterstellt war. Wie weit ist doch das liebliche Diminutiv *Dirndl* für ein junges Mädchen oder auch für ihre Kleidung von der drastischen Bedeutung des »Positivs« *Dirne*, von dem es doch abgeleitet ist, für die Magd, von der Prostituierten ganz zu schweigen, die ja auch als *Dirne* bezeichnet wird, entfernt! In alter Zeit waren ja bekanntlich *Magd* und *Dirne* sogar Respektwörter für heilige Frauen, wie auch die »Gottesmutter«, die im deutschen »Ave Maria« auch noch »gebenedeit unter den *Weibern*« war ...

Meine Schwestern haben damals, wie in den Bauernfamilien üblich, viel gestrickt, gehäkelt und selbst geschneidert. Stricken war ja im »Werkunterricht« der Mädchen sozusagen Schulfach. Wir, die Brüder, haben den Schwestern beim Stricken manchmal zugeschaut, es aber selbst zu lernen und zu praktizieren, wäre uns nicht in den Sinn gekommen. Die Rollen waren verteilt, die Mädchen haben gestrickt – und die Buben ministriert ... Manchmal aber hat mich eine der Schwestern gebeten, ihr beim Abwickeln des Garns vom Strang auf einen Knäuel zu helfen. Dann hat man die Hände durch den Strang gesteckt und das Abwikkeln durch entsprechendes Schwenken der Arme unterstützt. Der Mutter wiederum habe ich später oft geholfen, den Zwirnsfaden durch das Nadelöhr zu stecken, wenn sie die Socken der Männer stopfte, wobei sie mit der Linken das in den Strumpf oder Socken eingeführte Stopfholz hielt und mit der Rechten, den Fingerhut am Zeigefinger, die nötigen Stiche ausführte ...

Ich stamme aus einer Zeit und einem Land oder Landstrich, wo es als ungeschriebenes Gesetz galt, daß man den weiblichen Menschen am sogenannten Kittel und den männlichen Menschen an der Hose erkannte. Wenn einem Mann etwas entgleitet und zu Boden zu fallen droht, dann kneift er die Hosenbeine zusammen, um den entglittenen Gegenstand abzufangen, eine Frau in derselben mißlichen Situation spreizt aber die Beine, um die Oberfläche des Kittels oder der Schoß im Schoß zu vergrößern und den Gegenstand wie in einem Korb ab- und einzufangen. Diese anthropologische Erkenntnis habe ich von der Tochter unseres Nachbarn, der Maria Kaser, vermittelt bekommen. Heute funktioniert das so nicht mehr. Wie fremd aber und »unmännlich« sind uns die Schotten im Schottenrock vorgekommen!

Schneider ist nach der Statistik des Duden (Familiennamen) nach *Müller* und *Schmied* der dritthäufigste deutsche Familienname. Es gibt trotzdem heute auf dem Land kaum noch Schneider, wie es auch kaum noch Schuster oder Sattler gibt. Die Schuhe oder Stiefel, die abgetretenen Absätze und Sohlen, repariert ein »Mister Minit« in einer kleinen Koje nahe dem Eingang zu einem Einkaufszentrum. Die neuen Schuhe wie auch die Kleider kommen aus Fabriken. Bei einem kleinen Schneider im saarländischen Elversberg habe ich mir Mitte der 60er Jahre einen Anzug machen lassen, in hellgrauem Zwirn, bestehend aus Hose und Jacke und einem Gilet. Dreimal mußte ich zur Anprobe kommen, das erste Mal, um in alle Richtungen vermessen zu werden und unter Stoffmustern zu wählen, das zweite Mal, um in den halbfertigen Anzug, einen mit vielen provisorischen Steck- und Sicherheitsnadeln zusammengehaltenen Rohbau, zu schlüpfen, in den der Meister mit seiner flachen Schneiderkreide neue Striche einzeichnete oder alte korrigierte, und schließlich zur letzten Anprobe beim Abholen des Ergebnisses. Ich will mich an Richard Wagner und »Die Meistersinger von Nürnberg« und das Motto halten: *Verachtet mir die Meister nicht, und ehret ihre Kunst,* aber ganz zufrieden und glücklich war ich mit dem Ergebnis nicht. Der Anzug hatte so viel massives Unterfutter aus einem dicken Wollstoff, daß ich jedes Mal, wenn ich ihn, wie seinerzeit zu meinem Probevortrag an der Universität, trug, ins Schwitzen kam, auch wenn ich aufs Leibchen, das Gilet, verzichtete.

Was Peter Rosegger, der ja das Handwerk des Schneiders lernte und, wie in »Waldheimat« nachzulesen, zu den Bauern am Alpl auf die »Stör« ging, schreibt, ist mir insofern noch vertraut und heimelt mich an, als auch bei uns noch eine Schneiderin, die »Diensthuber Mitz« aus Krenglbach, im Haus »auf der Stör« (Rosegger schreibt *Ster*) war und für meinen Bruder und mich eine trachtige Joppe schneiderte. Ihre Nähmaschine brauchte sie nicht mitzubringen, weil ja in den meisten Häusern eine »Singer« vorhanden war. Schneider war offensichtlich kein hochangesehener Beruf. In Roseggers Fall entscheidet seine Mutter sich für diesen Beruf, weil der Bub »so viel kleber sei«, wie sie dem Schneidermeister Naz in Hauenstein auf die Frage erwidert, warum der Sohn Schneider werden wolle bzw. warum sie wolle, daß ihr Peter Schneider werde. *Kleber* bedeutet »schmächtig, schwächlich«! Das kommt natürlich nicht gut an, weil es nach negativer Auslese klingt... Die Mutter hatte für ihren Peter als einen anderen möglichen Beruf ursprünglich auch das Priestertum in Erwägung gezogen. Als sie den Dechanten von Birkfeld dazu befragt und auf die Frage, warum der Peter Priester werden könnt, ebenfalls sagt, daß der Peter für einen Bauern zu »kleber« sei, aber zum Predigen und Beichtehören wohl doch geeignet sein möchte, meint der Dechant, das sei kein »hinreichender« Grund für eine geistliche Berufung, und: »Schwache Priester haben wir eh genug.« Rosegger zitiert in der »Waldheimat« jenen Spottspruch, den der mit ihm befreundete

Wilhelm Busch in »Max und Moritz« über den Meister Böck ausbringen läßt: »Schneider Schneider meck meck meck«. Rosegger zitiert nur das Neckwort *meck meck meck*, aber das verweist natürlich auf den nicht genannten Wilhelm Busch und seinen Meister *Böck*... Und da Schneider als Leichtgewichte galten, wurden sie auf ihrem Weg zu den Bauern von Lümmeln mit Spott gefragt, ob sie wohl das Bügeleisen dabei hätten, damit sie der Wind nicht vertragen könnte... Das alte Berufsbild der Schneider umreißt Busch paradigmatisch mit den berühmten Versen: »Alltagsröcke, Sonntagsröcke, / Lange Hosen, spitze Fräcke, / Westen mit bequemen Taschen, / Warme Mäntel und Gamaschen...« Die großen Kleidergeschäfte beschäftigen heute allenfalls noch einen »Änderungsschneider«, der einem »Sitzriesen« die Hose verkürzt oder im Oberteil einen Keil einfügt, damit der Bauch Platz hat, wenn der Kunde nicht von Haus aus X-Large, also Übergröße, trägt.

»Kleider machen Leute«, ist ein oft strapaziertes Sprichwort, angeblich schon aus dem 16. Jahrhundert. Populär geworden ist es als Titel einer Erzählung von Gottfried Keller aus der Novellensammlung »Die Leute von Seldwyla«, in der ein armer Schneider, Wenzel Strapinski, auf Grund seiner vornehmen Kleidung für einen polnischen Grafen gehalten wird. Bei einer Art Mummenschanz oder Faschingsumzug gibt es zwei Wägen, auf einem steht groß »Leute machen Kleider« und auf dem anderen »Kleider machen Leute«. Der falsche polnische Graf wird schließlich als Schneider entlarvt. Auf dem ersten Wagen mit einem überdimensionalen Bügeleisen und einer übergroßen Schere präsentiert sich die Zunft der Schneider, und auf dem zweiten gibt es kostümierte Gestalten vom Kaiser, der Aristokratie und der Kirche abwärts. Ja, Kleider machen Leute.

Ein nach Südafrika ausgewanderter Kollege der Germanistik in Saarbrücken hat uns erzählt, daß dort in den

Schulen (der Weißen) der Status jedes Schülers und seiner Klasse in seiner Schuluniform Ausdruck findet oder damals fand. Sucht man das Sprichwort von den Kleidern, die Leute »machen«, in den Sprichwörtersammlungen, dann findet man freilich hauptsächlich Warnungen, man möge sich von den Kleidern der Personen nicht täuschen lassen, weil es doch auf etwas ganz anderes, den Charakter, auf Herz und Verstand des Menschen, ankomme... Hier darf auch daran erinnert werden, daß viele Eltern ihre Kinder, vor allem die Mädchen, wenn sie zur Erstkommunion gingen, früher mit großem Ehrgeiz und Aufwand wie kleine Bräute oder Prinzessinnen ausstaffierten und so die Erstkommunion als Kindermodenschau auffaßten, bis wenigstens einige Pfarreien die Kinder in einheitliche, ministrantenkleidungsähnliche Kutten steckten, um jedes Protzen von reichen Eltern und »Beschämen« von unbegüterten zu verhindern...

Kleider machen Leute. Gerade jetzt (November 2017) steht in den Zeitungen, daß die Sozialdemokraten, die in Deutschland und in Österreich bei den letzten Wahlen nur mäßig bis enttäuschend abgeschnitten haben, vor allem aus zwei Gründen heute wenig Erfolg haben. Der eine Grund ist, daß ihnen die Kundschaften, die Wähler eben, abhanden gekommen seien, die Arbeiter und Angestellten nämlich, die sie, geschichtlich gesehen, vertreten und befreit haben. Die haben sich nun auch von jenen emanzipiert, die sie emanzipiert haben... Undank ist der Welten Lohn, könnte man sagen. Der zweite Grund aber sei, daß die Anführer der sozialistischen und sozialdemokratischen Parteien feine Burschen in maßgeschneidertem Nadelstreif und Slimfit-Anzügen geworden seien, die am Opernball sogar im Frack oder Cut auftreten, selbst Großverdiener, die aus hochbezahlten Posten bei Banken in die Politik gewechselt und nach der politischen Karriere alsbald wieder in gut dotierte Aufsichtsratsposten bei großen, weltweit agierenden Konzernen zurückgekehrt wären. Von einem heißt es, er sei der »Genosse der Bosse«. Nicht nur für Hilfsarbeiter, auch für »normale« Angestellte und Arbeiter, für die »alleinerziehende Mutter an der Kassa des Supermarktes« seien sie keine Identifikationsfiguren mehr.

Sogenannte Kleidervorschriften und »Dresscodes« sind heute alles andere als en vogue und populär. Die Zeit ist vorbei, wo man sich, wie in den 50er Jahren, als Student für den Stehplatz im Burgtheater oder in der Oper eine Krawatte umbinden mußte. Eher verschämt und bescheiden steht auf mancher Einladung zu einem offiziellen Festtermin – in Kleindruck weit unten – die Bitte um entsprechende Kleidung. Sogenannte »Kirchenschweizer« haben an den Portalen etwa der deutschen Kaiserdome früher einmal darauf geachtet, daß Touristen nicht womöglich im Freizeitlook oder gar in Badehose oder Shorts das Gotteshaus betraten. Von Frauen werden heute auch in Italien noch gern Kopfschleier oder Kopftücher erwartet. So adjustiert ist etwa auch Ulrich von Liechtenstein, als er in der zweiten Hälfte des 13. Jahrhunderts, wie er im »Frauendienst«, seiner erotischen Autobiographie, erzählt, auf seiner sogenannten »Venusfahrt« als Venus verkleidet von Mestre nach Kärnten gezogen, hat in »Tervis« (Treviso) den Dom besucht und bei der Pax, dem Friedenskuß also, den »risen« (Gesichtsschleier) gelüftet – und wurde als Bartträger und Mann entlarvt ...

Rund hundert Jahre vor Ulrich von Liechtenstein hat der Dichter des Nibelungenliedes viel über Kleidung (*kleider*, *gewant* und *wat*) in seiner Dichtung mitgeteilt, so daß Literaturwissenschaft und Literaturgeschichte aus diesen vielen Passagen, die sie als »Schneiderstrophen« bezeichnen, viel über Inhalt und Funktion von Kleidung geforscht und geschlossen haben. Vor allem im sechsten Abenteuer »Wie Gunther um Brünhilde nach Island fuhr« geht es intensiv um Kleidung und um die Kleiderordnung Islands, nach der sich Gunther erkundigt, um ihr zu entsprechen und Erfolg zu haben. Seine Schwester Kriemhild ist es, die mit 30 Jungfrauen die Kleider der vier Werber Gunther, Siegfried, Dankwart und Hagen schneidern läßt, mit kostbarsten Stoffen aus Marokko und Libyen, Seide, Brokat und Hermelinfelle, auch mit Steinen und Klunkern als Schmuck. Superlativ reiht sich an Superlativ, Hyperbel an Hyperbel, Übertreibung an Übertreibung! Zuviel des Guten, so haben manche Forscher und Leser diesen Hang zu Prunk und Pomp und Ornat eher kritisch bis negativ beurteilt.

Hans Christian Andersen (1805–1875), der berühmte dänische Dichter, dessen Geburtshaus in Odense ich einmal nach einem Gastvortrag an der dortigen Universität auf Einladung des Linguisten Nils Danielson besuchte, hat mit »Des Kaisers neue Kleider« ein höchst bedenkenswertes und für immer aktuelles Märchen geschrieben: Zwei betrügerische Weber reden dem Kaiser einen Seidenstoff ein, den nur die Tüchtigen sehen könnten. Da sich niemand, auch nicht die hohen Räte, blamieren möchte, loben alle überschwenglich des Kaisers neue Kleider, die er in einer Prozession durch die Residenzstadt »ausführt«... Ein unverbildetes, naives Kind verblüfft die den Kaiser bewundernden Untertanen mit dem Satz: »Aber er hat ja nichts an! Er ist ja nackt!« Kinder und Narren sagen die Wahrheit, oder wie hier: Ein Kind sagt den erwachsenen Narren, was Sache ist...

Einer der bekanntesten Modeschöpfer unserer Zeit oder der jüngeren Vergangenheit war der 1922 in Wien geborene, 1938 vor den Nazis nach Amerika geflohene und 1985 in Los Angeles verstorbene Modedesigner und Homosexuellen-

aktivist Rudy Gernreich. Er war der Erfinder des sogenannten Monokinis für Frauen und der Oben-ohne-Mode, auch
Unisex-Mode genannt. Durch ihn ist sozusagen der Ver-
zicht auf Mode Mode geworden...

Spieler

Der Mensch ist jenes besondere Lebewesen, das spielen kann. Das unterscheidet den »Homo ludens«, wie der Titel des grundlegenden, 1938 erschienenen Werkes von Jan Huizinga heißt, zum Beispiel vom im Tierreich nächstverwandten Affen. Es gibt wohl auch »verspielte« Kätzchen, die ein Wollknäuel durch das Wohnzimmer treiben, was ihnen Freude oder doch Spaß zu machen scheint. Und Freude empfinden ist nach der wissenschaftlichen Definition ein konstitutives Merkmal des Spielens. Freude und Genugtuung empfinden die meisten Menschen beim Spielen aber wohl in erster Linie als Sieger, vor allem, wenn es sich um Kampfspiele handelt... Für die Verlierer, die also »verspielt« haben, gilt: »Mensch, ärgere dich nicht!« Es gibt gute und schlechte Verlierer. Vielleicht spielt der Unterschied zwischen *Spaß* und *Freude* eine Rolle: Der Spaß mag aufhören, die Freude, die Spielfreude bleibt. *Fortuna novis novum ludum,* hieß es bei den Römern, denen Fortuna eine Göttin war: Neues Spiel, neues Glück. *New game new luck,* sagt der Brite. Sehr bald ist aber auch schon vom Spielteufel, von Spielhöllen und Spielsüchtigen die Rede...

Kartenspiele, auch einfache Spiele, wie wir sie praktiziert haben, das sogenannte »Kratzen« und das »Schnapsen« oder gar Skat und Bridge beherrschen die Schimpansen im Zoo jedenfalls nicht... Von Schach ganz zu schweigen. Und wenn Katzen mit einer Maus »Katz und Maus« spielen, steht die Rollenverteilung auch von vornherein fest, es sei denn, die gejagte und geplagte Maus kann durch ein

Schlupfloch entkommen, und die boshaften Katzen haben das »Nachsehen«. *Les jeux sont faits*, das Spiel ist aus, so oder so.

Die deutsche Sprache kennt *spielen* nicht nur als transitives Zeitwort: *Er spielte gerne Schach* (mit der Möglichkeit, den Satz ins Passiv zu wenden: *Schach wurde von ihm gern gespielt*), sondern auch als reflexives Verb: *Er spielt sich*, im Sinne von: »Er tut sich leicht, etwas ist für ihn nur ein (Kinder)Spiel.« Und wie soll man das »unpersönliche« ES mit *spielen* in Verbindung bringen? ES, ETWAS *spielt sich ab*. Oder: »Etwas spielt alle Stückerln!« Und wer sind die SIE in dem gern verwendeten Satz: »Schön wär's, aber spielen tun SIE es nicht.« Helmut Birkhan, der große österreichische Altgermanist und Keltist, weist in der Einleitung seines eben erschienenen Buchs »Das spielende Mittelalter« darauf hin, daß die Bedeutung des Themas »Spiel« schon durch den Umfang des entsprechenden Artikels im Deutschen Wörterbuch der Brüder Grimm zum Ausdruck kommt. Über 150 Spalten lang ist der Artikel, wenn man auch die Komposita von *Spielball* bis *Spielzeug* berücksichtigt. Der Kulturhistoriker Johan Huizinga definiert Spiel wie folgt: »Spiel ist eine freiwillige Handlung oder Beschäftigung, die innerhalb gewisser festgesetzter Grenzen von Zeit und Raum nach freiwillig angenommenen, aber unbedingt bindenden Regeln verrichtet wird, ihr Ziel in sich selber hat und begleitet wird von einem Gefühl der Spannung und Freude und einem Bewußtsein des ›Andersseins‹ als das ›gewöhnliche Leben‹.« Birkhan nennt Huizingas Definition »schwammig« und beklagt den auch von Huizinga schon erkannten Mangel, daß das Spielen der Tiere damit nicht berücksichtigt wird. Spielen ist ein sogenannter »Zeitvertreib«, meist wird die Zeit mit einem Hobby oder Steckenpferd, mit Briefmarkensammeln oder mit der Botanisiertrommel »vertrieben«...

Das Spielen der Tiere, nicht das Spielen mit den Tieren: Denn Tieren wird in manchen Spielen von Menschen »übel und bös mitgespielt«. Man braucht nur an die Stierkämpfe in Spanien, die Stierhatz in Pamplona, das als »Weltkulturerbe« anerkannte und erlaubte Widderstoßen in Zell am Ziller in Tirol, den Vogelfang in Ebensee oder die Hahnenkämpfe in vielen asiatischen Ländern denken. Und ist nicht eigentlich auch die Jagd zumeist eine Art Spiel? »Jagdlust« wird freilich auch den Tieren nachgesagt, die jedoch ihrem Jagdinstinkt folgen und zu ethisch Bösem, wie der Nobelpreisträger und Verhaltensforscher Konrad Lorenz bereits 1963 überzeugend in »Das sogenannte Böse« dargestellt hat, natürlich nicht »fähig« sind. Denn Aggression ist nicht das Böse... Bei der sogenannten »Beizjagd«, der königlichen Jagd des Mittelalters, »instrumentalisiert« der Mensch den Instinkt des abgerichteten Falken, um andere Tiere, Geflügel oder Wild, zu »schlagen«. Moralisches liegt nicht in der animalischen Natur. *Beizen* ist ein faktitives Verbum zu *beißen*, es bedeutet »zum Beißen reizen«. Natürlich ist es erschütternd, wenn ein Rottweiler ein Kind beißt und Belobigung und Belohnung, Streicheleinheiten vom Herrl erwartet... Braver Lian! Treuer Hund...

Das Jagen hat heute keine gute Presse und wird, von jungen Menschen vor allem, kritisch gesehen und, so wie es betrieben wird oder wurde, abgelehnt. Eine Landesausstellung zum Thema Jagd in der sogenannten »Büchsenstadt« Ferlach in Kärnten hat an dieser Grundstimmung nicht viel geändert. Gern werden abschreckende Beispiele von schießwütigen Jägern zitiert, wie dem in Sarajevo ermordeten Thronfolger Franz Ferdinand, der tausende Hirsche und Rehe erlegt und sogar auf Staatsbesuchen in den Kronländern aus dem Fenster seines Sonderzugs heraus auf Wild geballert hat... Auch dem Kaiser Franz Joseph wurden die Hirsche zugetrieben, die er schließlich »erschoß«.

An die 50 000 Stück Wild, Hirsche, Gemsen, Wildschweine etc. soll immerhin auch er erlegt haben ... Einer der Treiber des Kaisers im Salzkammergut war der Großvater meines Freundes, des Krenglbacher Lehrers Rolf Schrempf aus Ebensee. Auf eine Passage in meinem Roman »Die Abtei« hin, in der ich ironisch über den jagdbegeisterten Kaiser geschrieben habe, hat mir der Industrielle Manfred Mautner Markhof Senior (1903–1981) einen Brief geschrieben, in dem er meinen Roman zwar grundsätzlich lobt, aber Seine Majestät gegen die Invektive in Schutz nimmt, weil der Monarch die Reviere um Bad Ischl nicht leergeschossen habe. Sie seien im Gegenteil die bestgehegten Reviere des ganzen Landes, wie er, Mautner Markhof, aus persönlicher Erfahrung bezeugen könne ...

Schrecklich sind die Bilder von sogenannten Hetzjagden, wie sie die adeligen Jäger in Frankreich veranstaltet haben, wo Rehe, von Hunden gehetzt, in Seen getrieben und dort vom Ufer oder von Booten aus »zur Strecke gebracht« oder die bereits waidwunden Tiere durch Fang- und »Gnadenschüsse« »erlegt« wurden. Vor allem Jäger aus dem geistlichen Stand, Bischöfe und Äbte wie der Abt Paulus Schneider aus Sankt Paul im Lavanttal, der ein großer Jäger und Veranstalter von Jagden mit Einladungen an prominente Nimrode gewesen ist, haben oder hätten heute gewisse Probleme in der Kinder- und Jugendpastoral ... Tiere sind ganz allgemein im Zeitalter der Hundefriedhöfe ein theologisches Defizitproblem. Wie steht es mit der »Tierseele«? Mit dem Jägerlatein am Ende?

Lian hieß der Hofhund des vulgo Schlachtlbauern in Pfaffendorf, der mich auf dem Weg nach Pichl zum Gitarrenunterricht bei Herrn Aigmülle hinter dem Hof auf dem Kirchensteig in die Wade biß, so daß ich aus Schreck das Instrument fallen ließ. Dabei hatte ich öfters wie beschwichtigend oder mir selbst Mut machend vor mich hin gesagt:

»Braver Lian, braver Lian«, ohne mich aber nach der Bestie umzudrehen… Ich hatte den kalbgroßen, knurrenden Hund,»braver Lian« murmelnd, also schon voll Angst passiert und glaubte mich bereits in Sicherheit, während mir der Hund plötzlich merkwürdig leise und ohne zu bellen nachschlich und nach meiner rechten Wade schnappte… Eines der bei Lesungen aus meinem Roman »Zu Lasten der Briefträger« immer für größere Heiterkeit sorgenden Kapitel ist die Beschwerde eines Briefträgers beim Beschwerdeführer, dem Ich-Erzähler, einem Postkunden »draußen an der Tierkörperverwertung«, des Inhalts, daß die Postzustellung wegen der vielen Hunde im Rayon gefährlich sei und zu Umwegen und Zeitverzögerungen führe. Der unzufriedene Postkunde führt die Verzögerungen aber auf Zwischenstopps der Briefträger in den Gasthäusern auf dem Weg zurück… Mir wurden im Laufe der Jahre immer wieder von Lesern Zeitungsberichte über zum Teil kuriose Pannen bei der Postzustellung und von Hunden gebissene Briefträger zugeschickt. Einmal war darunter ein Bericht über einen pflichtvergessenen Postboten, der die Briefe, statt sie zuzustellen, nach der im Roman beschriebenen Methode durch Entleerung der Posttasche über das Brückengeländer in einen Bach »entsorgte«… Eine Zeitungsmeldung über einen Briefträger, der in Krumpendorf von einem sogenannten Frettchen, einer Art Marder, das als Haustier gehalten wird, krankenhausreif gebissen wurde, habe ich in dem Nachfolgeroman »Zur Entlastung der Briefträger« »verwertet«. Im Salzburger Literaturhaus am Hans-Carl-Artmann-Platz wurde zum Thema »Post und Kunst« 2004 neben einer Lesung aus meinem Briefträger-Roman der Film »Le facteur« von Jacques Tati gezeigt, den ich vorher nicht kannte. Da staunte ich natürlich über manche slapstickartige Parallele… Aus Spanien bekam ich von Herrn Erich Grubhofer ein Photo des wohl einzigen großen

Briefträgerdenkmals Europas auf Fuerteventura geschickt. Auf einem hohen Sockel steht auf einer Kreisverkehr-Insel an der Straße nach Tarajalejo ein überlebensgroßer eiserner Mann mit einer Umhängtasche, wie sie Briefträger tragen. Und auf einer Tafel steht: »El Cabido de Fuerteventura a Don Juan Martin Hernandez ›JUANITO EL CARTERO‹ por si gran labor desempenada como cartero en toda la zona sur de la isia de Fuerteventura durante 35 anos (1946–80) ininterupidos. Tarajalejo a 5 de diciembre de 2008.« Bert Brecht hätte an diesem Arbeiterdenkmal seine Freude gehabt! Sehr eindrucksvoll und erheiternd fand ich auch eine Mitteilung aus England, wo sich eine Briefträgerin weigerte, in einem Nudisten-Club Post zuzustellen. Man könne ihr nicht zumuten, schon am Vormittag nackten, alten Männern zu begegnen. Die besten Geschichten schreibt das Leben, Schriftsteller können sie »nacherzählen«...

Spiele, Kinderspiele. Ein zentrales Kapitel in Helmut Birkhans bereits erwähntem Buch »Das spielende Mittelalter« ist dem berühmten Bild von Pieter Bruegel dem Älteren mit dem Titel »Kinderspiele« im Kunsthistorischen Museum in Wien gewidmet, das über 80 Spiele zeigt, die von 168 Buben und 78 Mädchen gespielt werden. Birkhan: »Es sind keine schönen Kinder, sondern eher dralle, querformatige, halslose Knirpse, die kaum lachen und sich durchwegs voll Konzentration dem Spiel hingeben.« Da es Sommer ist, fehlen auf Bruegels Bild die in den Niederlanden populären Schlittschuhläufer, Schlittenfahrten und Schneeballschlachten. Ungefähr ein Drittel der dargestellten Spiele sind mir ohne weiteres vertraut, einige haben wir auch gespielt. Erstaunlicherweise aber fehlen, was auch Birkhan feststellt, alle Ballspiele, aber auch das für die Spätgotik nachgewiesene Sack- und Tempelhüpfen. Zu den mir vertrauten Spielen gehören etwa »Blinde Kuh«, »Steckenpferdreiten«, »Reifschlagen«, »Stelzengehen«, »Pfarrerspielen«, »Baumklettern« (»Baumkraxeln«), »Huckepacktragen« (wir sagten »Buckelkorbtragen), »Sonnwendfeuer«. Ich habe in meinen autobiographischen Büchern »Vom Schnee der vergangenen Jahre« und »Über den grünen Klee der Kindheit« über meine kindlichen Spielerfahrungen mit dem »Völkerballspiel« (auch als pubertären Kampf mit den Mädchen...), dem Schlittschuhlaufen mit primitivster Ausrüstung, dem so beliebten Eisstockschießen und dem sogenannten »Eins-zwei-drei-Anschlagen« – ein Spiel, bei dem sich alle mitspielenden Kinder irgendwo im Gelände oder in näheren Gebäuden verstecken und der eine »Einschauende« sie suchen und verhindern muß, daß ihm die Mitspieler mit dem »Abschlagen« am Einschauplatz zuvorkommen – einiges mitgeteilt... Nie beschrieben und vergessen habe ich das bei uns seinerzeit sehr beliebte »Pfidschigogerln«, ein auf Tischen oder auch Bänken mit einer leichten Aluminiummünze (10 Pfennig) gespieltes Spiel, die von zwei Spielern mit einem Kamm und zwei schwereren Kupfermünzen nach Fußball- oder auch Billard-Art, also mittels indirektem Touchieren, in mit Kreide eingezeichnete Tore getrieben wird. Gleiches gilt auch für das »Anmäuerln«, bei dem Münzen möglichst nahe auf eine Wand hingeworfen werden und der Nächste die zurückgebliebenen kassiert. Einige dieser Spiele haben sich überlebt, nachdem allenthalben Tischfußball möglich und modern wurde. Schließlich begann mit dem Einsatz in der Schülermannschaft oder gleich Jugendmannschaft des Fußballvereins eine andere Geschichte... Mit dem Handy, den Spielkonsolen und den digitalen Computerspielen der Kinder hat nun überhaupt eine Spiel-Revolution stattgefunden, die Eltern und Ältere rat- und sprachlos macht...

Eine große Sache war in meiner Kindheit auch das Basteln, etwa das Herstellen von kleinen Wasserrädern, die wir hinter durch ein Brett gestauten Gräben betrieben haben, oft noch verbunden mit einem putzigen Hammerwerk, bei dem eine Welle mit Noppen ein Hämmerchen hob und auf einen »Amboß« fallen ließ und so ein Klappern erzeugte. Geschicktere und ausdauerndere Bastler haben Schiffe oder Flugzeuge aus Balsaholz nachgebaut, ich bin über die gefalteten Papierflieger nicht weit hinausgekommen. Immerhin war ich gut beim Herstellen von Naturflöten aus Weidenästen, deren Rinde man mit dem Griff des Taschenmessers, des »Veitels«, locker- und losgeklopft hatte, so daß man sie als Röhre, mit einem Mundstück versehen und verstoppelt wie eine Blockflöte, blasen konnte. Viel Kinderspielzeug war einfach die verkleinerte Imitation von Gegenständen der Erwachsenenwelt nach den Möglichkeiten des Matadors. Zu einer Spielzeugeisenbahn hat es leider nie gereicht. Und mit Legosteinen und Playmobil machte ich auch erst durch meine Söhne Bekanntschaft. Der deutsche Playmobilhersteller heißt bekanntlich Horst Brandstätter, er dirigiert ein Weltunternehmen mit über 4000 Mitarbeitern vom fränkischen Zirndorf aus. Und von Bilanzsummen von über 500 Millionen Euro Jahresumsatz weiß die Statistik.

Ein zentrales Spielzeugthema bei Playmobil ist das Rittertum und die Burg. Einer meiner Romane, nämlich »Die Burg«, handelt von einem Universitätsassistenten, der sich über ein Thema der höfischen Epik, also des Rittertums, unter schwierigen Umständen, auch was seine Wohnbedingungen betrifft, habilitiert. Der Ich-Erzähler hat wie ich zwei Söhne und eine Frau, die er Ginover nennt, die aber eigentlich auch wie meine Frau auf den albanischen Namen Suchra hören könnte... In »Die Burg« konnte ich natürlich manches verfremdet »einbringen«, was mich im Beruf, in Universitätsversammlungen, im Lehrbetrieb und im Unterricht beschäftigt hatte. Und ein Glücksfall anderer Art war mein Haus in unmittelbarer Nähe zur Universität, ein kurzer Weg über eine Wiese und der Campus war erreicht, ich brauchte also kein öffentliches Verkehrsmittel, weder ein Fahrrad noch ein Pferd... Da sich unmittelbar neben der Universität Klagenfurt, die als »Hochschule für Bildungswissenschaften« gegründet worden war, in einem Freizeitpark mit weiteren Touristikattraktionen wie einer Minigolf-Anlage auch »Minimundus«, die sogenannte »Kleine Welt am Wörthersee«, befindet, hat man ihr den Spitznamen »Alma Mater Minimunda« angehängt. Ähnlich wie mein Haus, das der verstorbene Klagenfurter Architekt Klaus Mayr auf Grund meines Interesses an Burgen und Schlössern nach postmoderner Art mit einigen Erinnerungen oder »Zitaten« von Staufferburgen entworfen hat, sah auch der Eingangsbereich von »Minimundus« aus, der eine Brücke zwischen der großen und der kleinen Welt architektonisch mit perspektivisch sich verkleinernden Bögen visualisierte, das heißt: sinnfällig machte. Dieses Portikus-Bauwerk hat die »Kinderhilfe«, die Betreiberin von Minimundus, vor drei Jahren geschleift und durch ein nüchternes Gebäude ersetzt. Mir hat der Architekt ein Arbeitszimmer in meinem Haus nach Art eines Söllers gestaltet, von wo aus ich nun meine literarischen Lebenszeichen wie Rauchzeichen in die Welt, oder sagen wir nach Kärnten, etwa als Feuilletons in der »Kleinen Zeitung«, hinausgehen lasse... Ich fühle mich auch sonst durchaus der Postmoderne zugehörig.

Ein Bauernsohn von einem, meinem Elternhaus benachbarten Hof hat nach seiner Kriegsgefangenschaft und seiner glücklichen Rückkehr in die Heimat meinen Brüdern und mir das in Lagern erlernte Schachspiel beigebracht. Ich habe es sicher hierin nicht zum Großmeister gebracht, aber doch meinen Lehrmeister zuletzt manchmal besiegt. Er war ein geduldiger Lehrherr und nicht gekränkt, wenn er einmal verloren hat. Mein Interesse am Schachspiel hat sich gehalten und ich habe auch einmal eine Lehrveranstaltung über das sogenannte »Schachzabelbuch« Kunrats von Ammershausen gehalten. Ursprünglich war die zweitwichtigste, aber beweglichste und gefährlichste Figur neben dem statischen König bei den orientalischen Pionieren des Spiels bekanntlich der sogenannte Wesir, erst in Europa zur Zeit der Troubadours und der Minnesänger wurde er von der Königin, der Schech, neben dem König, Schach, abgelöst. Natürlich ließe sich, anders als im Mittelalter, nach dem Muster der lateinischen Schachallegorie des italienischen Dominikaners Jacobus de Cessolis, dem »Liber de ludo scaccorum«, auf dem die deutschen Schachzabelbücher fußen, auch heute anhand der Schachfiguren über Könige und Königinnen, über Richter (Läufer), Adelige (Pferd) und Residenzen (Turm) viel Geistreiches und Kritisches, auch Symbolisches ausdenken und feuilletonistisch »verwerten«, vor allem aber über die vorgeschobenen unbeweglichen Bauern, die als »Bauernopfer« eine größere Rolle spielen denn als Spielgestalter. Schach wird ja gern auch im Strukturalismus bemüht zur Erklärung etwa von »Valenzen«. Den Figuren wie dem Pferd oder dem Turm werden entsprechend ihren Bewegungsmöglichkeiten »Valenzen«, »Werte«, zugeschrieben, ähnlich wie etwa in der strukturalistischen Grammatik und in der Generativen Transformationsgrammatik den Verben syntaktische »Fakultäten«, also Fähigkeiten, sich mit anderen Redeteilen zu verbinden: *Röhren* kann nur der Hirsch, *balzen* nur der Auerhahn. Man kann die Zeitwörter *röhren* und *balzen* freilich auch uneigentlich und metaphorisch Menschen »zuschreiben«, sozusagen »andichten«. Zabel in Schachzabel kommt übrigens von lateinisch *tabula* und bezeichnet das Schachbrett, das Schlachtfeld, auf dem sich die Kämpfe ereignen, im Mittelalter den Turnierplatz, den »Wiesenplan«.

Literarisch betrachtet ist mir das Thema Spiel durch zwei Bücher nahe und vertraut. Fjodor Dostojewskis »Der Spieler« und Hermann Hesses »Das Glasperlenspiel«. Dostojewski hat in diesem Roman indirekt sein eigenes Problem, die Spielsucht, zum Thema gemacht. Russische Magnaten und Militärs, ein General als Zentralgestalt, und feine Damen tummeln sich an berühmten deutschen Spielorten, von Wiesbaden und Bad Homburg ist die Rede. Im Zentrum steht immer das Roulette, alles dreht sich um das Roulette, an dem gespielt, gewonnen und vor allem verspielt wird. Nach Totalverlust sucht der Verarmte sich durch Verbindung mit einer schönen, reichen Frau zu salvieren... In Erinnerung geblieben ist mir genauer als der Plot aber das Buch, eine Ausgabe aus dem Eduard Kaiser-Verlag in Klagenfurt, das ich als sogenanntes »Quartalsbuch« der »Buchgemeinschaft Alpenland« bekommen hatte. Die Umschläge dieser auch in Wühltruhen in Kaufhäusern massenhaft angebotenen, billigen, »wohlfeilen« Bücher gestaltete der aus Graz gebürtige Maler Karl Bauer, den ich einmal als meinen Lehrer in der Malerei bezeichnet habe und den ich Jahrzehnte später in Klagenfurt als hochgeachtetes Mitglied des Kärntner Kunstvereins im Café des Künstlerhauses kennengelernt habe. Auch seinen Spieler am Roulettetisch habe ich seinerzeit als Gymnasiast vom Umschlag des Dostojewski-Buches kopiert...

Das andere Buch zum Thema Spiel, das mir nachhaltigen Eindruck gemacht hat und das mich in seiner Rätselhaftigkeit noch heute beschäftigt, ist Hermann Hesses »Das Glasperlenspiel«. Obwohl es im Untertitel heißt »Versuch einer allgemeinverständlichen Einführung in seine Geschichte«, ist der Leser nach der faszinierenden Lektüre wohl immer noch ratlos, was denn das für ein Spiel und was denn das für ein Orden sei, jener Orden der Glasperlenspieler, dem Josef Knecht als »Magister ludi Josephus III.«, als Oberhaupt, vorsteht. Hesse bezeichnet sich als »Herausgeber« dieses »Versuchs einer Lebensbeschreibung«. Er widmet das Buch »Den Morgenlandfahrern«. Wer sind die? Hesse nähert sich einleitend dem »Spiel der Spiele«: »Man erlernt die Spielregeln dieses Spiels der Spiele nicht anders als auf dem üblichen vorgeschriebenen Wege, welcher manche Jahre erfordert, und keiner der Eingeweihten könnte je ein Interesse daran haben, diese Spielregeln leichter erlernbar zu machen. Diese Regeln, die Zeichensprache und Grammatik des Spiels, stellen eine Art hochentwickelter Geheimsprache dar, an welcher mehrere Wissenschaften und Künste, namentlich aber die Mathematik und die Musik (beziehungsweise Musikwissenschaft) teilhaben und welche die Inhalte und Ergebnisse nahezu aller Wissenschaften auszudrücken und zueinander in Beziehung zu setzen imstande ist.« Das Glasperlenspiel, heißt es weiter, sei »ein Spiel mit sämtlichen Inhalten und Werten unserer Kultur«. Der Glasperlenspieler spielt sein Spiel wie ein Organist seine Orgel. Es ist von der »denkbar strengsten Kontrolle durch die oberste Spielleitung« die Rede. Die Assoziation mit einer »Glaubenskongregation zur Reinerhaltung der Lehre« wie überhaupt zum Vatikan, der auch einmal ausdrücklich gelobt wird, liegt nahe. Aber auch die Templer, die Illuminaten und die Loge der elitären Freimaurer lassen grüßen...

Ganz besonders beschäftigt mich noch heute das zweite große Thema des Einleitungsteiles, in dem Hesse eine erfundene Figur, einen Historiker namens Plinius Ziegenhalß, in seinem Buch »Das feuilletonistische Zeitalter« Zeitgeistkritik üben läßt. »Wie es scheint, wurden die Feuilletons als ein besonders beliebter Teil im Stoff der Tagespresse zu Millionen erzeugt, bildeten die Hauptnahrung der bildungsbedürftigen Leser, berichteten oder vielmehr plauderten über tausenderlei Gegenstände des Wissens, und, wie es scheint, machten die klügeren dieser Feuilletonisten sich oft über ihre eigene Arbeit lustig.« Die Feuilletonisten nennt Hesse (Ziegenhalß) Hersteller von »Tändeleien« und es seien darunter sogar »freie« Schriftsteller! Die Feuilletonisten bedienten einen »Riesenverbrauch an nichtigen Interessantheiten«. Es ginge um Massenware, auch die Kreuzworträtsel der Zeitungen kommen ins Visier. Und schließlich ist von Festreden und Ansprachen im Sinne des Feuilletonismus die Rede. Das Ganze aber sei der Ausdruck dafür, daß die schöpferische Periode der Kultur passé und zu Ende sei und daß das Alter und die Abenddämmerung angebrochen seien. Es gebe eine »beängstigende Mechanisierung des Lebens«, ein »tiefes Sinken der Moral«, eine »Glaubenslosigkeit der Völker« und die »Unechtheit der Kunst«. Mir kommt vor, als habe Hesse, dem der Pessimismus der auch von ihm zitierten Philosophen Nietzsche und Schopenhauer nicht fremd, sondern nahe und geläufig war, hier eine »persona«, seinen Stellvertreter Ziegenhalß in Ironie und Kulturpessimismus sozusagen wohlig sich austoben und schwelgen lassen. Von diesem düsteren Hintergrund und vor diesem trüben Horizont hebt sich der hehre Humanismus des Josef Knecht und seiner Glasperlenspieler schließlich ab ... Wer aber erinnert sich, wenn er all das über die »Feuilletonisten« liest, nicht an das vielzitierte, maliziöse Bonmot des Karl Kraus: Der Feuilletonist sei ein Mensch, der das Kunststück zuwege bringt, auf einer Glatze Locken zu drehen ... Als einer, der auch Feuilletons geschrieben und feuilletonistische »Festreden« gehalten hat, sage ich als Antwort auf Ziegenhalß: Auch die Feuilletonisten sind Glasperlenspieler!

Erfinder und Heimwerker

Für mich gibt es keinen Zweifel: Eine der bedeutendsten Erfindungen der Neuzeit ist der Plastikdübel des 1919 geborenen und 2016 verstorbenen Artur Fischer. Ich habe noch die dübellose Steinzeit erlebt, wo man nackte Nägel in die Wand getrieben hat, Stahlstifte, die sich entweder verbogen haben, weil die Wand zu hart war, oder einen Krater im weichen Ziegelmaterial hinterlassen haben und schließlich locker im Mauerwerk eher hingen als saßen, so daß sie ein schwereres Bild oder ein anderer Gegenstand wie eine Wanduhr, die man daranhängte, schier aus der Mauer zog. Dann konnte man sich nur mit Gips behelfen, den man mit der Spachtel in den Hohlraum um den Nagel oder Haken drückte. Manchmal stand ich im Baumarkt – für mich nach der Buchhandlung immer das wichtigste Geschäft – vor dem Fernsehgerät zwischen den Regalen und bewunderte die Instruktoren, die einfache oder aber auch kompliziertere Arbeiten mit den in den Regalen ausliegenden und angebotenen Maschinen und Geräten, den Bohrmaschinen oder Winkelschleifern, den Kappsägen oder Elektrohobeln, vorführten und vollführten. Natürlich habe ich auch die entsprechende Literatur, vor allem die Kataloge der Baumärkte und auch ihre Werbeprospekte, nicht nur angesehen und überflogen, sondern betrachtet, sozusagen andächtig studiert. Und bedacht, was die Geräte leisten und an Energie verbrauchen. Vor allem aber, wie sie zu handhaben und zu bedienen sind. An unserem Postkasten am Gartentor gibt es sicher keinen Aufkleber »Bitte keine Werbung« oder »Werbung unerwünscht«. Auch keine »Warnung vor dem Hunde«... Der

Leitspruch der *Heimwerker* und *Selfmademen* stammt bekanntlich von Friedrich von Schiller, der im »Wilhelm Tell« den Helden, der sich an der Tür zu schaffen macht, sozusagen im Portalbau, sagen läßt: »Die Axt im Haus erspart den Zimmermann.« Schweizer und Schwaben sind auch heute noch, statistisch gesehen, die fleißigsten Heimwerker und Kunden in Baumärkten. Ein Schweizer, der Zürcher Richard Reich, hat auch das klassische literarische Standardwerk über die Diskonter geschrieben: »Das Gartencenter«.

Als Philologe habe ich mir auch immer meine Gedanken über den Sprachgebrauch und die Nomenklatur dieser Kataloge von Baumärkten und Gartencentern gemacht. Und viele Bezeichnungen für neues Werkzeug haben mich staunen lassen, die natürlich sehr oft aus dem Englischen übernommen oder auch aus dem etymologischen, onomasiologischen Fundus des Deutschen gewissermaßen »heraufgeholt« worden sind. In meinem Buch »Almträume« habe ich mich in diesem Sinne schon einmal über das Wort *Ortgangsteine* aus dem Katalog eines Erzeugers von Betondachziegeln gewundert oder bewundernd geäußert: »Das Wort *Ortgangsteine* verwendet das alte Wort *Ort*, übrigens Neutrum, *das Ort* also, in der Bedeutung ›Ende‹. *Ins Ort kommen*, hieß etwa, wie auch noch heute im bairisch-österreichischen Basisdialekt, ans Ende oder ans Ziel gelangen. Der Pflüger hinter dem entweder von Pferden oder Ochsen gezogenen Pflug oder auch mit dem Pflug, dem mehrscharigen am Traktor, kommt ›ins Ort‹, das heißt an den Feldrand, um dort mit dem ›Wendepflug‹ umzudrehen und zurückzufahren, immer also von einem *Ort* zum anderen, und Furchen zu ziehen oder auch *Rainlein* (mundartlich roaln) von Rain zu Rain… *Ortgangsteine* aber sind jene Spezialdachziegel, die den Abschluß, den ›Gang‹ am Dachrand unter dem First bilden, so wie am First selber die sogenannten ›Reiter‹ aufsitzen.«

Das Wort *Ortgangsteine,* das ich als Bezeichnung eines speziellen Dachziegels des »Betonsteinerzeugers« Bramac im Katalog dieser Firma gefunden habe, ist auch für die Dialektgeographie und die Sprachatlasforschung interessant. Das Wort *ort* bedeutet in der holländischen Bergmannssprache »Ende einer Strecke«. *Ort widar orte,* »Sperspitze gegen Sperspitze« soll ein Held Geschenke annehmen, weist Hadubrand im althochdeutschen »Hildebrandslied« das Versöhnungsgeschenk seines Vaters Hildebrand, den er nicht erkennt, schroff zurück...

Das Grundwort *Stein* für »Ziegel« entspricht dem sogenannten binnendeutschen Wortgebrauch, österreichischerseits gilt *Ziegel,* es gibt freilich auch den vermittelnden *Ziegelstein*... Eigentlich bezeichnet *Ziegel* im Sinne der Herkunft von *tegula* und *tego* (lateinisch »bedecken«) nur den Dachziegel, jenen Ziegel also, mit dem das Dach »eingedeckt« wird. *Ziegel* ist somit auch über seine Wurzel von lateinisch *tego* mit dem Wort *Toga,* dem Obergewand der Römer, verwandt, die zum Zeitwort *tegere* im sogenannten Ablautverhältnis steht.

In das Wortfeld *Ziegel* gehört vor allem auch das merkwürdige Wort *Backstein.* Es steht in den Wörterbüchern ganz umgeben von Komposita, von Wörtern wie *Backstube, Backwerk,* als sei es auch ein Produkt der Bäckerei und der »Pfister«. In Wirklichkeit wird der *Backstein* aber nicht im Backofen, sondern im sogenannten Ringofen in der Ziegelei hergestellt, erhitzt und getrocknet. Nicht nur profane Wohnbauten, sondern auch viele Sakralbauten des Nordens sind als Backsteinbauten ausgeführt. Aber auch im Süden, etwa im oberösterreichischen Zentralraum, sind viele Bauernhöfe, sogenannte »Vierkanter«, als Backsteinbauten mit Sichtziegeln ausgeführt. Leider sind viele dieser Bauten nachträglich »verputzt« und somit als unfertige Rohbauten mißverstanden worden... In Freilichtmuseen kann man sie aber in ihrer ursprünglichen Schönheit noch erleben. Mit Recht sind die Backsteindome als Weltkulturerbe anerkannt.

Die deutschen Baumärkte bieten *Backsteine*, auch Ziegel- und Schalensteine an. Da die großen Baumarktketten fast ausnahmslos ihren Ursprung und ihre Zentralen in Deutschland haben, ob sie jetzt *Hornbach* oder *OBI* oder *Bauhaus* heißen, herrscht auch in ihrer Werbung und in ihren Katalogen ein für Österreicher manchmal befremdlicher Teutonismus. Die österreichische *Scheibtruhe* wird in den deutschen Katalogen zur *Schiebetruhe*... Aus vielleicht sachlich einsichtigen Gründen ist der im ganzen deutschen Sprachgebiet übliche *Schraubenzieher* in den Katalogen durch den *Schraubendreher* ersetzt worden.

Wie den Erfinder des Dübels möchte man auch den Erfinder der Innenkreuzschrauben und der Innensechskantschrauben (mit dem dazugehörigen Inbusschlüssel), die die Schlitzschrauben abgelöst haben oder zumindest ergänzen, vor den Vorhang bitten. Und ein besonders eindrucksvolles Kapitel der Technikgeschichte ist die Entwicklung der sogenannten Spax, dieser schlanken, selbstschneidenden »Universalschrauben«, die sich ohne Vorbohrung in Kernholz oder Homogenplatten winden und also auch nicht auf Dübel angewiesen sind... Spax ist ein Akronym für SPAnplatten-Schraube mit Kreuzschlitz (X). Ein komplizierter Name für eine verblüffend einfache, geniale Erfindung, die sich eine Firma, in diesem Fall die südwestfälische Firma Altenloh, Brinck & Co (ABC), hat einfallen lassen...

»Das Rad neu erfinden« ist eine Redewendung für Überholtes und längst Vorhandenes, das sich als Innovation oder Novität gebärdet. Auch das gibt es. Bei den über tausend Erfindungen und Patenten, die Artur Fischer »gutgeschrieben« werden, werden sicher neben sensationellen wie dem Dübel auch weniger revolutionäre gewesen sein, sein Erfindergeist aber war ganz sichtlich unerschöpflich ... Wie das Rad und seine Erfindung verliert sich auch die Erfindung vieler uns selbstverständlicher Gebrauchsgegenstände im Dunkel der Vor- und Frühgeschichte. Wer erfand den Hammer, wer die Sichel, wer die Beißzange? Wer hat die Säge erfunden, den Fuchsschwanz, die Spannsäge, die Wiegensäge, die Kettensäge, die Kreissäge ...? Es ist freilich auch bei diesen Elementarwerkzeugen nicht bei den Urformen geblieben, sondern zu hunderten Spezialformen und Sonderausprägungen gekommen. So haben alle Praktiker und Professionisten, Maurer, Dachdecker, Installateure, Elektriker, Zimmerleute, Faßbinder, Tischler usw. ihre eigenen Hämmer und Zangen, Stemmeisen und Meißel, Beile und Hacken.

Wer erfand den *Engländer* oder wer war der erste, der jenes Werkzeug *Engländer* nannte? Wer erfand den *Franzosen*?, oder: Wer hat jenem Werkzeug den Namen *Franzose* gegeben? Im Falle des Engländers sagen die Wörterbücher, daß es tatsächlich die Übersetzung eines *Englishman* sei, und daß dieses Werkzeug, das also auch die Engländer *Engländer* nennen, ein *tool* sei, ein Werkzeug, das als *screwdriver*, also eigentlich »Schraubenzieher« oder »Schraubendreher« genaugenommen als »Schraubenschlüssel« fungiert und funktioniert. Erfunden hat den *Engländer* kein Engländer, sondern laut Wikipedia der Schwede Johan Petter Johansson in seiner Werkstatt in Enköping im Bezirk Uppsala. Er ist auch der Erfinder der Wasserpumpenzange. Weniger Johansson als die Firma Hjört & Co, die das Werkzeug produzierte und vermarktete und ab 1892 in der ganzen Welt verkaufte, ist durch den *Engländer* reich geworden ... Immer wieder hört man, daß selten die Erfinder und öfter die Vermarkter von Erfindungen reich werden und vom Erfindergeist anderer profitieren. Es gibt rührende

Biographien von verarmten Erfindern. Geschäftssinn und Erfindergeist sind nicht immer in einer Person vereint.

In meinem Werkzeugkasten hängen und liegen Engländer und Franzosen und auch Holländer, also »Rohrzangen« für Installateure, friedlich nebeneinander, auf der Werkbank ist ein Schraubstock aus der ehemaligen DDR angeschraubt, und überall liegen Stemmeisen und Hämmer aus Solinger Stahl und Kruppstahl und vieles andere, *made in Germany* – ein friedliches Nebeneinander, eine Art europäischer Union der Werkzeuge, mit einem großen Anteil an Importen aus Asien, aus Taiwan, Japan und Korea...

Der *Franzos* war mir schon als Kind nicht nur als verstellbarer Schraubenschlüssel mit beidseitig offenem und variablem »Maul« ein Begriff, sondern vor allem als Mühlstein im sogenannten Walzenstuhl in der Mühle meines Vaters. Was es mit diesen *Franzosen* auf sich hatte, diesen »Süßwasserquarzsteinen« aus Frankreich, darüber habe ich in meinem Roman »Die Mühle« wohl ausgiebig geschrieben...

Als ich 1990 zum 175-Jahr-Jubiläum der Technischen Universität im Goldenen Saal des Musikvereins in Wien die Festrede halten durfte und mich bei meinen Recherchen mit der Welt der Techniker und Professoren der Technischen Universität vertraut machte, ist mir ein Unterschied zwischen den Gelehrten der Philosophischen Fakultät der alten Universität, den Erben der *Septem artes liberales,* und den Professoren der Technik, den Erben der alten Handwerks- und Baukünste (Architektur, Maschinenbau, Schiffsbau, Waffenkunde), der »gebundenen Handwerkskünste«, sozusagen der *Artes illiberales,* der sogenannten *Artes mechanicae,* besonders aufgefallen. Bei den Philosophen, Theologen und Juristen fragt man bei der Suche nach ihrer Lebensleistung vor allem nach ihren Publikationen und der Zahl ihrer Aufsätze und Monographien, bei den

Technikern eher und vor allem nach den Patenten und den »Meriten«, die sie mit ihren Forschungen und der Umsetzung ihrer Erfindungen oder auch als Gutachter erworben haben. Begabte Techniker zieht es heute eher in die Wirtschaft und Industrie als in den Staatsdienst als pragmatisierte Beamte. Germanisten sind den Versuchungen der Wirtschaft kaum ausgesetzt... Davon hatte ich vorher wenig Ahnung. Und die berühmtesten Namen, die ich mit der Technischen Universität in Verbindung brachte, waren – neben den wirklichen Technikern Viktor Kaplan, über dessen Turbine ich im Zusammenhang der Recherchen für meinen Roman »Die Mühle« einiges wußte, und Christian Doppler (Stichwort »Doppler-Effekt«) – Robert Edler von Musil, der Erfinder des »Musilschen Farbkreisels«, der vorübergehend Bibliothekar an der Technischen Hochschule war, aber Technik in Brünn studiert hatte, wo sein Vater Rektor der Hochschule war, und der wohl berühmteste Absolvent (der Kommerziellen Abteilung) des Polytechnischen Instituts, der späteren Technischen Hochschule, heute Technische Universität, Johann Strauß (Sohn), der »Walzerkönig«, der wohl »Erfinder«, allerdings »Erfinder« und Schöpfer gern als »unsterblich« bezeichneter Musik war. Nachdem er aber die Kommerzielle Abteilung des Polytechnischen Instituts besucht hatte, mag ihm dies bei der Gestaltung seiner wirtschaftlichen Angelegenheiten mit Honoraren und Tantiemen wohl genützt haben! Allem Technischen, wie der Erfindung der Telephonie, stand er äußerst aufgeschlossen gegenüber, und auch an Instrumentenbau und Instrumentenkunde war er naheliegenderweise äußerst interessiert.

In meinem Roman »Die Mühle« hatte ich mir vorgenommen, die *Ars mechanica* mit der *Ars poetica* zu verbinden und zu versöhnen. Nicht nur in der erwähnten Beschreibung des Widders oder Stoßhebers, sondern in weiteren

Beschreibungen etwa des sogenannten »Separators« und anderer Maschinen und Apparaturen mit lateinischer Bezeichnung habe ich mich episch verbreitert und mich dem in der Poetik *dilatatio* oder *amplificatio* bezeichneten Ideal angenähert... Damit habe ich mir aber nicht nur Freunde gemacht, sondern auch Kritiker auf den Plan gerufen. Einem Kollegen aus Graz hat meine Lesung aus der »Mühle« bei den Rauriser Literaturtagen so sehr mißfallen, daß er aus Protest den Wirtshaussaal, wo die Lesung stattfand, verlassen hat. Meine Frau saß damals in der Nähe des Unzufriedenen und hörte, wie er anfangs leise murmelnd und schließlich laut murrend vor seinem Abgang seinen Protest äußerte, daß das, was er hören mußte, keine Dichtung, sondern ein Sachbuch für Müller sei...

Ich aber berufe mich bei ähnlichen Vorhaltungen gern auf den in meinen Augen bedeutendsten Schriftsteller des 20. Jahrhunderts, Dr. iur. Franz Kafka. Über vierzehn Jahre lang, von 1908–1922, war er im Brotberuf Angestellter der »Arbeiter-Unfall-Versicherungsanstalt« in Prag. Von den vielen Schriftsätzen, die er in seiner Funktion, teilweise unter Pseudonym, geschrieben hat, wird einer auch von Klaus Wagenbach in seinem Buch »Franz Kafka in Selbstzeugnissen und Bilddokumenten« in voller Länge zitiert. Als Zuständiger in der Anstalt für Unfallverhütung plädiert er, Kafka, in diesem Schriftsatz für die Einführung von runden Sicherheitswellen bei Holzhobelmaschinen und gegen die alten, gefährlichen Vierkantwellen, die viele Unfälle produzierten. Der Text belegt Kafkas soziales Gewissen gegenüber Arbeitern, die beim Umgang mit gefährlichen Maschinen Schaden nehmen und ihre Ansprüche bei ihren Arbeitgebern schwer durchsetzen können. Max Brod teilt in seinen Tagebüchern eine Äußerung seines Freundes Kafka mit: »Wie bescheiden diese Menschen sind. Sie kommen zu uns bitten. Statt die Anstalt zu stürmen und alles kurz und klein zu schlagen, kommen sie bitten!« Das wirklich Beeindruckende an diesem Schriftsatz über die Unterschiede zwischen den alten Vierkantwellen und den neuen, runden Sicherheitswellen ist in diesem Zusammenhang aber Kafkas Fähigkeit, Technisches professionell richtig und zugleich jedermann verständlich zu beschreiben. Das sei wenigstens kurz durch den Wortlaut bei Kafka belegt: »Die Messer dieser (runden Sicherheits-) Welle liegen vollkommen geschützt eingebettet zwischen der Klappe bzw. zwischen einem Keil und dem massiven Körper der Welle.« In Kafkas Text ist auf Abbildungen verwiesen, die am Rande, von 1 bis 7 numeriert, wiedergegeben werden. Diese Zeichnungen – eine Gegenüberstellung der beiden Arten von Hobelmaschinen – sind zwar in Klaus Wagenbachs Monographie nicht signiert, sie könnten aber durchaus von Kafka selbst stammen, wie man ja Zeichnungen von ihm – allerdings eher unambitionierte Kritzeleien – kennt. Von den Querschnittzeichnungen der beiden Typen von Hobelmaschinen abgesehen, zeigen die Zeichnungen verstümmelte Hände mit abgetrennten Fingern von beim alten Typ Hobelmaschine verunfallten Arbeitern, und in Abbildung 7 intakte oder nur leicht blessierte Hände. Darauf verweist der Text: »Durch die angeführten Vorrichtungen ist einerseits die überwiegende Möglichkeit beseitigt, mit den Fingern in die Spalte der Vierkantwelle zu geraten, andererseits ist selbst für den Fall, daß die Finger in die Spalte kommen, bewirkt, daß nur ganz unbedeutende Verletzungen sich ereignen können, Rißwunden, die nicht einmal Unterbrechungen der Arbeit zur Folge haben.«

Gerade Bastler und Heimwerker, Amateure also, die Hauptkunden der Baumärkte, sind heute in Gefahr, sich zu überschätzen und die Gefährlichkeit mancher Maschine, etwa der Flex oder des Elektrohobels oder der Kreissäge, zu unterschätzen... Zu lange habe auch ich ohne Gehörschutz und Schutzbrille gehobelt und geschnitten und mir einiges an kleineren Blessuren zugezogen. Vielleicht hängt auch mein Tinnitus damit zusammen? Bei meiner ersten Benützung der Kreissäge hat sich eine Leiste, die ich von einem Brett abgetrennt hatte, zwischen Blatt und Führung der Leitschiene gefangen und ist wie ein Pfeil mit großer Wucht zurückgeschleudert worden, daß ich wohl, hätte sie mich getroffen, dem heiligen Sebastian ähnlich gesehen hätte. Das war dem Amateur eine Lehre!

Eine der Zeichnungen neben dem Aufsatz Kafkas, die hochgestreckte Hand, der das erste Glied des Daumens, der kleine Finger ganz und vom Ringfinger zwei Glieder fehlen, so daß nur der Zeigefinger noch vollständig ist, erinnert einen unweigerlich an den Bilderwitz, in dem ein Heimwerker den anderen fragt: »Wie lange hast du jetzt deine Kreissäge?« Der Kollege sagt: »Zwei Jahre«, und hält zur Illustration des Gesagten seine Hand empor, der drei Finger fehlen...

In zwei Erzählungen – dem Kurztext »Die Sorge des Hausvaters« und vor allem in der Erzählung »In der Strafkolonie« – hat sich Franz Kafka als der unübertroffene Meister der Mechanismus-Beschreibung, als der er sich schon in seinen Schriftsätzen als Angestellter der Versicherung angekündigt hat, gezeigt und bewiesen... Odradek in »Die Sorge des Hausvaters« ist eine Art Homunkulus oder vielleicht puppenartige Kreatur. Sie ist, so wie sie beschrieben wird, sozusagen unbeschreiblich, surrealistisch, mysteriös und geheimnisvoll. Mein Freund Helmut Birkhan hat sich einmal den Spaß erlaubt, den – oder einen – Odradek »nachzubauen«. Das Kernstück seines Odradek war wohl eine Zwirnspule, von der ja im Text die Rede ist. Es mag der Anklang des Namens *Odradek* an das mundartlich *odrat* für *abgedreht* im bairisch-österreichischen Dialekt und auch in der Mundart der Prager Deutschsprechenden mit der tschechischen Endung *ek* die philologische Grundlage dieser Auslegung der kafkaesken Erfindung gewesen sein. *Odrat,* »abgedreht«, ist ein technischer und tschechischer Ausdruck, im übertragenen Sinn heißt er natürlich auch »falsch, verschlagen«. Obwohl Kafka gleich einleitend in seinem Text davor warnt, Odradek slawisch oder deutsch erklären zu wollen...

Aber der absolute Höhepunkt in Kafkas Kunst der genauen Maschinenbeschreibung ist natürlich die Erzählung »In der Strafkolonie«. Ein genialer Erfinder, vielleicht ähnlich dem Erfinder der Guillotine, jener »Fallschwertmaschine« oder »Köpfmaschine«, als der fälschlicherweise der französische Arzt Joseph-Ignace Guillotin gilt, hat ein riesiges Gerät, das im wesentlichen aus drei Teilen, dem Bett, der »Egge« und dem Schreiber, besteht, erfunden, das nun der Kommandant dem Besucher, dem Ich-Erzähler, erklärt, bevor es zur Exekution eines Delinquenten für ein geringfügiges, ja lächerliches »Verbrechen« kommt. Kafka gilt gerade wegen der Erzählung »In der Strafkolonie« als der prophetische Autor, der die heraufkommende, grauenhafte Unmenschlichkeit der »industriellen Vernichtung« von unschuldigen Menschen in Konzentrationslagern und Gaskammern vorausgesehen hat...

Wie die Tiere

Hans Arnfrid Astel ist am 12. März 2018 in Trier gestorben. Als ich in meiner Saarbrücker Zeit (1962–1974) mit ihm bekannt wurde, nannte er sich nur Arnfrid. Den Vornamen Hans hat er nach dem tragischen Tod seines Sohnes – des Sohnes aus seiner Ehe mit der Schriftstellerin Katrine von Hutten – angenommen. Bei Veranstaltungen, die er als Leiter der Kulturabteilung des Saarländischen Rundfunks organisierte, durfte ich einige Male die Einführung und Moderation übernehmen, so bei einer Lesung von Texten H.C. Artmanns durch Renate Rasp und andere. Astel hat auch eine erste größere Sendung mit meinen Texten gestaltet: »Ikarus und Valium«. Neben seinen eigenen Werken – Lyrik, Haikus, Epigrammen und Aphorismen – ist er auch eine in den Werken anderer Schriftsteller und vor allem Schriftstellerinnen beschriebene, eindrucksvolle, wenn auch nicht unumstrittene Gestalt. So ist er etwa in Karin Strucks damals sensationell rezipiertem Roman »Klassenliebe« allen Insidern erkennbar als Z. verschlüsselt – nicht A., sondern Z. Als überzeugter 68er ist er auch mit seinem Arbeitgeber in Konflikt geraten, hat aber einen langen Prozess nach seiner fristlosen Entlassung erfolgreich durchgestanden und gewonnen. Seine aufklärerische, antifaschistische Gesinnung ist wohl auch ein biographischer Reflex auf seine Herkunft als Sohn des prominenten Rassenkunde-Gelehrten, »Rassehygienikers« und Rektors der Universität Jena Karl Astel, der sich 1945 vor dem Einrücken der Roten Armee das Leben genommen hat.

Flora, Fauna und Mythen waren die Themen, die Arnfrid Astel in seinen Büchern »behandelte«, und dies alles mit hochpolitischem Interesse, was durchaus auch als eine ernsthafte Art der Umwelt- und Naturschutzbemühung gelten kann. Und sicher ganz anders, ja diametral entgegengesetzt zu seinem Vater, dem nationalsozialistischen »Rassenkundler«, zu deuten ist!

Durch einen merkwürdigen Zufall bin ich im Jahr 1974 mit dem wohl bedeutendsten Natur- und Umweltschutz-Aktivisten des vorigen Jahrhunderts zusammengetroffen. Die Organisatoren der Frankfurter Buchmesse hatten einen Lesungsabend mit drei Vortragenden ins Programm genommen: Bernhard Grzimek, Gerhard Zwerenz und Alois Brandstetter. Ich wurde also mit zwei ganz unterschiedlichen »Kollegen« zusammengespannt. Der eine war Gerhard Zwerenz (1925–2015), der »linke« Aktivist, der in den 60er Jahren auch mit erotischen Freizügigkeiten (»Erbarmen mit den Männern«) literarisch Furore machte, was ihm das Etikett »Pornograph« einbrachte, der andere war Bernhard Klemens Maria Hofbauer Pius Grzimek (1909–1987), der hochberühmte, pensionierte Frankfurter Zoodirektor, Fernsehstar (»Ein Platz für Tiere«), Tierarzt und Verhaltensforscher, Herausgeber von »Grzimeks Tierleben«, das Alfred Brehms »Thierleben« aus den Jahren 1863 ff–1879 mit Neuausgaben und Neuauflagen ablösen sollte. Da Grzimek sich als Pionier der Verhaltensforschung neben den Affen auch gerade mit den Wölfen und dem domestizierten Wolf, dem Hund, befaßt hat, dachte ich, ihm mit der Lesung eines Kapitels aus meinem eben erschienenen Roman »Zu Lasten der Briefträger«, in dem die Briefträger über die Gefahren klagen, die ihnen durch beißwütige Haus- und Hofhunde bei der Postzustellung drohen, eine Freude zu bereiten. »Ja sollen sie, die Briefträger, vielleicht vor ihrer Arbeit Brehms Thierleben studieren, die Bände 10–13, die von den Säugetieren handeln, damit sie sich ›artgerecht‹ beim Zustellen verhalten können? Oder sollen sie wie Franz von Assisi, der Schutzpatron der Tiere, der die Stadt Gubbio durch gutes, frommes Zureden von einem bösen Wolf befreit hat, den Hunden eine Predigt halten, oder wie der heilige Antonius von Padua in Rimini den Fischen und Franz in Assisi den Vögeln gepredigt hat, die Rottweiler und Wolfshunde im Rayon besänftigen?«

Bernhard Grzimek verzog aber keine Miene, wie er überhaupt, vielleicht aufgrund der schweren Schicksalsschläge wie dem Tod seines Sohnes Michael, der bei Dreharbeiten in Afrika bei einem Flugzeugabsturz ums Leben kam und dessen Witwe er später ehelichte, sehr introvertiert, ja traurig wirkte. Mich erstaunte seine Griesgrämigkeit auch deshalb, weil doch in seinen Biographien nie vergessen wird, auf seine teilweise seltsamen bis degoutanten Scherze hinzuweisen, die er sich mit sogenannten Furzkissen oder Plastikattrappen von Hundekot erlaubt hat… Es ist mir jedenfalls nicht gelungen, ihn aufzuheitern. Auch Zwerenz, sehr von sich überzeugt, worin ihn viele Leser mit ihren Autogrammwünschen bestätigten und bestärkten, nahm kaum Notiz von dem damals noch jungen und ziemlich unbekannten österreichischen Kollegen…

Die Unterschiede zwischen den beiden »Tierleben«, jenem alten von Brehm und dem modernen von Grzimek, haben mich immer fasziniert. Es steht *Thierleben* neben oder gegen *Tierleben*… Es gibt bekanntlich auch eine Art Parodie auf Brehms Vorstellungen von den Tieren als gewissermaßen braven und bösen Exemplaren mit ihren »menschlichen« Eigenschaften, Lastern und Tugenden, die der Fast-Namensvetter Hermann Rehm in »Rehms Tierleben. Viechereien von Affen und Eulen, zum Lachen und Heulen« 1990 humorig aufgegriffen hat. Trotz enormen zoologischen Wissens ist in Brehms »Thierleben« natürlich nach heutigem Wissensstand, etwa durch Konrad Lorenz' »Das sogenannte Böse. Zur Naturgeschichte der Aggression«, manches auch unfreiwillig komisch. Heute weiß man natürlich, daß die Schlange nicht böse und der Pfau nicht eitel und das Schwein nicht dumm ist... Da gackern doch die Hühner! Zur »Vermenschlichung« der Tiere haben naturgemäß die Fabeln, eine eigene Gattung der Erzählung und des Gleichnisses, angefangen im Altertum und bei Äsop im 6. vorchristlichen Jahrhundert bis herauf in die Gegenwart, viel beigetragen. Ein absoluter Höhepunkt ist unbestritten Johann Wolfgang von Goethes Hexameter-Epos »Reineke Fuchs«. Diese Darstellung des Fuchses und seiner Rolle im Tierreich als eines Ausbunds an Schläue, Hinterlist, Verschlagenheit und Bosheit bis hin zur Tollwut wird zu einem großartigen Pandämonium und einem geradezu monumentalen, ja monströsen Gleichnis für die höfische und ganz besonders auch die klerikale Welt... Von dieser Menschenwelt gilt natürlich nach wie vor: *Homo homini lupus!* Im 1999 erschienenen Lexikon der lateinischen Zitate von Hubertus Kudla ist dieses Plautus-Wort übersetzt als »Der Mensch ist dem Menschen ein Teufel«. Die Wahrheit dieses »Wahrwortes« bestätigen die vielen, eben in allen Weltteilen stattfindenden Kriege und Brutalitäten und Terrorakte...

Brehms »Thierleben« wird, abgesehen von seinen wissenschaftlichen, zoologischen Meriten, mit Recht auch wegen der Illustrationen gerühmt, und schon ihretwegen werden die frühen Ausgaben von Bibliophilen und Antiquaren oft gesucht und viel nachgefragt. So wie es für jede Tierart einen besonderen Spezialisten gab – Eduard Oskar Schmidt (1823–1886) etwa war der zuständige Entomologe, der den Band von den »Niederen Tieren« bearbeitete, also der Insektenspezialist, dessen Leistungen als »Evolutionstheoretiker« und dessen Illustrationen von »keinem geringeren« als Charles Darwin bewundert wurden –, so gab es auch bei den Illustrationen spezielle Zuständigkeiten. Den besonderen Stil der Bebilderung prägten Gustav Mutzel (1839–1893) und Robert Kretschmer (1818–1872). Ein herausragender Illustrator war etwa später Friedrich Wilhelm Kuhnert (1865–1926), zuständig für Wildkatzen. Man nannte ihn bewundernd den »Löwen-Kuhnert«...

Viele Maler haben sich aus Tierliebe oder auch aus Geschäftssinn im Hinblick auf ihre tierliebende Kundschaft auf die Darstellung von Tieren spezialisiert, einige haben sogar die Haustiere der Porträtierten mitabgebildet. So hat etwa mein Lieblingsmaler Lovis Corinth Frau Luther, die Gattin des Zuckerexporteurs Hermann Luther, auf dem unglaublich lebendigen und ausdrucksstarken Porträt, das man im Niedersächsischen Landesmuseum in Hannover bewundern kann, zusammen mit einem lieb und treu und neugierig dreinblickenden Schoßhündchen dargestellt, bei dem es sich meiner Kenntnis nach um einen Chihuahua handelt.

Einer der bedeutendsten Pferdemaler Österreichs war der 1883 in Wien geborene und 1963 in Salzburg verstorbene Franz Xaver Jung-Ilsenheim. Ich bin, sozusagen als Beute aus der Nachkriegszeit, in den Besitz zweier Alben mit Bildern von Jung-Ilsenheim gekommen, eigentlich ein Werbegeschenk aus Sammelbildern der Salzburger »Andre Hofer-Feigenkaffeefabrik«, die wohl »Hamsterer« nach dem Krieg für ein paar Kilo Mehl an der Mühle meines Vaters zurückgelassen haben. Die erwähnte Salzburger Andre Hofer-Feigenkaffeefabrik befand sich in jenem Gebäude gegenüber dem Bischöflichen Kollegium »Borromäum« in der Gaisbergstraße, in das nach Umbauten durch den »Hausarchitekten« des Verlegers Wolfgang Schaffler, Wilhelm Holzbauer, der Residenz Verlag in den siebziger Jahren aus der Imbergstraße übersiedelt ist. Eines dieser Alben mit Bildern aus der Salzburger Geschichte habe ich Wolfgang Schaffler als Einstandsgeschenk anläßlich des Einzugs in die Gaisbergstraße geschenkt. Ich erinnere mich an ein dramatisches Bild in jenem Album mit der Legende: »Herrje, der Dom brennt!«, das Bild der Feuersbrunst im Jahr 1383, der der romanische Salzburger Dom zum Opfer gefallen ist, eingehüllt in Feuerrot und schwarzen Rauch... Das andere Album mit dem Titel »Tauriska« über die Salzburger Ur- und Frühgeschichte mit vielen Bildern von flankenstarken Noriker Rössern ist noch in meinem Besitz, wenn auch im Augenblick unter den rund 10 000 Büchern meiner Bibliothek verschollen...

Was für Salzburg Jung-Ilsenheim, ist für Kärnten der Tiermaler Ludwig Heinrich Jungnickel, der 1881 in Wunsiedel in Deutschland geboren und 1965 in Wien gestorben ist. Begraben ist er auf dem Friedhof in Kalksburg bei Wien. Mit Kärnten, wo er seit den 30er Jahren oft geurlaubt hat und mit den hiesigen Künstlern des sogenannten Nötscher Kreises in Beziehung stand, ohne sich aber künstlerisch ganz als dazugehörig zu empfinden, wird er nun zeitweise in Villach wohnhaft und mit dem Bischöflichen Kollegium in Tanzenberg von Kärntnern gerne in Verbindung gebracht, wie auch Werner Berg und Georg Mahringer, die eigentlich Deutsche waren – der eine aus Wuppertal-Elberfeld und der andere aus Schwäbisch Hall –, sozusagen als Kärntner, gleichsam als »Beutekärntner« gelten können. Vor allem der »spätexpressionistische« Werner Berg, der einen kleinen Bauernhof, den »Rutarhof«, im Kärntner Unterland besessen und bewirtschaftet hat, hat mit seinen Gemälden und Holzschnitten die Vorstellung von Kärntner und ganz besonders slowenischen Bauern, von den Bäuerinnen mit ihren Kopftüchern, in Arbeitsschürzen und im Sonntagsstaat, nachhaltig bestimmt und geprägt. Rührend und berührend sind auch Bergs Bilder von schlafenden Kälbern und Hühnern und kleinwüchsigen Pferden vor Landauer- und Steirerwägen...

Für eine Veranstaltung des MMKK (Museum Moderner Kunst Kärnten) wurden Schriftsteller eingeladen, über eines ihrer Lieblingsbilder aus den Beständen des Hauses zu sprechen, die man aus dem Fundus geholt und auf einer Staffelei vor das Publikum gestellt hat. Die Beiträge von Barbara Frischmuth, Fabjan Hafner und Teresa Präauer sind in einer Broschüre unter dem Titel »Literatur trifft fokus sammlung 04 Tiere« erschienen. Ich habe mich für Werner Bergs Bilder »Schweinsköpfe« (1938) und »Schlafende Hühner« (1952) entschieden. Am ausführlichsten aber befaßte ich mich mit Bergs Bild »Ebersprung« aus dem Jahr 1959, das eine delikate Szene zeigt, nämlich einen Eber, der im umzäunten Karree einer Tratte eine »Nasching«, also ein weibliches Schwein, eine Sau, bespringt. Im Hintergrund sieht man die Bäuerin oder auch die *Dirn* (die *Magd*), die den Eber hergeführt haben wird, die sich aber weiter nicht für das Geschehen, dem sie den Rücken zuwendet, zu interessieren scheint, und wohl nur geduldig wartet, bis der Natur entsprochen wurde und sie den Eber (den *Bären* in der bairisch-österreichischen Mundart) seinem Besitzer, vermutlich einem Nachbarn, zurückbringen kann (»Bärentreiben«). Wir wurden als Kinder ja ungern gesehen oder von den Erwachsenen, den Eltern oder den Dienstboten, den Mägden oder Knechten, auch verscheucht, wenn wir ähnliche Szenen beobachten wollten oder wenn wir vielleicht doch von einem sicheren Versteck aus, einer Luke im Heuboden etwa, etwas Verbotenes mitbekommen haben. Sexualaufklärung durch Eltern oder Lehrer hat es ja nicht gegeben... Knut Hamsun beschreibt 1917 in seinem Roman »Segen der Erde«, der ihm den Nobelpreis eingebracht hat, die Neugier und das Entsetzen zweier Kinder, eines Buben und eines Mädchens, über das, was ein Stier, ein »Bulle«, vor ihren Augen einer Kuh antut. Karl Heinrich Waggerl hat in seinem 1930 erschienenen Roman »Brot« eine ähnliche Szene sehr zurückhaltend gestaltet – ein Buch, das ihm aber nicht den Nobelpreis, sondern viele Vorwürfe des Plagiats und des Epigonentums nach Hamsun beschert hat ...

Hans Arnfrid Astel, der Meister des Epigramms, der »Lichtenberg unserer Zeit«, hat sich 1970 nach Zeitungsberichten über ungeniertes Treiben in der Öffentlichkeit im Englischen Garten in München (nach dem Erstling »Notstand«) in »Kläranlage. 100 neue Epigramme« auf das Geschehene und die empörte Reaktion der Politik folgenden Reim oder eigentlich das folgende reimlose Epigramm gemacht:

»Sauerei

Franz Josef Strauß / Sohn eines ehrlichen Metzgers, / sieht in der APO Tiere. /Sauerei, stellt er fest / die kopulieren im Freien.«

Das erwähnte erste Buch Astels »Notstand« wählt als Leitspruch bereits am Umschlag eine animalische Metapher für ein Politikum. Sie bezieht sich auf die harte Opposition gegen die Verabschiedung der sogenannten »Notstandsgesetze« im deutschen Bundestag am 30. Mai 1968 in Bonn, die nach der Meinung und Befürchtung vieler Liberaler und Linker grundlegende Freiheitsrechte außer Kraft setzen würden: »Notstand, das ist laut Brockhaus / ein fester Stand, in dem / besonders widersetzliche Pferde / und Rinder zum Hufbeschlag, / zur tierärztlichen Untersuchung / oder zur Durchführung kleinerer / Operationen befestigt werden.« Das Tierreich spielt in Astels Lyrik eine große Rolle. Einer seiner schönsten Haikus lautet: »Der Vogel fliegt auf, der Zweig winkt ihm nach.« Die Widmung, die er mir in die »Kläranlage« geschrieben hat, zitiere ich gern noch einmal: »Ach du lieber Himmel, /sagte die Maus / als der Bussard zustieß. Für Alois.«

Als ich Astel während meiner Präsidentschaft des PEN-Clubs Kärnten zu einer Lesung ins Robert Musil-Literaturhaus einlud, las er dort einen philologisch, botanisch und literarisch interessanten Text, eine Rede eigentlich, die er kurz vorher auf Einladung der »Grünen« bei einem großen Kongress in der Saarlandhalle in Saarbrücken gehalten hatte. Im Zentrum dieser Rede stand meiner Erinnerung nach ein zärtliches Nachdenken und erschrockenes Nachsinnen über die Merkwürdigkeit, daß nach dem lateinischen Wort *viola* für die zarte und zierliche Blume des »Veilchens« und der Levkoje das Zeitwort *violare* gebildet wurde, das in den Wörterbüchern mit »verletzen«, »verwunden«, »vergewaltigen«, »wehtun«, »mißhandeln« und »schänden« übersetzt wird... Er erzählte mir aber auch von seiner Enttäuschung über das (Des-)Interesse der Parteifunktionäre an solchen »Subtilitäten«, wie sie es nannten. Die Grünen, sagte er resigniert, haben wenig Ahnung und Kenntnis von der Natur und kaum Interesse an Tieren und Pflanzen. »Ich war auf der falschen Hochzeit!« Statt solcher »Wortspenden« wie seiner hätten sie lieber Partei- und Wahlkampfspenden. Astel, in München geboren, hat in Heidelberg und Freiburg Biologie und Literatur studiert. »In seinem Pantheon«, heißt es in der Ankündigung einer seiner Lesungen in der Neuen Zürcher Zeitung vom 13. Dezember 1999, »trifft man nicht nur mythische Gestalten, Diana, Daphne, Apoll, und Sternbilder wie Orion oder Der Hase, sondern auch seine Lieblingstiere, Grillen, Falter, Muscheln, Schnecken, Eidechsen.« Von majestätischen Pferden ist weniger die Rede, oder vom hohen Roß der Herrenreiter...

Ein Altgermanist, also ein Philologe, der sich mit der althochdeutschen und mittelhochdeutschen Literatur beschäftigt, braucht freilich auch ein gewisses Grundwissen in Hippologie, wenn man allein an die Artus-Epen denkt, in denen ja unentwegt geritten wird. Peter Wapnewski, einer von Arnfrid Astels Professoren in Heidelberg, der auch über Fachkreise hinaus bekannte Mediävist, hatte im schon fortgeschrittenen Alter den Ehrgeiz entwickelt, sich endlich auch real mit Pferden vertraut zu machen, er wollte wissen, wie man sie füttert, wie man sie tränkt, wie man sie striegelt, wie man sie beschlägt und wie man sie bewegt. Er hat sich in einem Reiterhof einschreiben lassen und Reitstunden genommen. Lachend aber hat er mir nach seinem Gastvortrag in Klagenfurt erzählt, daß ihn sozusagen der Hafer gestochen hatte. Er ist nämlich gleich bei einem seiner ersten Ausritte von seinem scheuenden Pferd gestürzt und hat sich dabei nicht unerheblich verletzt. Das war kein *Erbeißen*, wie die Heldenepen und die höfischen Epen das »Absitzen, Niedersteigen« vom Pferd mit einem faktitiven Verbum, vom Zeitwort *beißen* abgeleitet, bezeichnen, mit der Bedeutung, »das Pferd beißen (weiden) lassen«. Einmal aber ist jeder Ritter das letzte Mal vom Pferd gestiegen.

Kinder

Als ich eine halbe Klasse Volksschüler meiner Frau aus der Klagenfurter Theodor-Körner-Schule im Swimming-pool unseres Gartens sich übermütig und ausgelassen austoben sah, wurden in mir Erinnerungen wach an die eigene Kindheit und Jugend auf dem Land in Oberösterreich, wenn wir mit dem Rad ins fünf Kilometer entfernte Freibad nach Bad Schallerbach fuhren, das für sein überwarmes, »lauwarmes« Wasser bekannt war, weil Schwefelwasser aus der Heilquelle (»Körpertemperatur«) zugesetzt wurde. Je wärmer ein Badewasser aber ist, desto größer ist die Gefahr einer prekären »Kontamination«, etwa durch Kinder... Infektionen mag aber das schwefelige Heilwasser zugleich verhindert haben... Bauernkinder waren damals durch den tagtäglichen Umgang mit auch unsauberer Natur ohnehin robuster und widerstandsfähiger gegen Ansteckung als verzärtelte Stadtkinder. Ein Wasser wie das im damaligen Bad Schallerbach bezeichnet man auch mit dem vielsagenden Ausdruck »bacherlwarm«. In meinem Erinnerungsbuch »Über den grünen Klee der Kindheit« habe ich auch die Badeerlebnisse im weit urigeren, mit Innbachwasser gespeisten Freibad in Kematen beschrieben. Und ich habe unsere »Adjustierung«, jene schwarzen »Clothhosen«, die uns sowohl als Turn- als auch als Badehosen dienten, erwähnt. Wenn man damals ins Freibad baden ging, ging man wirklich auch *baden* und nicht nur *schwimmen*. Sanitäre Anlagen, also Badezimmer, gab es ja nur in den Häusern der feinen Leute, zu denen wir absolut nicht zählten. Noch zu meiner Studienzeit in Wien

(1957–1962) hatten viele Wohnungen (»Substandard«) – wie zum Beispiel die eines befreundeten Polizisten, der aus meinem Heimatdorf stammte und an der später eingestürzten Reichsbrücke den Verkehr regelte, wo ich ihn öfter besuchte – kein Bad in der Wohnung, sondern nur die »Bassena« am Gang. Wöchentlich, meist am Samstag, ging er mit seiner Familie ins Sophien-Bad in der Marxerstraße. Auf dem Weg mit dem Rad ins Gänsehäufel hielt ich oft bei meinem Landsmann auf der Reichsbrücke und wir unterhielten uns, wenn es sein Dienst erlaubte. Ich erzählte ihm, was ich über Pichl, aus den Briefen meiner Mutter, erfahren hatte, zumeist Todesfälle... Wir schwärmten wohl auch ein wenig vom Landleben und bedauerten die armen Städter, ganz im Sinne des Gedichtes von Anton Wildgans: »Ich bin ein Kind der Stadt. Die Leute meinen und spotten leichthin über unsereinen, daß solch ein Stadtkind keine Heimat hat. In meine Spiele rauschten freilich keine Wälder. Da schütterten die Pflastersteine ...« Ob ich mich mit ihm, dem Polizisten, auch über die Hexameterdichtung »Kirbisch. Der Gendarm, die Schande und das Glück« von Wildgans unterhalten habe, kann ich nicht mehr sagen...

Als »seine« Reichsbrücke, eigentlich ursprünglich Kronprinz Rudolf-Brücke und nach dem Krieg bis zum Abzug der russischen Besatzer »Brücke der Roten Armee« genannt, am 1. August 1976 einstürzte, war er Gott sei Dank schon in Pension.

Eigentlich war für Pubertierende das wildere, unkultiviertere Bad in Kematen mit den Astlöchern in den Wänden der Umkleidekabinen das anziehendere und aufregendere, verglichen mit dem berühmteren in Schallerbach. Das Wasser war hier kälter und erfrischender, es hat sozusagen die Herkunft des Ortsnamens *Kematen* von *caminata*, das einen Hinweis auf einen windgeschützten, klimatisch begünstigten, warmen Ort gibt, Lügen gestraft. Eine Kemenate ist bekanntlich ein geheizter Raum auf einer Burg, der aus Rücksicht auf das »schwache Geschlecht« von den Rittern, den »Kavalieren«, den »Frauenzimmern« überlassen wird. Der Innbach selbst ist ein schnell fließender, bei Wolfsegg am Hausruck entspringender, unregulierter Bach, dessen Wasser die Sonne wegen des dichten Bewuchses an seinen Ufern nur schwer erreicht. Das Baden in diesem Bach führte häufig zum sogenannten »Innbachfieber«, weil wir Kinder immer zu lange im kalten Wasser geblieben sind, bis wir beim Heraussteigen zwetschkenblaue Lippen hatten und am ganzen Leib zitterten. Auch die Gehirnhautentzündung eines Kinds der Nachbarschaft wurde dem Innbach angelastet. Und hygienisch war das Schwimmen in diesem Wasser auch deshalb kaum, weil die Anwohner, vor allem die Bauern, das Gerinne als Abwasserkanal ansahen. Es herrschte die sprichwörtliche Meinung vor: Trübes Wasser reinigt sich und wird wieder klar, wenn es nur über sieben Steine fließt ... Was haben mein Vater und dann mein Bruder Felix nicht alles am Rechen vor der Turbine in der Aichmühl aus dem Wasser gefischt, bis hin zu verendeten Ferkeln und Hühnern ... Aber nie einen Dichter Vlöhrer, wie ich in meinem Roman »Die Mühle« geschrieben habe. Um »ins Wasser zu gehen«, also Selbstmord durch Ertränken zu begehen, hätte sich der Innbach oberhalb unserer Mühle aus Wassermangel kaum geeignet, vielleicht weiter unten, wo er sich mit der Trattnach vereinigt und der Donau zustrebt. Heute ist die ganze Gemeinde »kanalisiert« und schickt ihre Abwässer in eine Kläranlage des »Reinhaltungsverbandes Trattnachtal« nach Wallern. Nur ich mit meinem abgelegenen, einschichtigen Haus auf dem Weinberg war »Selbstversorger« und hatte meine eigene Jauchegrube.

Das Thema der Wasserreinheit hat mich schon vor der Lektüre des Romans »Pfisters Mühle« von Wilhelm Raabe beschäftigt. Raabe, der große Dichter, wurde mit »Pfisters Mühle«, dem ersten Umweltschutz-Roman der deutschen Literaturgeschichte, in dem er einen Fall von Flußverschmutzung durch die chemische Industrie zum Thema machte, auch zum Propheten und Pionier einer »grünen Revolution«. Und dies 1884! Wilhelm Raabe, der »verkannte Utopist«! In »Pfisters Mühle« ist es der Gestank, den die Zuckerfabrik Krickerode im idyllischen Weserbergland verantwortet, die ihre Laugen in den Bach »entsorgt«, der den Betrieb des Ausfluggasthofs am Mühlbach beeinträchtigt. Die Analyse des Chemikers namens Adam August Asche: »Pilzmassen mit Algen überzogen«.

Erst hundert Jahre später hat etwa das 1938 gegründete Zellstoffwerk in Lenzing in Oberösterreich dank neuer Kläranlagen aufgehört, die Ager mit seinen giftigen Abwässern und ihrem weißen Schaum gründlich zu verderben. Flußbaden war in der Ager selbst undenkbar, aber auch in der Traun, in die die Ager zwischen Stadl-Paura und Lambach mündet, nicht ratsam. Ein Lehrling aus Pichl ist in Wels in der Mittagspause in die Traun schwimmen gegangen und dort ertrunken. Seine Leiche wurde nicht mehr gefunden. Ich höre noch heute, nach über 50 Jahren, seine verzweifelte Mutter, die in unserem Haushalt ausgeholfen hat, bitterlich weinen, eine wirkliche *mater dolorosa*! Rahel weint um ihre Kinder und will sich nicht trösten lassen, weil sie nicht mehr sind, weil sie nicht mehr sind... Christi Mutter stand mit Schmerzen an dem Kreuz und weinte von Herzen, als ihr lieber Sohn da hing...

Warum soll man heute noch immer von früher, von Kindheit und Jugend erzählen, womöglich gar von einer unbeschwerten, in Zeiten der Kinderarmut, der Straßenkinder, der Kindersoldaten? Oder vielleicht gerade jetzt, wo so vielen Kindern die Kindheit gestohlen und durch verfrühte Sexualisierung das Kind-Sein verwehrt wird? Soll

man nicht auch wieder an die Bibel (Lukas 17,2) und an
die Drohung gegen die Verführer der Kinder erinnern: »Es
wäre besser, wenn ihm ein Mühlstein um den Hals gehängt
und er ins Meer versenkt würde, als daß er eins von diesen
Kindern verführte.« Man sagt von den Dichtern – wie auch
Max Reinhardt von den Schauspielern –, sie seien Menschen, die ihre Kindheit heimlich in die Tasche gesteckt
und sich damit auf und davon gemacht hätten ... Sie beherzigen das Sprichwort »Der Anfang soll herrschen« und
das Wort Jesu: »Wenn ihr nicht werdet wie dieses Kind«. So
lautet auch der Titel eines Buches von Urs von Balthasar.
Keiner hat wie der von Balthasar zitierte späte Friedrich
Hölderlin dem Schmerz über die verlorene Kindheit Ausdruck gegeben: »O daß ich lieber wäre, / Wie Kinder sind!
/ Daß ich wie Nachtigallen ein sorglos Lied / Von meiner
Wonne sänge!« Hölderlin hat freilich die Kindheit als eine
Zeit der Schwermut und der Bedrohung in Erinnerung und
sein einziges großes Glück in der Natur gefunden: »Da ich
ein Knabe war, / Rettet' ein Gott mich oft / Vom Geschrei
und der Rute der Menschen. / Da spielt' ich sicher und gut
/ Mit den Blumen des Hains, / Und die Lüftchen des Him-
mels / Spielten mit mir ...«
   Die Nöte eines Heranwachsenden, vielleicht Zehnjähri-
gen, hat – wie einst Friedrich Hölderlin, der Internatsschü-
ler aus dem Stift Maulbronn und dem »Tübinger Stift«, oder
Hermann Hesse, ebenfalls Maulbronner Zögling, worüber
er in »Unterm Rad« berichtet – in unserer Zeit kaum jemand
so eindrucksvoll dargestellt wie der oberösterreichische
Stifterpreisträger Franz Rieger im Roman »Internat in L«,
der mit der »Übergabe« des Zöglings durch die Mutter an
einen Präfekten beginnt und sich in vielen einzelnen neuen
Vorschriften einer »Hausordnung« fortsetzt. Das beschriebene Heimweh kann ich ihm als einer, der es auch trau-
matisch empfunden hat, lebhaft nachfühlen. Von einem

heimlich geführten Tagebuch ist die Rede und der Unge-
heuerlichkeit, daß es ihm von der »Leitung« entwendet
wird. Auch ich habe in jenem Internat, das Rieger meint,
erlebt, daß der Präfekt die Briefe, die man bekommen, und
die Briefe, die man der Mutter geschrieben hat, gelesen
hat... Als ich in der dritten Klasse das sogenannte »Consilium abeundi« bekam, also wegen pubertärer Aufsässigkei-
ten relegiert und entlassen und heimgeschickt wurde und
mich meine todtraurige Mutter weinend »abholen« mußte,
habe ich, nun Schüler am Welser Realgymnasium, meinem
Freund ins Internat Briefe geschrieben. Einen dieser Briefe
hat der Präfekt J. S. gelesen und daraufhin meiner Mutter
einen schrecklichen Brief geschrieben, sie möge verhindern, daß ich weiter mit meinem Freund H. G. korrespon-
diere. Dieser H. G. wäre wegen des Kontakts mit mir fast
selbst aus der Anstalt geflogen. Er durfte aber schließlich
bleiben, wurde Theologe und Priesteramtsanwärter. Weil er
für die Priesterweihe noch zu jung war, hat man ihn in diesem Moratorium für ein Jahr als Aushilfspräfekt im Konvikt
in L. beschäftigt, wo er sich leider das Leben genommen
hat. Jahre später habe ich auf dem Friedhof in Hartkirchen,
wo der expressionistische Dichter Richard Billinger (1890–
1965), auch ein wegen einer »Separatfreundschaft« (»Palast
der Jugend«) Relegierter, ein monumentales Ehrengrab
bekommen hat, H. G.s Grab gesucht und nicht gefunden.
Nachdem ich dies in einem meiner Erinnerungsbücher
mitgeteilt habe, ist mir von einer Angehörigen meines Ju-
gend- oder eigentlich Kindheitsfreundes ein Photo des von
mir vergeblich gesuchten Grabes geschickt worden. Wenn
noch Zeit bleibt, werde ich, »so Gott will«, noch einmal
nach Hartkirchen fahren...

Für eine oberösterreichische, vom Stifterinstitut heraus-
gegebene Literaturgeschichte habe ich einen Artikel über
Internatsliteratur geschrieben. Für Franz Rieger durfte ich

mit voller Überzeugung seines literarischen Rangs bei der Verleihung des Stifterpreises die Laudatio halten. Ich bin oder fühle mich mit vielem versöhnt, kann mich natürlich als altgewordener Lehrer auch in meine »Erzieher« von damals durchaus einfühlen und hineindenken. Ich möchte als Erzieher keinen Schüler, wie ich einer war ... (»Wir sind diejenigen, vor denen uns unsere Eltern immer gewarnt haben!«) Wäre ich noch jung und zornig, dann hätte ich wie Josef Haslinger mit dem »Konviktskaktus« oder Bruno Wieser mit seinem »Pfaffenaquarium« oder Florian Lipuš im »Zögling Tjaz« einen sprechenden Titel für ein einschlägiges Buch: »Hartkirchen«. Oder »Im Weichbild von Hartkirchen« ...

Das Geschrei und die Rute der Menschen ... Ja, Holder – wie Peter Weiss Friedrich Hölderlin in seinem Drama »Hölderlin. Stück in zwei Akten« auch nennt oder von seinen Freunden nennen läßt – hat sicher das Geschrei und die Rute der Menschen, die ja Jahrhunderte lang das Erziehungsmittel Nummer eins war, am eigenen Leib erfahren und erlitten. Im Stück von Peter Weiss ist er »Hofmeister« bei Heinrich und Charlotte von Kalb im thüringischen Waltershausen, durch Vermittlung ihres früheren Geliebten Friedrich Schiller, also der Privatlehrer ihres Sohns Fritz von Kalb, der den Knaben Fritz – im Stück von Peter Weiss ein rotzfrecher Fratz, der aber auch mit »Wahrheiten aus Kindermund« und berechtigten Fragen an die Erwachsenen die Familie und den Lehrer nervt – erziehen soll. An diesem »Edukanden« ist, wie Hölderlin schrieb, »reichlich mit der Prügelstrafe gearbeitet worden« und so konnte der idealistisch gesinnte und im Sinne Jean-Jacques Rousseaus handelnde Hauslehrer (bei Weiss heißt er »Informator«) natürlich nur scheitern. In einer Schlüsselszene des Stücks ist Hölderlin zutiefst erschrocken, als er seinen Zögling bei verdächtigen Bewegungen unter einer Decke »ent-

deckt«: »Was treibst du Fritz, du richtest dich zugrunde!«
Noch dramatischer ist Hölderlin als Hofmeister natürlich
später bei der Erziehung des Sohns der Frankfurter Ban-
kiersfrau Susette Gontard, Henri Gontard, gescheitert, was
freilich mit seiner Beziehung und unglücklichen Liebe
zu »Diotima«, seinem »Lebensmenschen« – mit Thomas
Bernhard gesprochen – zusammenhängt. Wie »keusch«
und zurückhaltend gestaltet Peter Weiss die erwähnte
Szene in seinem Drama, wenn man dagegen an Günter
Grass' »Katz und Maus« denkt. »Katz und Maus« ist die Geschichte des Joachim Mahlke, dessen hervorstechendstes
Merkmal ein übergroßer Adamsapfel ist, und einiger anderer Jugendlicher, einschließlich eines dürren, aber lüster-
nen und neugierigen Mädchens, der Tulla Pokriefke, die
die Buben und ganz besonders den »Haupthelden«, den
großen Schwimmer und Taucher Mahlke, zu »Unkeusch-
heit«, im Beichtspiegel »Selbstbefleckung« genannten
Handlungen, animiert. So in jener Szene im Kapitel 3, die
der Journalist und Autor Kurt Ziesel als »Pornographie«
zur Anzeige brachte, woraus ein langwieriger Prozess und
eine große Diskussion über das entstanden ist, was die
Kunst darf oder was sie nicht darf. Der Ankläger des Grass
war freilich als überzeugter Nationalsozialist und NSDAP-
Mitglied ein »seltsamer Heiliger«. Es ist eine besondere
Pointe und Ironie der Geschichte, daß Günter Grass sich
zuletzt, zwei Jahre vor seinem Tod im Jahr 2015, selbst als
Mitglied der Waffen-SS geoutet hat oder sich outen und
bekennen mußte – was im Nachhinein so aussieht, als sei
Joachim Mahlke eigentlich der Held eines Schlüsselromans
über den Autor Grass selbst ... Die »inkriminierten »Un-
zuchtshandlungen« in »Katz und Maus« nennt Grass eine
Art Jugendsport. »Mußte das denn beichten?«, fragt Tulla
Pokriefke Joachim Mahlke, den Ministranten und Marien-
verehrer.

Ich habe es zwar nicht zu solchen Gegnern wie Kurt Ziesel und natürlich auch nicht bis zur Prominenz des Nobelpreisträgers Günter Grass gebracht, aber ganz ohne Widerstand ging es auch in meinem Fall nicht ab. Nicht nur die Tierärzte haben sich über das »verzerrte Bild« ihres Berufsstandes in »Zu Lasten der Briefträger« beschwert und ein Ordensmann über »Die Abtei«. Nach meinem ersten Buch, dem Kurzprosaband »Überwindung der Blitzangst«, in dem Texte wie »Curriculum vitae« und »Gewissenserforschung« sozusagen eine Antwort auf die Frage der Tulla Pokriefke gaben, machte der damalige Bürgermeister meiner Heimatgemeinde gegen mich und vor allem meinen Bruder, seinen politischen Konkurrenten (der ihn schließlich auch als Bürgermeister ablöste), im Sinne der »Sippenhaftung« Stimmung, indem er den Gemeindebürgern die sogenannten »einschlägigen, unzüchtigen Stellen«, die »Kindereien«, in meinem Buch zur Kenntnis brachte ... Was hier stattfand, nennt man in der großen Politik eine »Schmutzkübelkampagne«. Und ich durfte oder mußte mich ein wenig wie das Kind fühlen, das man mit dem Badewasser ausschüttet ...

Glaubensfragen

In der Bundesländersendung »Kärnten heute« am Abend des 8. Dezember 2017 folgte auf einen Bericht aus dem Einkaufszentrum »City-Arkaden« und Jubelmeldungen des Geschäftsführers über den allgemein hervorragenden Geschäftsgang und darüber, daß dieser heuer auf einen Freitag gefallene Feiertag so gut war wie ein weiterer Einkaufssamstag, was zur Hoffnung berechtige, daß der Vorjahrsumsatz im Weihnachtsgeschäft übertroffen werde, eine Publikumsumfrage nach der eigentlichen Bewandtnis dieses ehemaligen Feiertags »Mariä Empfängnis«. Drei junge Menschen wurden befragt, zwei Mädchen und ein junger Mann. Die Mädchen sagten gleich, sie hätten keine Ahnung, ein Mädchen vermutete fragend, ob das Fest vielleicht mit einer Himmelfahrt zusammenhänge? Der junge Mann aber gab sich völlig unwissend und unwillig, das »Einbekennen« seiner Unwissenheit klang eher wie ein Protest, als wollte er sagen, er möchte es gar nicht wissen, er sei absolut desinteressiert. Wenn jemand, wie in Bayern geschehen, Jugendliche im Schulbus nach ihrem Katechismus-Wissen über Theologie, Kirchengeschichte oder Religion im allgemeinen fragt, bekommt er die seltsamsten Antworten. Diese Antworten sind oft auch unglaublich komisch und grotesk, sozusagen Lachschlager, freilich nur für jemanden aus der älteren Generation wie mich. Er muß dazu durchaus kein geistesgeschichtlicher oder theologischer Fachmann, ja nicht einmal Kirchgänger sein und nur die mittlere Reife haben ...

Für den 8. Dezember als staatlich verordneten Feiertag

im Sinne des Konkordates wurden in der Nachkriegszeit nach dem Zweiten Weltkrieg Unterschriften gesammelt. Meine frommen und kirchentreuen Eltern haben natürlich auch unterschrieben. Ich erinnere mich an Predigten, in denen begeisterte Volksmissionare gesagt haben, daß der »Gottesmutter« Maria, der »Magna Mater Austriae«, mit ihrem Heiligtum in Mariazell die Errettung Österreichs aus der Hölle des Nationalsozialismus und der Gottlosigkeit zu verdanken sei. In Bad Schallerbach, das eigentlich kirchlich zu Schönau gehörte, wurde durch das Wirken und vor allem Spendensammeln des spätberufenen Priesters Dr. Franz Tauber, des Leiters der 1942 gegründeten Gebetsgemeinschaft des »Rosenkranz-Sühne-Kreuzzugs«, die neue Lourdes-Gedächtniskirche errichtet. In Schardenberg im Innviertel im Bezirk Schärding entstand aus der ehemaligen »Granitenen Marienburg« eine in historistischem Stil neu errichtete Fatima-Gedächtniskapelle.

Der oberösterreichische Katholizismus war ganz besonders marianisch geprägt, so ist in gewisser Weise die Saat, die der große Modernismus-Gegner Bischof Franz Joseph Rudigier (1811–1884) mit der Errichtung des neugotischen »Mariä-Empfängnis-Doms«, auch »Mariendom« oder »Neuer Dom« genannt, Mitte des 19. Jahrhunderts in Linz gesät hat, überzeugend aufgegangen... Der riesige Mariendom konnte die Gläubigen bei einem oberösterreichischen Katholikentag im Jahr 1954 trotzdem nicht fassen, so daß man ins Stadion »auf der Gugl« ausgewichen ist, wo wir, die 20 000 Teilnehmer, den »freudenreichen« Rosenkranz beteten... Mehr als fünfzig Jahre wurde an der zweitgrößten Kirche Österreichs gebaut. Sie sollte eine architektonische und aus Mühlviertler Granit erbaute Bestätigung und Bekräftigung und »Beglaubigung« des vom Konzil von Ephesos 431 formulierten und in der gleichsinnigen Bulle »Ineffabilis Deus« von Papst Pius IX. 1854 bestätigten Gottesmutterschaft und Erbsünde-Freiheit Mariens, der »Immaculata«, der »Unbefleckten«, sein. Ein oberösterreichischer Theologe war, wie auf einer großen Inschrift am Ostportal des Domes nachzulesen, an der Ausformung des nicht unumstrittenen Mariendogmas federführend beteiligt. Die Bulle schließt mit dem Satz: »Wenn also jemand, was Gott verhüten wolle, anders als von Uns entschieden ist, im Herzen zu denken wagt, der soll wissen und wohl bedenken, daß er sich selbst das Urteil gesprochen hat, daß er im Glauben Schiffbruch erlitten hat und von der Einheit der Kirche abgefallen ist. Alle diese verfallen außerdem schon durch ihre Tat den vom kirchlichen Rechte bestimmten Strafen, wenn sie das, was sie im Herzen sinnen, mündlich oder schriftlich oder auf was immer für eine Weise nach außen hin zur Kenntnis zu geben wagen.« Das könnte freilich in gewisser Weise auch mich betreffen und für mich gelten ...

Roma locuta causa finita? Non! Causa infinita! Pius IX., dem nicht nur die Bulle »Ineffabilis Deus« (»Der unaussprechliche Gott«) aus dem Jahr 1854, sondern auch, als Ergebnis des Ersten Vatikanischen Konzils, das auf dem Konzil selbst bereits sehr kontrovers diskutierte Dogma von der »Unfehlbarkeit« des Papstes (»Infallibilitas«) im Jahr 1870 zu verdanken ist (wenn man hier von Dank sprechen will ...), war mit seinem 31 Jahre dauernden Pontifikat der längstdienende Papst der Kirchengeschichte. In seiner Zeit kommt es freilich auch zu schismatischen Bewegungen, wenn man etwa nur an die Gründung der altkatholischen Kirche durch den bayrischen Theologen Ignaz von Döllinger und gleichgesinnte, »dissidente« Theologen denkt. Nach jedem Konzil kommt es aus Unzufriedenheit mit dogmatischen Festlegungen zu Abspaltungen. Nach dem Zweiten Vatikanischen Konzil bildet sich die Protestbewegung gegen das sogenannte »Aggiornamento«, die Öffnung der Kirche gegenüber dem »Tag«, gegenüber dem Zeitgeist, mit der Einführung der Volkssprache statt des Lateins in der Liturgie, der Zelebration der Messe durch den dem Gläubigen zugewandten (»versus populum«) Priester. Ihr Anführer ist der französische Erzbischof Marcel Lefebvre, der die »Priesterbruderschaft Pius X.« mit ihrem Festhalten am alten tridentinischen Ritus der Messe begründete.

Fides ex auditu, der Glaube kommt durch das Hören? Die Verkündigung der Ankunft des Heilands durch den Engel Gabriel, das Evangelium vom 8. Dezember, bezeichnet die scholastische Theologie gern als eine »conceptio per aures«, also eine »Empfängnis durch das Ohr«. Wie aber hätte ein Religionswissen oder gar der Glaube denn zu jenen Jugendlichen kommen sollen, die bei der Publikumsfrage nach der Bewandtnis des Feiertags vom 8. Dezember sich ausgeschwiegen oder lachend ihre Unkenntnis zum Ausdruck gebracht haben, wenn sie sich wahrscheinlich vom Religionsunterricht abgemeldet und auch keinen alternativen Ethik-Unterricht genossen haben? Von einigem Religionskundlichen und Kirchlichen könnten und müßten sie freilich in anderen Unterrichtsfächern wie etwa Geschichte, Geographie und ganz besonders auch in Deutsch oder auch im Fremdsprachenunterricht, im Sinne des »fachübergreifenden« Projekt-Lernens, sowie mindestens etwas über christliche Ikonographie im Kunstgeschichte-Unterricht gehört haben. Jeder Besuch eines Museums wie des Kunsthistorischen Museums in Wien oder der Alten Pinakothek in München ist doch auch ein Religionsunterricht...

Es ist in den Dogmen von »Wundern« die Rede. Es ist verständlich, daß aufklärerische Theologen wie Rudolf Bultmann (1884–1976) am »Märchenhaften« Anstoß genommen und »Entmythologisierung« gefordert und betrieben haben. Ich bin in meinem ersten Semester im Studium der Geschichte an der Wiener Universität eher zufällig in der Institutsbibliothek an ein Buch geraten, das mich, den naiven Achtzehnjährigen vom Land, sehr aufgewühlt und erschüttert hat: David Friedrich Strauß' »Das Leben Jesu«. Ich war tief verunsichert und betroffen über das, was dort an Vermutungen über die Jungfrauengeburt Jesu als eine »mythisch-poetische Legende und Konstruktion«, über die Kindheit Jesu, seine Herkunft, die Wunder und die »unhistorischen« Evangelienberichte steht. Maria sei fremdgegangen und der Vater Jesu ein römischer Besatzungssoldat... Da wußte ich bald nicht mehr, wo mir der Kopf stand und was ich glauben sollte... Zehn Jahre später stand ich als Assistent meines Lehrers Professor Hans Eggers bei einer Exkursion mit Saarbrücker Germanisten in Ludwigsburg vor dem Denkmal des David Friedrich Strauß und wußte wenigstens und konnte erklären, um wen es sich hier handelte, um jenen Mann, von dem Albert Schweitzer, der Elsässer Theologe, Friedensnobelpreisträger und Menschenfreund, der »Arzt von Lambarene« sagte, er, Strauß, sei nicht der Größte und nicht der Tiefste unter den Theologen gewesen, aber der Wahrhaftigste...

Ein wichtiges Werk der Literaturgeschichte ist die althochdeutsche Benediktinerregel. Wer sich mit altdeutscher Literatur befaßt, muß sich »notgedrungen« auch mit der Kirche und ihrer Mission beschäftigen. Mich hat vor allem auch immer fasziniert, wie die deutsche Sprache, sozusagen als illiterales Kind, an der Hand der lateinischen Mutter gehen lernt und erwachsen wird, wie in Lehnübersetzung und in Glossen und »Interlinearversionen« sich das Deutsche »emanzipiert«. Wie aus *misericordia Barmherzigkeit* wird, aus *euangelion Frohbotschaft*... Es macht mich ein wenig stolz, daß ich Hans Eggers als Assistent bei seinen Vorarbeiten zu seiner so erfolgreichen »Sprachgeschichte« behilflich sein konnte. Wenn ich diese Unterstützung und mich auch nicht überbewerten und überschätzen will, denn mein Anteil am großen Unternehmen war etwa dem eines »Kalkanten«, eines »Orgeltreters«, vergleichbar – Hans Eggers hingegen war der Organist, so fiel aber doch auch auf mich ein wenig von jenem Glanz, den ein Brief von Albert Schweitzer an Eggers' Verlag ausstrahlte, in dem sich der selbst hochgelehrte Theologe mit überschwenglichem Lob über Eggers' »Sprachgeschichte« äußerte, die ihn, den Elsässer, den interessierten Laien in seinem hohen Alter so propädeutisch in dieses spannende Kapitel der Geistes- und Sprachgeschichte einführte …

Manchmal begegnete man freilich als »Altgermanist« und Altertumsbegeisterter auch einer gewissen Ignoranz und Arroganz, namentlich auch bei Studierenden der soge- nannten 68er-Generation und »Revolution«. Einige Unbe- darfte rechneten die »alte Abteilung« sozusagen zu jenem tausendjährigen Muff unter den Talaren, den sie beseitigen wollten … Nach einer Lehramtsprüfung, in der ich über die Benediktinerregel als vereinbartem und ausgemachtem Spezialgebiet prüfte und auf keinerlei Kenntnisse stieß, beschwerte sich der Kandidat über meine unsinnigen Fra- gen, wo er doch Deutschlehrer und nicht Mönch werden möchte, wie er sagte … Er sei Atheist und weder fromm noch ein Frömmler (wie ich?). Das hätte er nun wirklich auch nicht sein müssen, um meine Fragen zu beantworten … Wie viele altgermanistische Philologen habe ich kennenge- lernt, die mit dem kirchlich geprägten Teil der Geschichte und der Geistesgeschichte wahrlich intim vertraut, aber konfessionslos waren oder sich freimütig als Agnostiker oder Atheisten bezeichneten … Eine beispielhafte Persön- lichkeit dieser Art war der bedeutendste Paläograph, also Schriftkundler und Kenner der Schriften des Altertums und des Mittelalters, aber auch vor allem der sogenann- ten »karolingischen Minuskel«, Bernhard Bischoff. Er war als Kind in Thüringen protestantisch-pietistisch erzogen,

176

aber, den Todes- und Traueranzeigen in den großen deutschen Tageszeitungen nach seinem Tod im Jahr 1991 nach zu schließen, »ohne kirchliches Zutun« bestattet worden. Ich jedenfalls bewahre ihm, nach einer Begegnung im Jahr 1975 in Kärnten, wo ich ihm im Zusammenhang mit seinen Arbeiten an Schriftdenkmälern des Stiftes St. Paul im Lavanttal »zur Hand gehen« durfte, das ehrende Andenken an einen hochkultivierten und bescheidenen Menschen.

Für wen halten die Leute den Menschensohn? Das ist die Frage, die Jesus von Nazareth nach Matthäus 15,13 seinen Jüngern stellt, mit den bekannten Antworten und dem Ergebnis, daß Jesus Petrus für seine Antwort: Du bist der Sohn des lebendigen Gottes, also Christus, mit dem Leitungsauftrag für seine Kirche belohnt. Das erinnert mich daran, wie wir im Bischöflichen Knabenseminar Kollegium Petrinum in den ersten Weihnachtsferien nach Hause fuhren, wir, das waren drei Studenten aus der Pfarre Pichl bei Wels, Johann Silberhuber, Alois Straßer und ich. Mich hatte der vor kurzem am 1. Dezember 2017 verstorbene besagte Johann Silberhuber, ein Spätberufener, Sohn eines Kleinlandwirts, der nach der Matura am Petrinum und seinem Theologiestudium am Linzer Priesterseminar vierzig Jahre lang Pfarrer in Frauenstein im Traunviertel – dem Geburtsort der Dichterin Marlen Haushofer – war, in das Petrinum »gebracht«. Als wir uns an jenem strahlenden Wintertag 1948 frühmorgens vor dem Kollegium Petrinum sammelten, hat uns, die Erstklassler, die »Primaner«, Straßer und mich, der Student der 6. Klasse, der »Sextaner« Silberhuber, auf das große Mosaikspruchband der Anstalt über dem Portal aufmerksam gemacht und uns eine kleine Latein-Nachhilfe geboten: *Tu es Petrus et super hanc petram aedificabo ecclesiam meam.* Eine kleine Latein-Nachhilfe hatte Silberhuber mir bereits in den großen Ferien vor dem Eintritt ins Internat erteilt. Wir gingen einmal nach der Früh-

177

messe durch den Ort und passierten ein Haus, auf dem eine Tafel darauf hinwies, daß hier der »Dentist Adolf Falb« seine Ordination habe. Da erklärte mir Silberhuber, daß das Wort *Dentist* vom lateinischen *dens, dentis*, »Zahn«, komme. Und auch das Wort *Ordination* hat er mir »ausgedeutscht«.

Als ich viele Jahre später, um das Jahr 1980, wieder einmal von Kärnten nach Wels fuhr, machte ich in Frauenstein Station und besuchte Silberhubers Kirche. Dort sah ich nun zu meiner Verblüffung am Schriftenstand der Kirche nicht nur die zu erwartende Erbauungsliteratur, sondern auch die Bücher der Marlen Haushofer sowie zwei meiner eigenen Bücher, »Die Abtei« und »Zu Lasten der Briefträger«, die Bücher einer großen Autorin also, die sich wohl als Atheistin verstand, und die Bücher eines katholischen Theisten. Ich bin freilich der Meinung Arnold Stadlers: Auch der Unglaube ist nur ein Glaube. Auf dem Friedhof um die Kirche in Frauenstein befindet sich heute auch das Grab des Entertainers und Schauspielers, des Protestanten und unter Assistenz Silberhubers von einem evangelischen Pastor ökumenisch bestatteten Hans-Joachim Kulenkampff, der durch seine Frau mit Frauenstein verbunden war und wie ich zu den Bewunderern Silberhubers zählte ...

Für wen halten die Leute den Menschensohn? David Friedrich Strauß oder der ihn lobende Albert Schweitzer oder auch Rudolf Bultmann hatten da, um es so zu sagen, ihre eigene unorthodoxe Meinung. Aber lassen wir den Theologendisput einmal beiseite, in dem sich die Geister scheiden. Es werden in der Schrift diejenigen als selig gepriesen, »die an Ihm keinen Anstoß nehmen«. *Beatus est qui non fuerit scandalizatus in me* richtet Jesus Johannes dem Täufer aus, der fragen läßt, ob er der sei, der da kommen soll, oder ob sie auf einen anderen warten sollen. Schließlich erkennt und anerkennt Johannes Jesus als den

Messias, dem die Schuhriemen aufzulösen er nicht würdig ist...

Wie aber steht es sonst mit den Meinungen von Menschen über Mitmenschen?

Wer als Mensch von irgendeinem anderen Menschen eine allzu hohe Meinung hat, wird früher oder später bitter enttäuscht werden. Oft stellt sich erst nach dem Ableben einer zu ihren Lebzeiten unumstrittenen Persönlichkeit heraus, daß sie einige Leichen im Keller hinterlassen hat. Selbst vielgerühmte Wohltäter und Wohltäterinnen, ja Heilige wie Mutter Teresa aus Kalkutta und andere Friedensnobelpreisträger wie Albert Schweitzer, Nelson Mandela oder Mahatma Gandhi, hatten kleinere oder auch größere Schwächen. Politisch herausragend, waren sie ethisch doch nur Durchschnitt, Menschen wie du und ich... Selbst Laster kommen manchmal zum Vorschein. Nichts Menschliches war den Berühmtheiten fremd? Friedrich Dürrenmatt hat mit seinem Buch »Grieche sucht Griechin« das klassische Buch über naiv Begeisterte geschrieben, in seinem Fall den »Helden« oder Protagonisten seines Romans mit dem griechischen, im Deutschen gefährlich an »Arschloch« anklingenden Namen Archilochos, ein Junggeselle und Vegetarier und Milchtrinker, der eine Hitliste seiner bewunderten Größen, Giganten, Götter und Heroen hat, auf der der Staatspräsident, ein Bischof der Alt-Neupresbyterianer, ein Radrennfahrer, ein Fabrikant, sein Arbeitgeber, insgesamt acht verehrte Personen stehen. Sie werden sozusagen einer nach dem anderen entzaubert, stellen sich heraus als Schwerenöter und Ehebrecher, als Steuerhinterzieher, Vorteilsnehmer, weniger als Wohl- und eher als Übeltäter... Gerade sind viele Zelebritäten, Mogule der Filmbranche, Magnaten der Geldwirtschaft und des Bankwesens und andere Kapitalisten, leider sogar auch Kirchenmänner, als Frauenbelästiger, ja Vergewaltiger oder auch Verführer und

Kinderschänder entlarvt worden, hohe Gewerkschaftsbosse, die nicht nur gehascht, sondern auch gegrapscht
haben. Äußerst unbedarfte, oft rassistische und frauenfeindliche Äußerungen werden manchen Scheinheiligen
und Heuchlern und Frömmlern nachgesagt, so daß man
den Eindruck gewinnt, wenn man von übelster Korruption
ausgeht, nicht weit irre- und fehlzugehen…

Und wir selbst? Sind wir gefeit gegen ähnliche Versuchungen, gewappnet gegen die Anfechtungen aus der
Tiefe, vorbereitet auf alle Wechselfälle und Volten des blinden Schicksals, immun gegen Schalmeientöne aus allen
möglichen Richtungen? Gerade eben wird ernsthaft diskutiert, ob man nicht die Vaterunserbitte »Führe uns nicht
in Versuchung« streichen und durch eine glücklichere Formulierung ersetzen sollte. Denn so, wie das lateinische »Et
ne nos inducas in tentationem« des sogenannten Herrengebetes jetzt übersetzt ist, erweckt es ja den Anschein, als
sinne und lauere der Allmächtige selbst auf die Sünde der
armen Kreatur. Aber Gott ist kein Fallensteller. Er ist auch,
wie Leopold Ungar, der verstorbene verdienstvolle Leiter
der österreichischen Caritas, in seinem Buch »Die Weltanschauung Gottes« schreibt, kein Oberbuchhalter, der über
die schweren und die läßlichen Sünden der Menschen
Buch führt. Vielleicht sollte man angesichts der moralischen Schieflage auch der »Vorbilder« doch wieder von
der »Erbsünde« der Menschen sprechen, von der alle befallen und infiziert sind – außer Maria, was am 8. Dezember
einmal gefeiert wurde. *Erbsünde* – einer der Begriffe, mit
dem die Jugendlichen in einer der eingangs erwähnten Befragungen absolut nichts anfangen konnten. Der deutsche
Journalist und Medienmann Friedrich Nowottny aber sagte
einmal in einem Interview für die Frankfurter Allgemeine
Zeitung, *Erbsünde* sei für ihn der »widerwärtigste« theologische Begriff überhaupt.

Die lustigen Alten

Wenn ein Schauspieler so sehr Komiker ist, daß die Leute bereits lachen, sobald er die Bühne oder auch nur privat ein Wirtshaus betritt, hat er es im Alter besonders schwer, »ernst genommen« zu werden, wenn ihm eigentlich wehmütig ums Herz sein mag und er nicht der Kasperl ist, für den ihn die Mitmenschen lebenslang gehalten (und bezahlt...) haben. Einfältige Gemüter nehmen sich, wenn sie eines solcherart populären Komikers auf der Straße ansichtig werden, die Freiheit (Frechheit...) heraus und reden ihn gleich an und duzen ihn sogar. Er war ja doch so oft bei ihnen daheim im Fernseher, im »Narrenkastl« – wie der österreichische Bundeskanzler Julius Raab das neue Medium damals bezeichnete – im Wohnzimmer aufgetreten. Ganz Deutschland saß seinerzeit vor der »Glotze«, wie »binnendeutsche« Kulturpessimisten über das Fernsehen spöttelten, wenn Willy Millowitsch sein Kölner Theater spielte. Andererseits werden bekanntlich sogar Gattinnen von Schauspielern, die auf Bösewichte in Fernsehserien abonniert sind, von biederen Hausfrauen, wenn sie ihnen im Supermarkt begegnen, »heimlich« bedauert. »Die arme Frau! Diesen schlimmen Mann, dieses Ekel hat sie wirklich nicht verdient...«

S. I. Hayakawa, ein kanadischer Linguist japanischer Herkunft, behandelt ähnliche Fälle in seinem Buch »Semantik« im Kapitel »Fallgruben des Dramas«: »Vor einigen Jahren spielte Frederic March mit großem Geschick die Rolle eines Trunkenboldes. Florence Eldridge (Mrs March) berichtet, daß während einer langen Zeit danach ihr Rat und Mitgefühl von Frauen ausgedrückt wurde, die sagten, daß auch sie mit Alkoholikern verheiratet seien.«

Der prominenteste Bösewicht des österreichischen Films war der Halleiner Herbert Fux. Als er in die Politik ging, hat ihm und der Grünen Bewegung sein finsteres Aussehen, sein sinistres Ansehen und seine Bekanntheit als der Böse vom Dienst bei einfachen Wählern wohl eher geschadet als genützt. Sein Freitod in einer Schweizer Sterbeklinik hingegen erschüttert noch heute.

Es ist auch bekannt, daß »Extremkomiker« nach dem Ende ihrer Vorstellungen besonders gereizt, unleidlich und mißmutig sein können. Oft lassen sie ihren Frust an den Autogrammjägern beim Bühnentürl aus. Der leidet an »Altersdepressionen«, sagt man dann gerne hinter ihrem Rücken. Es gibt freilich Pessimisten unter den Pensionisten, die meinen, Alter und Depression seien eigentlich Synonyme, ganz entsprechend dem lateinischen Spruch: *Senectus ipse est morbus*... Der »urkomische« Maxi Böhm wollte sich von seinem »unseriösen« Image auch dadurch befreien, daß er von *Maxi* auf *Maximilian* umstellte, sozusagen »zurückschaltete«. Für die Menschen blieb er der Maxi der »Großen Chance«, einer Quiz-Sendung des jungen Fernsehens. Er hatte keine Chance... Einige Komiker haben durch die gelungene und überzeugende Darstellung »trauriger« und tragischer Figuren und Helden der Dramenliteratur im Alter bewiesen, daß sie alles andere als bloß Blödler und Pausenclowns hätten sein können, wenn die Regisseure und Intendanten sie rechtzeitig anders und entsprechend besetzt hätten... Dafür wäre vielleicht auch Harald Juhnke ein gutes Beispiel, der gegen Ende seiner Laufbahn einen überzeugenden »Hauptmann von Köpenick« nach Carl Zuckmayer gegeben hat.

Alt gewordene und als Komiker »abgestempelte« Schauspieler haben manchmal auch lebenslang angekündigt, sie würden noch einmal etwa als Dorfrichter Adam in einem »Zerbrochenen Krug« von Heinrich von Kleist oder gar als König Lear nach William Shakespeare zeigen, was in ihnen steckt. Und es blieb bei der Absicht, weil der Tod keine Einsicht zeigte...

Ein ähnliches Schicksal wie Maxi Böhm hat vielleicht auch Heinz Conrads, der Schauspieler, Kabarettist und Wienerlied-Interpret, »erlitten«, der durchaus auch zu einem veritablen Nestroy-Darsteller das »Zeug« gehabt hätte, statt als Entertainer in der Fernsehsendung »Guten Abend am Samstag« zu fungieren. Mein Bruder Josef, der Bürgermeister von Pichl bei Wels war, hatte die Erfahrung gemacht, daß Heinz Conrads auch sehr grantig und heftig werden konnte, wenn ihm etwas gegen den Strich ging. Josef hatte eine Volkstanzgruppe aus seiner Gemeinde nach Wien begleitet, die eingeladen war, in der Conrads-Sendung aufzutreten, mit einem Schuhplattler-Tanz wirklich *aufzutreten* und *einzuschlagen*. Auch ein kleines, einführendes Gespräch des Moderators mit dem Bürgermeister war geplant. Als aber Conrads sah, daß mein Bruder keine Tracht anhatte, hat er ihn auf der Stelle ausgeladen und das Interview verweigert. Mein Bruder aber weigerte sich, sich zu »verkleiden«. Sein Steireranzug hing in seinem Pichler Kleiderkasten. Ablehnungen, wie Josef sie hier erlebt hat, sind auch in meinem Leben vorgekommen. Wenn auch nicht von der Art: Die Mistelbacher Landwirtschaftsmesse wollte kulturellen Ehrgeiz beweisen und in ihrem Rahmen auch eine sogenannte Dichterlesung organisieren. Der eingeladene Literat saß aber zur festgesetzten Zeit mutterseelenallein auf dem Podium. Plötzlich gab es Bewegung und es schien sich ein Interessent einzufinden. Es öffnete sich die Tür, ein älterer Mann trat ein und fragte den Dichter, wo es hier zur Toilette gehe...

Wenn der Mistelbacher Landwirtschaftsmesse-Präsident schlau gewesen wäre, sozusagen bauernschlau, dann hätte er nicht den Wiener Literaten Manfred Chobot zu einer Lesung nach Mistelbach einladen sollen, sondern den aus dem benachbarten Laa an der Thaya stammenden Volksschauspieler Paul Löwinger, den in Österreich jedes Kind kannte und der in seinem Theater in Wien auf Bauernschwänke spezialisiert war. U-Musik statt E-Musik: »Der verkaufte Großvater« von Anton Hamik zum Beispiel oder »Das Nullerl« vom Klagenfurter Karl Morrée, das einzige Drama und Volksschauspiel, in dem meine Mutter in Krenglbach bei Wels vor dem Ersten Weltkrieg mitgewirkt hat. Davon habe ich in meinem Privatarchiv ein Photo. Ich habe ja als Kind durchaus kindisch unter der Begeisterung meiner bäuerlichen Umgebung für die fast wöchentlichen Schwänke der Löwinger-Bühne gelitten, weil ich die Verspottung der tölpelhaften Bauern durch das Theater, wie ich es sah, nicht leiden konnte... Ich kann etwas nicht *leiden*, heißt mundartlich soviel wie ich *leide* darunter. *Leiden* bedeutet *dulden*. Sinngemäß habe ich in einem Leserbrief geschrieben, wenn den Bauern diese Sendungen gefallen, dann verdienen sie es nicht besser! Heute lache ich natürlich auch über mich...

Noch ein kleines Aperçu aus meiner Mißerfolgssammlung: Es gab eine Publikation mit dem Titel »Als die Grazer auszogen, die Literatur zu erobern«, in der auch ein Aufsatz meines Saarbrücker Freundes Ludwig Harig über mich mit dem Titel »Herrscher auf Harfen« abgedruckt war. Das Buch ist später auch als Taschenbuch erschienen. Zu meiner Verblüffung aber ohne den Aufsatz von Ludwig Harig. Irgendjemand im »Forum Stadtpark« muß entdeckt haben, daß ich kein Grazer bin und eigentlich nicht zu den Eroberern der Literatur gehöre, wie ich ja auch kein Mitglied der sogenannten Grazer Autorenversammlung war. Meine Mitgliedschaft im Österreichischen PEN-Club ist freilich auch keine besondere Erfolgsgeschichte. Hilde Spiel hat in einem Gespräch am Rande des Fresacher Schriftstellertreffens darüber geklagt, daß die jungen Autoren die alten Autoren und besonders die PEN-Club-Mitglieder geringschätzig behandelten und eine Mitgliedschaft im PEN-Club ablehnten. Ich habe geantwortet, daß ich nicht zu jenen jungen »Verächtern« zählte und großen Respekt vor Franz Theodor Csokor und anderen hätte. Einen Antrag um Aufnahme habe ich aber nie gestellt. Kurze Zeit später habe ich mit Erstaunen gelesen, daß ich auf Antrag Spiels zusammen mit Peter Turrini in den Club aufgenommen worden sei. Turrini ist kurz darauf wieder ausgetreten, wie auch Rudolf Bayr. Ich bin geblieben.

Eigentlich geht es im Alter nicht nur Schauspielern, sondern allen Künstlern, auch Schriftstellern, ähnlich, die mit einer bestimmten Rolle oder einem erfolgreichen Buch bekannt und womöglich berühmt geworden sind: Alles, was sie später leisten, wird zu ihren Ungunsten mit dem Früheren verglichen, das sie angeblich nicht mehr erreichen. Es ist also von Hoffnungen die Rede, die nicht eingelöst und erfüllt wurden. Ich weiß, wovon ich spreche: Josef Laßl, der Kulturredakteur der »Oberösterreichischen Nachrichten«, hat mich nach einer Lesung im Schloß Haiding bei Wels aus meinem ersten Buch »Überwindung der Blitzangst« überschwenglich gelobt, als mein Roman »Zu Lasten der Briefträger« erschien, aber sehr mäßig besprochen, wenn nicht eigentlich »verrissen«. Ganz ähnlich relativierend hat mich Hans Weigel »behandelt«. Später bin ich wiederum von anderen oft am Briefträgerroman gemessen und für zu leicht befunden worden. Die Griechen hatten das Sprichwort »Der Anfang soll herrschen«, das auch ein Wortspiel ist, weil Anfang, *arche*, und herrschen, *archein*, wurzelverwandt sind. Aller Anfang ist zwar schwer, doch in manchen Fällen offenbar schwer zu überbieten. Der Markt, auch der Buchmarkt, aber ist erpicht und versessen auf Neues, am besten Nie-da-Gewesenes. Ältere Schriftsteller – das sind immerhin, entsprechend der deutschen Semantik, noch *jüngere* Schriftsteller als *alte* Schriftsteller – müssen sich schon sehr anstrengen, um mit ihren »Lebenszeichen« noch wahrgenommen zu werden. Es ist im Verlagswesen vielleicht ähnlich wie im Versicherungswesen. Die Krankenversicherungen haben lieber junge Kunden als alte. Die Alten sind Risikokandidaten. Sie müssen entsprechend hohe Prämien leisten.

Es bleibt aber natürlich nicht immer beim Anfang, der herrschen soll. Ich gehöre nicht zu den literarischen »Lebensberatern«, die gern ihre »Anti-Aging«-Rezepte gegen das Altwerden anpreisen. Ich würde hingegen ganz pragmatisch raten, sich im Alter, wenn es gelingt, nicht zu überschätzen. Als abschreckendes Beispiel von seniler Selbstüberschätzung ist mir ein Auftritt im sogenannten »Seniorenclub«, einer beliebten österreichischen Fernsehsendung in den 70er und 80er Jahren, in Erinnerung, der Auftritt des berühmten dänischen Tenors Helge Rosvaenge mit einer der allerschwersten Arien aus Richard Wagners »Tristan und Isolde«, die er trotz unmenschlicher Anstrengung nicht mehr stemmen konnte. Ach, hätte er ein schönes Schubert-Lied gesungen, meinetwegen »Du holde Kunst«, »Am Brunnen vor dem Tore« oder »Dein ist mein ganzes Herz« von Franz Lehár, das er ja so wunderbar »draufhatte« nein, Wagner mußte es sein, um Alterslosigkeit unter Beweis zu stellen. Nun sieht man schon jüngeren Tenören bei schwierigen Wagner-Partien, »Tortur-Arien«, wie ich sie nennen möchte, nicht gern ins Gesicht, ein älterer oder gar alter Herr, der sich in diese Situation bringt, erregt im Zuhörer Mitleid. Rosvaenge ist 1897 geboren und 1972 kurz nach seiner Bravourarie gestorben, ich hoffe nicht an den Folgen seines Auftritts im Seniorenclub.

Autoren sind gegen diese Art von Überanstrengung

natürlich gefeit. Es ist nicht so schwer, sich durch eine ma-
ximal einstündige »Dichterlesung« mit dreimaligem Was-
sertrinken durchzuhusten... Und das Schreiben selbst,
der kreative Teil der Berufsarbeit, spielt sich im geheizten
Zimmer ohne störende Beobachter ab. Mit dem Komponieren ist es wohl ähnlich. Einer der rührendsten Briefe an
den alten Anton Bruckner stammt von seiner Schwester,
der einfachen Frau eines Gärtners in Vöcklabruck, in dem
sie schwesterlich besorgt schreibt: »Lieber Bruder, tu dich
beim Komponieren nicht übermachen...« Übermachen ist
der mundartliche oberösterreichische Ausdruck für über-
anstrengen...

Ein anderes, oft kritisiertes Thema sind die Spätberufenen: Überanstrengt im geistigen Sinn wirkten daher offenbar die Dramen wie »Das heilige Experiment« von Fritz
Hochwälder auf Friedrich Torberg, als er maliziös und
malkontent – um ein Lieblingswort Theodor Fontanes zu
verwenden – sagte, Hochwälder dichte »über seine Verhältnisse«. Der Hintergrund dieser spitzen Bemerkung ist
wohl, daß Hochwälder ein »Spätberufener« war und einen
Teil seines Lebens als Handwerker im väterlichen Betrieb
in Wien verbrachte und erst in der Schweiz, wohin er als
Sozialist und Jude fliehen mußte, seine bekannten Dramen
geschrieben hat. Wollte Torberg sagen: Tapezierer, bleib bei
deinem »Leisten«?

Gern blickt man heute, auch nach einschlägigen Publikationen, auf die sogenannten »Spätstarter« und »Spätent-
wickler« in der Kunst, auf Menschen, die erst im zum Teil
hohen Alter KünstlerInnen geworden sind und Anerkann-
tes geleistet haben. Viel ist von »Grandma Moses« die Rede,
die erst mit 75 Jahren zu malen begann und trotzdem ein
reiches Lebenswerk hinterließ, oder von Henri Rousseau,
der Zöllner war und der als Erfinder der naiven Malerei
gilt. Zöllner, Steuereinnehmer und »Geldwechsler« war be-

kanntlich auch der Apostel Matthäus, den Jesus von seinem Wechseltisch weg zum Apostolat berief, wie es Caravaggio so unvergleichlich dargestellt hat. Auch alle anderen Apostel waren in dieser Weise »Spätberufene« und man könnte aus heutiger Sicht von »Quereinsteigern« sprechen. Aus Fischern wurden »Menschenfischer«...

Manche haben heute sogar ein sogenanntes Seniorstudium absolviert und dann zu ihrem Traumberuf, einem Freiberuf, gefunden, Bilder gemalt, Plastiken gestaltet oder auch Bücher geschrieben. Oder Religion unterrichtet. Rund ein Drittel meiner Studenten an der Universität waren in dieser Weise Seniorstudenten. Diese Durchmischung der Hörerschaft von Alt und Jung hat dem »Betrieb« gutgetan! Manchmal gab es hitzige Debatten, sozusagen friedliche »Generationskonflikte«, wenn die Jungen etwa in den Augen der Alten in der Beurteilung der Geschichte und der Vergangenheit zu leichtfertig und oberflächlich agiert haben. Einmal entzündete sich am Fall des Lyrikers Josef Weinheber, ein anderes Mal an Gottfried Benn und dem »inneren Exil« ein solcher »Zwist«...

Respekt verdienen ältere Herrschaften, wenn sie sich mit jungen Menschen abgeben, sich dabei nicht besser oder überlegen fühlen und sich womöglich nicht einmal für weise halten. Und wenn sie nicht jammern und mit ihren Wehwehchen wie in den Wartezimmern der Arztpraxen hausieren gehen.

Ich habe immer Verständnis für den jungen Parzival gehabt, der im Epos von Wolfram von Eschenbach bei seiner ersten Einkehr auf der Gralsburg Munsalvaesche die sogenannte »Mitleidsfrage« unterläßt und angesichts des todkranken Onkels, des Fischerkönigs Amfortas, den man in einer merkwürdigen rituellen Prozession von Gralsrittern in die Halle bringt, staunend stumm bleibt. Und es ist sehr mittelalterlich, wenn auch geheimnis- und reizvoll gedacht, daß diese Unterlassung als Sünde zu solch weitreichenden Folgen und bösen Konsequenzen für Parzival führt. Es gibt nicht nur einige Aufsätze, sondern sozusagen eine ganze Bibliothek mit Büchern über die Mitleidsfrage. Vom schwierigen Problem der Schuld und der Sühne wird gehandelt, von Erlösung und Läuterung. Ist Parzival exkulpiert, das heißt, entschuldigt, weil er die Forderung seines Lehrers Gurnemanz erfüllt, der dem Ritter Neugierfragen untersagt: »Ihr sollt nicht immer fragen...«? So wie man heute den Kindern das viele Fragen verbietet... Und erst als Parzival bei seiner zweiten Einkehr auf Munsalvaesche die Mitleidsfrage stellt, ist er moralisch salviert und selbst »präpariert«, das heißt: vorbereitet und prädestiniert, um es mit den »romanischen« Worten der Vorlage zu sagen, für das Gralskönigtum! Die Frage lautet schlicht und einfach: »Oheim, waz wirret dir?«, ins Neuhochdeutsche übertragen: »Onkel, was fehlt dir?« Haben vielleicht zuvor die Alten die Jungen als problematische »Erzieher« verbogen und »verdorben«?

Immer wieder muß ich an einen Satz denken, den der verstorbene Bundeskanzler Bruno Kreisky gesagt hat: »Die Jugend ist biologisch im Recht!« Trotz dieses ein wenig zweifelhaften Respekts vor der Jugend, vielleicht auch ein wenig gepaart mit der Angst und der Befürchtung, was sie wohl mit ihrer überschüssigen Kraft tun und »anstellen« werden, hat er bekanntlich einen jungen Redakteur in einem Pressefoyer nach dem Ministerrat zurechtgewiesen: »Herr Redakteur, lernen Sie Geschichte!«

Und mehr als Respekt, ja Bewunderung, verdienen jene alten Menschen, die sich ihre Contenance und ihren Humor bis ans Ende, bis an ihr bitteres Ende bewahrt haben. Es gibt sie, die Beispiele von heroischen Menschen, die sozusagen »ohne viel Aufhebens« gegangen sind. Von der großen, in meinen Augen größten Kärntner Lyrikerin

Christine Lavant wird erzählt, daß sie, die so viel in ihrem Leben gelitten hat, den Angehörigen, die um ihr Sterbebett standen, das Trauern und Weinen mit den Worten verbeten hat: »Hört auf zu heulen. Sterbt jetzt ihr oder ich!?« Ich meine aber, wer anders und vielleicht ein wenig unwürdiger stirbt, braucht sich nicht zu schämen. Brigitte Schwaiger, die freiwillig aus dem Leben geschieden ist, hat die Hinterbliebenen auf ihrer Parte mit dem Rilke-Gedicht getröstet: »Der Tod ist groß. Wir sind die Seinen. Wenn wir uns mitten im Leben meinen, wagt er zu weinen.« Am 6. Juni 2006, also vor etwas über zehn Jahren, hat sie mir ein Schmuckblatt mit verstellter Kinderhandschrift geschickt: »Lieber Alois! Eines schönen Tages werden mir uns wiedersehen.« Ist nicht aller Humor letztlich »Galgenhumor«? Bei Heinrich von Kleist heißt es in einer seiner Anekdoten, daß ein Kapuziner einen Delinquenten zum Galgen »bei sehr regnigtem Wetter« begleitet, der sehr jammert, worauf der Kapuziner sagt: »Du Lump, sei still, du brauchst nur hinzugehen, ich aber muß bei diesem elenden Wetter auch wieder zurückgehen!«

Aus Frankreich aber gibt es eine Anekdote, die mit »Der Tod des Philologen« überschrieben werden könnte. Ein Romanist aus dem Saarland hat sie mir erzählt: Ein Philologe liegt auf dem Sterbebett und sagt zu der vor ihm stehenden Haushälterin: »Je meurs.« Dann sagt er, er könne aber auch sagen: »Je me meurs.« Einmal Lehrer, also immer Lehrer, in allen Lebenslagen und unter allen Umständen! Bis zum Exitus. Bis zum (bitteren) Ende.

Das gefundene Fressen

Der deutsche Philosoph Max Bense hat in poetischer Weise *Trinken* als »die Zerstörung des Durstes (durch Wasser)« bezeichnet. Analog dazu könnte man *Essen* als »die Zerstörung des Hungers« umschreiben. Ersetzt man aber das Wort *essen* durch *speisen* (oder *tafeln*), so wird deutlich, daß sich das menschliche Essen über den bloßen Zweck der Lebenserhaltung und »Nahrungsaufnahme« erhoben hat. Der Mensch *frißt* und *säuft* ja nicht, und die Tiere *speisen* nicht, obwohl man beim Anhören und Ansehen der Werbung für Hunde- oder Katzenfutter vom Gegenteil überzeugt werden könnte. Freilich werden im Gegensatz zum »Homo sapiens« die Tiere nie über den Durst trinken! Es gibt unter ihnen keine süchtigen und krankhaften Säufer. Sie sind zwar angeblich nicht *sapiens*, »wissen« aber, wann sie genug haben...

Das Wort *fressen* ist der Wortbildung nach ein präfigiertes *essen*. Im anlautenden *fr* steckt also ein verkümmertes, sozusagen verhungertes *ver*. Dadurch ist das Adjektiv für die schlechte Eigenschaft *verfressen* – also die Neigung zu unappetitlichem, »tierischem« Schlingen –, wenn man es ausschreibt, ein *ververessen*, ein sozusagen »rereduplizierendes« Verbum. Essen und Trinken halten Leib und Seel' zusammen, heißt es, aber Fressen und Saufen, also pervertiertes Essen und Trinken, treiben Leib und Seel' auseinander sowie Magen und Leber in den Ruin. Ein begnadeter oder gnadenloser Trinker aus meiner Heimatgemeinde hat eine kleine Erbschaft gemacht und sich gleich ausgerechnet, wie viele Flaschen Bier sie ausmacht.

Dummheit frißt, Intelligenz säuft, sagen die Trinker... Ein falsches Wahrwort... Schon die Sprache jedenfalls legt im Wortfeld »Nahrungsaufnahme« nahe, daß Nießbrauch und Mißbrauch, Segen und Fluch, nahe beisammenliegen und schnell ineinander übergehen. Vieleicht ist die grassierende Magersucht unter Jugendlichen eine ethische und asketische Antwort auf den Exzess des Kulinarischen, der sich in hunderten Kochsendungen in den Medien breitmacht. Eine andere, konträre Antwort der »Jugend ohne Gott« (wie Ödön von Horvath das nannte) auf die Sinnleere und den üblen, materialistischen Zeitgeist ist freilich das sogenannte Komatrinken. Es sind nicht nur die Tierschützer, die zu Vegetariern und Veganern konvertieren. Nach der Freßsucht die Magersucht, nach dem »Selbstmord mit Messer und Gabel«, dem »Großen Fressen«, der Hungerstreik und die Anorexie. Ist nicht nach dem Hunger, dem Heißhunger womöglich, die Sättigung, sicher die Übersättigung, mit Überdruß und Reue verbunden? Die Physis reagiert augenscheinlich durch die Inversion der Peristaltik, sie gibt das zurück, was ihr zuviel geworden ist. *Peristaltik* ist, laut Wikipedia, ein »wellenförmiges Sichzusammenziehen der glatten Muskulatur von Hohlorganen, wodurch deren Inhalt transportiert wird«. Und wenn, selten genug, im Fernsehen nicht nur die Zubereitung von Carpaccios oder Steaks, Schnitzeln oder Koteletts gezeigt wird, sondern auch der Betrieb in Schlachthöfen, wo am Fließband getötet und mit Kreissägeautomaten tranchiert wird, dreht sich wohl manchem der Magen um und motiviert ihn zum »Abmagern«. Die Wörter *mager* und *Magen* sind laut Wörterbuch erstaunlicherweise nicht direkt miteinander verwandt. Verwandt sind aber die Wörter *Bauch* und *Beule*! Einen besonderen Humor beweist das »Etymologische Wörterbuch des Deutschen«, wenn es zum Wort *Wampe* wörtlich heißt: »Herkunft unbekannt«. Natürlich metasprachlich gesehen, denn sachlich, semasiologisch, ist ja wohl klar, woher die Wampe kommt... Man hat sie sich angegessen. »Sich den Bauch vollschlagen« wird als Redewendung zitiert. Und wohin das übermäßige Völlern und Futtern führt, weiß ich noch aus dem Lateinunterricht am Gymnasium: »Plenus venter non studet libenter« – ein voller Bauch studiert nicht gern.

Lucius Lucinius Lucullus, der im 2. vorchristlichen Jahrhundert gelebt hat, ein Senator, von dem es heißt, daß er unermeßlich reich und sehr berühmt für seine Gastmähler gewesen sei, war auch Philosoph, kein geistloser Fresser, sondern ein hochkultivierter Gastgeber, ein *Gourmet* also, ein Feinschmecker, und kein *Gourmand*, kein Vielfraß... Ein Gourmet liebt die Qualität, ein Gourmand die Quantität. Dieser feine Unterschied wird in der reichen Kochbuch-Literatur gerne bemüht. Die Bedenken der Romanisten und Sprachhistoriker, vor allem gegen die negative Bedeutung von *Gourmand*, wird einfach vom Tisch, vom Küchentisch, gewischt. So genau wollen es die Gastrokritiker und Gault-Millau-Spezialisten nun auch wieder nicht wissen...

Das »Wörterbuch der Umgangssprache« von Heinz Küpper verzeichnet viele metaphorische Ausdrücke für den Bauch. Einer der anschaulichsten für den unansehnlichen Auswuchs ist sicher »Backhendlfriedhof«. Schließlich und endlich werden wir alle wieder rank und schlank, wenn nicht gar zu Asche und Staub, wie die Theologen beim Austeilen des Aschenkreuzes am Aschermittwoch sagen. Wo jetzt der Bauch ist, die Beule, ist schließlich die so genannte Höhle in der Magengrube. »Post iucundam iuventutem, post molestam senectutem nos habebit humus«, heißt es im »Gaudeamus igitur«, das heute noch die »alten Herren« gerne singen. Eines der vielen bei Karl Simrock angeführten Sprichwörter zum Thema lautet: »Je weniger man ißt, je länger ißt man.« Die biblische Ermahnung des Apostels Paulus in einem Brief an die Thessaloniker »Wer nicht arbeitet, soll auch nicht essen« ist zu einem Sprichwort in der Arbeitswelt der Bauern geworden: »Wer mit will essen/ muß auch mit dreschen.«

Es gibt um die Geschichte des Essens manche Mythen, märchenhafte Vorstellungen und Irrtümer, vor allem, was die angeblich dekadenten Römer betrifft. Natürlich gibt zu denken, daß *accumbere* mit »zu Tische LIEGEN« übersetzt wird. Man lag auf dem *triclinium*, dem sogenannten Speisesofa, zu dritt, auf drei Seiten je einer, worauf das *tri* in *triclinium* hindeutet. Eine Seite des Tisches blieb frei und für die bedienenden Sklaven zugänglich. Man kann sich im 1864 erstmals erschienenen »Handbuch der römischen Altertümer« von Joachim Marquardt im Kapitel »Die Cena« immer noch verläßlich kundig machen. Dort liest man, wie man zu Olims Zeiten, sozusagen im »goldenen Zeitalter«, der »aetas aurea«, wie es Ovid in der Einleitung zu den »Metamorphosen« nennt, gespeist hat. »In den beiden letzten Jahrhunderten der Republik war die Cena nicht nur in Folge des ausgebreiteten Handels, welcher die Delikatessen aller Länder nach Rom führte, für Schwelger ein Gegenstand raffinierten Genusses, sondern auch durch die Macht der Gewohnheit für mässige (sic! müßige?) Leute eine unentbehrliche Unterhaltung geworden, mit welcher man den letzten Teil des Tages nothwendig hinbrachte«...
»Es gab Leute, welchen der Nachmittag zu kurz für die Freuden der Tafel schien und die daher schon früh am Tage (*de die*) das Gelage (*tempestive convivium*) begannen, oder dasselbe bis tief in die Nacht und auch wohl bis zum hellen Tage fortsetzten.« *Tempestivus* heißt »üppig«. Es ist auch davon die Rede, daß die Optimaten, die bei Tisch von Sklaven bedient wurden, unter denen einer der *scissor*, der »Vorschneider«, war, dem Übermaß an Speisen und Geträn-

ken nur gewachsen waren, wenn sie »durch Vomitive, die man entweder schon des Morgens, oder nach dem Bade oder nach der Mahlzeit nahm, sich einigermaßen instand zu setzen suchten. *Vomitiv* kommt von lateinisch *vomitivum* und wird mit ›Brechmittel‹ übersetzt. Der Gebrauch des Vomitivs ist aber keine seltene Besonderheit einiger Schlemmer, sondern wird von den Ärzten mit Rücksicht auf die vorhandene Völlerei akzeptiert, ein Zeichen dafür, wie verbreitet das Übermaß des Genusses in größeren Kreisen geworden war. Welche Folgen dies hatte, schildern die Alten selbst: ein Geschlecht mit blassen Gesichtern, hängenden Wangen, geschwollenen Augen, zitternden Händen und dicken Bäuchen, schwachem Verstande und ohne Gedächtnis, aber zu sinnlichen Excessen krankhaft aufgeregt, das Siechtum in Leib und Seele tragend und selbst die ärztliche Hilfe nicht in Anspruch nehmend, um die Gesundheit wieder zu erlangen, sondern um neue Kräfte zum Genuss zu erlangen, das sind die Römer, die Plinius und Galen beschreiben.« Auch davon wissen die großen Satiriker wie Martial oder Iuvenal ein spöttisches Lied zu singen, daß sich die der *gula* Verfallenen, um es mit dem Ausdruck der Sieben Todsünden zu bezeichnen, von Zeit zu Zeit aus dem Speisesaal ins Freie hinausbegeben, um sich durch Übergeben zu erleichtern und wieder Platz zu schaffen für weiteren Nachschub… Auch auf den sogenannten »Buden« von Studentenverbindungen gab es in meiner Studienzeit in den »Bedürfnisanstalten« neben dem Urinar sogenannte Kotzbecken… Man kommt aus dem Staunen nicht heraus, wenn man sieht und erfährt, was im Hinblick auf Essen und Trinken gewissermaßen anthropologisch gleichgeblieben ist, was sich durch die Zeiten gehalten hat, aber auch, was anders geworden ist und heute undenkbar wäre. Anders geworden und fast gänzlich verschwunden ist die ursprünglich altrömische und auch altgriechische

Sitte des Tischgebets und des sogenannten Larenopfers der Römer, die Besinnung auf die Verstorbenen des Hauses. Ich habe in meiner eigenen Familie – in Erinnerung an meine bäuerliche Herkunftsfamilie, wo das Vaterunser vor dem Essen stehend und der »Engel des Herrn« nach dem Essen am Tisch sitzend selbstverständlich frommer Brauch waren –, ein kurzes Gebet einführen wollen, bin aber damit auf Dauer nicht durchgedrungen … Vom Spirituellen abgesehen, hatte das Tischgebet auch eine gewisse ordnende Funktion, man wußte, wann das Mahl begann und wann es endete … Heute prescht mancher vor und ein anderer hinkt nach. Und für den spätaufstehenden und ausschlafenden Nachwuchs ist das Mittagessen meistens eigentlich das Frühstück. Oder auch ein *Brunch*, der ja dem Wort nach eine Verbindung von *Breakfast* und *Lunch* ist, also ein spätes Frühstück, früher hätte man gesagt: ein »Gabelfrühstück«, das sich bis Mittag hinzieht, oder ein frühes Mittagessen, das die Bauern ja auch oft schon um elf Uhr am Vormittag gehalten haben … Nur daß die Bauern ja schon vom Morgengrauen an hart gearbeitet und zu der Zeit, wo die urbanen Menschen frühstücken, schon eine Vormittagsjause zu sich genommen hatten. Das Frühstück der Bauern hieß einmal »Morgensuppe« oder »Morgensüpplein«, und mehr war es auch nicht, eine warme saure Rahmsuppe, in die man (altes) Brot einbrockte …

Eines der großen Gelage, wie sie dem Lucullus nachgesagt werden, hat zwei Jahrtausende später im Jahr 1680 auf der Riegersburg in der Oststeiermark im Bezirk Feldbach stattgefunden. Der reiche Georg Christof von Ursenbeck, der die Burg gerade in Besitz genommen hatte, hat in einer Glasgravur in einem der spätgotischen Fenster des Rittersaales mit einem Quarz eingeritzt, »protokolliert« und kundgetan, daß er und seine Leute hier einen zwanzigtägigen Rausch gehabt haben! Noch reicher und ausführlicher als zum Essen läßt sich der Volksmund in Sprichwörtern zum Trinken vernehmen! Dem Ursenbeck müßte man ins Stammbuch schreiben: »Ist der Trunk im Manne / So ist der Verstand in der Kanne.« Oder: »Was beim Trunke geschwatzt wird, soll man nüchtern vergessen.« Auch die bekannte Ausrede der Trinker auf ihren großen Durst ist bereits sprichwörtlich: »Man sagt wohl von vielem Trinken, aber nicht von großem Durst!« Das sind altdeutsche Sprichwörter. In unserer Zeit, wo die Menschen meistens mit ihrem Auto anreisen und die Wirtshäuser besuchen, müßte es ganz andere Sprichwörter geben. Ein sogenannter »lustiger Zecher«, ein Bauer aus der Nachbargemeinde Krenglbach, wurde von seinem mittrinkenden Freund gefragt: »Sag Karl, kommst du denn manchmal auf die null Komma acht Promille herunter?« Als Georg Christof von Ursenbeck und seine Freunde sich vollaufen ließen, gab es noch keine Verkehrskontrollen und keinen Alkomaten. Und die Kutscher waren, wie heute die abstinenten Gattinnen, die auf der Rückfahrt das Steuer des Mercedes vom Göttergatten übernehmen, wohl nüchtern. Und wenn auch sie, die Domestiken, am Katzentisch neben der Herrschaft gebechert hatten, dann kannten immer noch die Pferde den Weg zurück. Daß gemeinsames Trinken zu Verbrüderungen über Standesgrenzen hinweg führt, hat Bertolt Brecht in seinem Stück »Herr Puntila und sein Knecht Matti« überzeugend und eindrucksvoll dargestellt. Nur wenn er betrunken ist, wird der Herr sozusagen menschlich, im nüchternen Zustand sieht alles wieder anders aus... Von meinen Wörterbüchern verzeichnet nur das »Wörterbuch der deutschen Gegenwartssprache« der Akademie der Wissenschaften der DDR aus dem Jahr 1976 das Wort *weinselig*, der Duden kennt nur *rührselig, feindselig, armselig. Weinselig* bedeutet, daß der Mensch sein (vorübergehendes) Glücksgefühl dem Wein oder dem Alkohol verdankt. Es gibt auch weinselige Biertrinker... Oft beginnen die *Weinseligen* auch wirklich vor Rührung zu weinen und zu schluchzen...»Wer Sorgen hat, hat auch Likör«, heißt es bei Wilhelm Busch. Der Begriff *Rausch* aber ist in vielen, vor allem romanischen Sprachen umgangssprachlich vom Wort *Affe* abgedeckt. Dem italienischen *avere la scimmia* entspricht im Deutschen »einen Affen sitzen haben«, also »betrunken sein«. Man tut den Hominiden, den Schimpansen, Orang-Utans und Gorillas, sicher unrecht, wenn man sie als Alkoholiker hinstellt, weil sie literweise etwa Palmwein trinken können. Den muß ihnen nämlich vorher der große Versucher, der *Homo sapiens* boshafter- und unvernünftigerweise hingestellt haben.

Die drastischste Erzählung zum Thema »Rausch« bietet wieder wohl die Bibel im Bericht über Lot und seine Töchter in der Genesis. Der gerechte, aus dem zerstörten Sodom mit seiner Familie gerettete Lot wird von seinen beiden Töchtern betrunken gemacht, »abgerauschigt«, damit er sich vergißt und sich an ihnen vergeht, worauf sie beide schwanger werden. Sie »kommen nieder« mit den Söhnen Moab und Ben-Ammi, den Stammvätern der Moabiter und Ammoniter. Lot, der im »Rausch« bei seinen Töchtern gelegen hat, aber ist ihr Vater und zugleich ihr Großvater...

Geschmacksverstärker

Die Natur ist zurückhaltend, viele Lebensmittel sind von Natur aus nahezu geschmacklos und neutral. So müssen der Koch oder die Köchin nachhelfen, und es steht ihnen ein größeres Sortiment an Ingredienzien und Essenzen zur Verfügung, um die Natur zu überlisten und zu übertrumpfen. Was wäre selbst das »tägliche Brot«, hätte man dem Teig nicht Anis, Fenchel und Kümmel, das »dreifaltige Brotgewürz«, zugesetzt ... Salzen und pfeffern alleine reichen bei manchen Speisen nicht aus. Wer wie ich gerne chinesische Restaurants besucht und dort »Acht Schätze« bestellt, bekommt eine klare Vorstellung von »Geschmacksverstärkern« ... Sie sollen, wie viele sogenannte »Gaumenfreuden«, nicht gesund sein. Ich als achtzigjähriger Konsument der »Acht Schätze« bin aber sozusagen der lebende oder lebendige Gegenbeweis ... Wenn du gesünder leben und dich redlich ernähren würdest, mit den natürlichen Produkten der Region, etwa den Kärntner Kasnudeln, dann wärest du jetzt nicht achtzig, sondern schon neunzig, sagt mein ironischer Poetenfreund. Ich aber bin, ganz im Gegenteil, ein Sympathisant des Klagenfurter »Vereins zur Verzögerung der Zeit« meines Universitätskollegen, des Philosophen und Gruppendynamik-Fachmannes Peter Heintel, also für das »Anti-aging« und für »Entschleunigung« und »Nachhaltigkeit«, ich wäre statt achtzig lieber länger nur siebzig ... Möchte mit Faust zum Augenblicke sagen: »Verweile doch, du bist so schön ...« Aber in Ketten geschlagen werden und zugrunde gehen möchte ich selbst dann nicht, lieber Mephistopheles. Ich sage übrigens *Mephistopheles* und nicht

Mephisto, wie ihn offenbar jene nennen, die mit ihm befreundet sind...

Doch was wäre eine Suppe ohne Würze? Eine Marke des Marktführers hat es dabei zu solcher Popularität gebracht, daß ihr Markenname ein Synonym für die Gattung wurde: Maggi. Da hatte ein anderer prominenter Hersteller das Nachsehen. In einem Linzer Restaurant hörte ich einen Gast zum Ober sagen:»Bringen Sie mir bitte das Maggi von Knorr...« Liebstöckel, auch Maggikraut genannt, hat aber kein Kapitalist, sondern der Schöpfer selbst erfunden.

Nichts ist so sehr von »Geschmacksverstärkern« durchtränkt und imprägniert wie die Sprache und im besonderen auch die poetische Rede, alle Kunst ist Übertreibungskunst. Dichtung ist naturgemäß immer Verdichtung... Alle Kunst ist so gesehen natürlich künstlich. Nichts soll unscheinbar und banal und trivial, alles soll pointiert und exquisit ausgedrückt werden. Auch Fremdwörter sind dabei hilfreich. Es gibt als Handreichung und Nachhilfe für den »Sprachlosen« ein Vademekum mit dem vielsagenden Titel:»Dafür gibt es doch ein Fremdwort«... Nicht nur die Jugendsprache mit ihren Hyperbeln vom Typus *super, hyper, mega* übertreibt gerne, das maßlose Übertreiben ist nicht die Ausnahme, sondern eher die Regel. Sprachgeschichtlich gesehen, ist ja bereits das so unschuldig klingende Adverb *sehr* eine Hyperbel, es kommt schließlich von einem Zeitwort, das »verletzen, schmerzen« bedeutet. Man denke etwa an die *Kriegsversehrten*... Wenn etwas *sehr schön* ist, dann ist es so schön, daß es bereits weh tut, eben »sehrt«. Dann ist es eben so schön, daß es schon nicht mehr schön ist. Das Wort *ganz* ist vom Wort *sehr* weit überholt worden. Auch die umgangssprachlichen Wörter *wahnsinnig* und *toll* notieren ja ursprünglich pathologisch. Buchstäblich *sehr* traurig ist das meiste, was die Abendnachrichten an kriegerischen und terroristischen Greueltaten berichten.

Graf August von Platen-Hallermünde hat aber auch auf die Gefährlichkeit des absolut Schönen in dem berühmten Gedicht »Tristan« hingewiesen: »Wer die Schönheit angeschaut mit Augen / ist dem Tode schon anheimgegeben.« Man darf ja auch nicht mit »unbewaffnetem« Auge, ohne Sonnen- oder Schutzbrille, in die Sonne schauen, ohne die Netzhaut zu beschädigen. Durch angerußte Gläser haben wir darum bei der großen Sonnenfinsternis am 11. August 1999 staunend auf das unfaßbare kosmische Naturschauspiel geblickt. Noch heute denke ich mit Entsetzen an jene Schmerzen mit Krämpfen in den Augäpfeln zurück, die ich als Kind einmal nachts empfand, als wir am Tag davor dem Schmied, einem boshaften Gesellen, ahnungslos in der Werkstatt beim neu eingeführten Elektroschweißen zugesehen hatten. Er hätte uns warnen müssen, nicht ins grelle bläuliche Licht zu schauen. Weinend weckte ich meine Mutter und fragte: »Werde ich jetzt blind?«

Wer aber zu viel würzt, verstärkt und übertreibt, verliert sich und verliert die Realität aus den Augen. Darum schließt man von der versalzenen Suppe auf eine verliebte Köchin. Alles Humorige in der Kunst ist Übertreibung und »Zuspitzung«. Die Dichter sind Lügner (Friedrich Nietzsche). Adalbert Stifter hat freilich nicht »gelogen«. Sonst wäre er sicher von Nietzsche wie auch von Thomas Mann wegen seiner »gepflegten Langeweile« nicht so hochgeachtet und geschätzt worden. Im Gegensatz zu Friedrich Hebbel, der gemeint hat, er würde dem Leser, der beweisen könne, daß er den »Nachsommer« ausgelesen hätte, die Krone Polens versprechen ...

Mir, dem Stifter-Leser, ist die Suche nach dem extremen Nervenkitzel und dem sogenannten Adrenalinkick in Leben und Kunst freilich immer fremd geblieben. Alle Rekordversuche und Rekorde, wie sie in einer jährlich erscheinenden Publikation verbucht werden, wären unterblieben, wenn es je auf Menschen meines Schlags angekommen wäre. Die Menschheit wüßte nicht, wer die meisten Grammelknödel auf einen Sitz verdrückt hat, welche Gemeinde den längsten Apfelstrudel auf über hundert Meter ausgezogen hat, etc. etc. Ich sage aber auch: Gott sei Dank ist es nie auf solche Langweiler und Stubenhocker wie mich angekommen. Es gäbe keine Raumfahrt und keine Mondlandung und auch vieles an »Kurzweil« nicht ... Genetisch gesehen, kann diese Aversion gegen das Exzentrische und Spektakuläre aber nicht bedingt sein, wenn ich einiges an Kühnheiten in meiner näheren Verwandtschaft, ja der eigenen Familie beobachte. Einer unserer Söhne hat uns ein Video geschickt, das ihn beim Sprung vom Donauturm in Wien, beim sogenannten Bungee Jumping, zeigt. Sähe er mir physiognomisch nicht so ähnlich, hätte ich glatt an meiner Vaterschaft gezweifelt! Mein Bruder ist bei einem Gemeindefest mit dem Fallschirm aus einem Kleinflugzeug abgesprungen und auf dem Fußballplatz gelandet. Wenn Politiker Spektakuläres inszenieren, dann steckt natürlich immer eine Absicht dahinter und es ist vermutlich Wahlkampf. Als ein junger Kärntner Landeshauptmann von der Jauntal-Autobahnbrücke am Gummiseil in die Tiefe sprang, stand später auf Werbeplakaten: »Der Jörg traut sich was.« Gerade er aber hat sich und dem Land im Übermut zu viel zugemutet, wie sich leider 2008 dann auch in der Nacht nach dem Kärntner Landesfeiertag, dem 12. Oktober, schrecklich erwies, als er mit 142 Stundenkilometer statt der erlaubten 70 übernächtigt und nicht nüchtern bei Lambichl mit einem Dienstwagen, einem VW-Phaeton (»Sonnenwagen«), in den Tod gerast ist ...

Wetter

»Der Held und sein Wetter« heißt ein Buch von Friedrich Christian Delius, im Untertitel »Ein Kunstmittel und sein ideologischer Gebrauch im Roman des bürgerlichen Realismus«. Es ist die Frage, ob man gleich von Ideologie sprechen muß, wenn das Wetter »mitspielt«, wenn es also im Hollywood-Drama am Schluß regnet oder »gießt«, oder im realistischen Roman »den zukunftsgewissen Bürgern die Sonne Homers scheint«, wie es im werbenden Abstract des Buches heißt. Das Wetter ist jedenfalls in der Literatur eine Art Veranstaltung, in der Natur aber ein unbeeinflußbares Ereignis, ein schwer vorherseh- und vorhersagbares, wenn auch die »Wetteraussichten« im Radio angeblich sehr gut oder dank Großrechnern und Wettersatelliten immer besser und genauer werden. »Alle reden vom Wetter, wir nicht«, hieß ein Werbespruch der Bundesbahn. Ich bin aber schon einmal vor den Tauern in Spittal an der Drau im Winter im Zug steckengeblieben und konnte am Abend nicht in Marbach am Neckar die angekündigte Lesung halten... So hat ein Adria-Tief einen Höhenflug im Schiller-Nationalmuseum verhindert. »Denn die Elemente hassen das Gebild von Menschenhand«, heißt es in Friedrich von Schillers »Lied von der Glocke«.

Das unpersönliche Personalpronomen ES, als »Subjekt« in den Wendungen »es regnet«, »es schneit«, »es blitzt«, »es donnert«, »es wettert« etc., ist ein deutlicher Hinweis auf das Rätselhafte dieser Vorgänge. In einem Vortrag in Würzburg anläßlich des 100. Todestags Matthias Lexers, des aus Kärnten stammenden Germanisten und Rektors der Universität Würzburg, habe ich mir angesichts der Zeitungsmeldung »Bad Kleinkirchheim schneit, Simonhöhe schneit noch nicht« meine Gedanken über das ES gemacht. »Bad Kleinkirchheim schneit« heißt ja nicht »In Bad Kleinkirchheim schneit ES«, sondern der Tourismusverband hat die sogenannten Schneekanonen in Betrieb genommen und die Hänge »beschneit«, also mit Schnee versehen... Die Simonhöhe oder St. Ulrich wartet noch zu, in der Hoffnung, daß in den folgenden Tagen vielleicht Petrus oder die Frau Holle ein Einsehen haben und ES schneien lassen.

In meinem Herkunftsmilieu hat Petrus noch eine Rolle gespielt und das Wetter sozusagen eine religiöse Bedeutung gehabt. Naturkatastrophen galten noch als eine »Heimsuchung« und eine Strafe für Sünden und Unwetter als »Fingerzeig« Gottes. Und wenn es eine lange Dürre gab oder auch einen nicht enden wollenden Regen zur Erntezeit, so daß das Getreide auf den Feldern in den Ähren zu keimen und »auszuwachsen« begann, haben wir in der Kirche nach der Messe um günstiges Erntewetter gebetet. Das sonntägliche »Feldfrüchtegebet« wie auch nach dem Sommer das Erntedankfest mit der Erntekrone vor dem Presbyterium waren selbstverständlicher Brauch. Im »Feldfrüchtegebet« heißt es: »Segne, sofern es dir wohlgefällig und uns ersprießlich ist, den Samen, den wir ausgesät haben! Gib dem Lande fruchtbares Wetter, wie wir es brauchen: milden Regen und Sonnenschein zur rechten Zeit! Bewahre die Feldfrüchte vor anhaltender Dürre, Nässe, Mehltau, Frost, Hagel und Wolkenbrüchen und allem, was sie verdirbt.« Heute sind es natürlich nicht die Sünden gegen die Zehn Gebote oder die Sieben Todsünden, sondern die »Umweltsünden«, die den sogenannten »Klimawandel« verursachen, die Beschleunigung der Erderwärmung und die in immer kürzeren Abständen stattfindenden »Starkregen« (im Gegensatz zu den »milden Regen« des Feldfrüchtegebetes), Murenabgänge, Tornados, Hurrikans, Taifune, Überschwemmungen, Tsunamis, den Treibhauseffekt – Auswirkungen, die im Bewußtsein der Menschen sozusagen natürliche Ursachen haben und die Staaten riesige Klimaschutzkongresse veranstalten lassen mit tausenden, per Flugzeug anreisenden Teilnehmern und Delegierten und umstrittenen Resultaten und »Abkommen« – und oft leeren Versprechungen, den CO_2-Ausstoß zu verringern. Niemand wird es aussprechen und zugeben, aber im Endergebnis handeln dann doch viele nach der Devise: *après nous le déluge*. Nach uns die Sintflut... Mir ist der pointiert nihilistische, ironische oder sarkastische »Sager« Egyd Gstättners in Erinnerung: »Ich schütze die Umwelt nicht. Warum sollte ich: Sie schützt mich ja auch nicht...« Die Wirbelstürme bekommen von den Meteorologen Namen verpaßt, meistens Vornamen von Frauen, was auch schon zu Protesten – und zu Männernamen für Schadensereignisse geführt hat. Die Tornados bekommen sozusagen »Taufnamen«. So hießen Hurrikans Patricia, Irma und Wilma, der extremste im Jahr 2005, der vor allem die Stadt New Orleans heimgesucht und verwüstet hat, hieß Katrina. Es blieb einem oberösterreichischen Kleriker vorbehalten, das Unglück in New Orleans als eine Geißel und Strafe für ein »Sündenbabel« und die Hauptstadt des Lasters zu bezeichnen. (War er einmal dort?) Als hätte ER den Teufel von der Kette gelassen... Es sieht ein wenig nach Retourkutsche und wie die Rache des Feminismus aus, daß bald auch Männernamen für katastrophale Stürme geprägt und verwendet wurden. An wen die Namensgeber bei *Ignacio* für den tropischen Sturm in Mexiko im Jahr 2003 gedacht haben, weiß ich nicht, aber es könnte sich durchaus um eine Bosheit gegenüber Ignatius von Loyola handeln, den Gründer der Jesuiten, die in Frankreich, Spanien und Portugal verboten waren und in vielen amerikanischen Ländern unerwünscht. Ein eigenes

Kapitel ist die Benennung eines immer wiederkehrenden Klimaphänomens, einer periodischen Klimaanomalie, die sich zwischen der Westküste Südamerikas und den Pazifik-Anrainern Indonesien und Australien als *El Niño* mit einer gewissen Regelmäßigkeit zur Weihnachtszeit ereignet und deswegen nach dem Christkind benannt wurde. Eine »schöne Bescherung«...

Aus dem Internet erfährt man, daß ein australischer Meteorologe ein Pionier der Namensgebung für Wirbelstürme war, die in Australien sehr häufig vorkommen. Clement Wragge hieß der Mann. Und er gab den Stürmen die Vornamen von Politikern, vor allem von Politikern, die sich dem Wetterdienst gegenüber unfreundlich verhalten, Subventionen für die Zentralanstalt für Meteorologie und Geodynamik gekürzt oder verweigert hatten. Es gibt auch heute eine große Unzufriedenheit mit der Umweltpolitik in vielen Staaten, vor allem auch mit der Landwirtschaftspolitik, die auf Produktivitätssteigerung erpicht ist, die nur durch den Einsatz von Kunstdünger und durch Schädlingsbekämpfung mit Pestiziden zu erreichen ist. Eben tobt ja wieder ein Kampf um die Verwendung von Glyphosat in der Europäischen Union... Mancher Widerspruch zwischen einer naturnahen Landwirtschaft und der industrialisierten Agrikultur wird auf dem Wege der Sprachregelung planiert. Das wird auch der Grund sein, daß das alte »Stickstoffwerk«, der größte Kunstdüngererzeuger Österreichs in Linz, heute »Chemie Linz AG« heißt und sein größtes Nachfolgeunternehmen »Borealis Agrolinz Melamin«. Klingt gleich ganz anders... Ich erinnere mich an einen Satz in einem Jahrbuch »Tintenfisch« des Klaus Wagenbach-Verlags, in dem ich auch veröffentlichte: »Auch der Bauer versaut die Umwelt.« Wie sich die Landwirtschaft und die Tierhaltung verändert haben, das merkte – und roch – man, wenn die Bauern im Frühjahr die Gülle, den alten »Adel«, *odl*, über die

Felder verspritzt haben. Dann haben sich die Besitzer von Zweithäusern auf dem Land regelmäßig beschwert, weil es, wie in einem Leserbrief stand, »pestialisch«, eigentlich *bestialisch* (von lateinisch *bestia* »Tier«) stank. Aber die Verursacher des penetranten Geruchs waren doch jene Landwirte, die ihnen den Baugrund verkauft hatten... Es war Schluß mit der alten Idylle, die Karl Heinrich Waggerl so beschreibt: »Überall riecht es nach gesunder Verdauung.« Und erst der ersehnte Regen befreit die Menschen von der olfaktorischen Heimsuchung...

Es gibt zu denken, daß in der bairisch-österreichischen Mundart das Wort *Wetter, weda,* nicht nur das Wetter im allgemeinen, sondern auch das in der Standardsprache *Unwetter* genannte Phänomen, also das »Gewitter«, bezeichnet. Dieses »Wetter«, also das Gewitter, heißt auch Donnerwetter, *dunaweda*... Mein erstes Buch hatte den Titel »Überwindung der Blitzangst« und war sozusagen auch eine »Abrechnung« mit den Ängsten meiner Kindheit. Ich erinnere mich an das gute, beschwichtigende Zureden der Mutter zu uns sechs Geschwistern. Gewissermaßen nach dem biblischen »Fürchtet euch nicht!«. Und mit dem Rosenkranzgebet und im Gedanken an den Heiland, der den Seesturm beruhigte, fühlten wir uns zuletzt auch geborgen... Mit dem Älterwerden und der »Aufklärung« verschwand auch die Angst. Sie war freilich noch nicht ganz überwunden, als ich ihr den Satz »widmete«: »Ich habe keine Angst vor Gewittern, weil ich weiß, daß die Psychologie die Angst vor Gewittern ›Keraunophobie‹ nennt...« Oft zogen nachts heftige Gewitter vom Hausruck herein zur Donau hinunter und am Morgen sah man, daß der Blitz in einen Baum eingeschlagen hatte. Manchmal heulte dann auch die Sirene und mein Bruder Felix, der bereits Mitglied der Freiwilligen Feuerwehr war, rückte aus... Und oft, wenn ein plötzlich aufziehendes Gewitter losbrach und uns bei der Feldarbeit überraschte, liefen wir schnell heim, ließen auch die blitzgefährdete Sense liegen und hielten uns, wenn wir uns unterwegs »unterstellen« mußten, an den Grundsatz: »Eichen sollst du weichen, Buchen sollst du suchen«...

Heute ist natürlich das Vertrauen in irgendeine Art von himmlischem Beistand geschwunden und man salviert sich durch Blitzschutzanlagen und Versicherungen, Bauern etwa durch die sogenannte Hagelversicherung, gegen Schäden und Verluste durch Unwetter und Sturm. Und das Spottgebet der Agnostiker lautet bekanntlich: Heiliger Florian, verschon unser Haus, zünd andere an... In Pichl bei Wels gab es einen österreichweit bekannten Schätzmeister, der Jahr und Tag im Land unterwegs war, um Flur- und Ernteschäden für die Agrarversicherung aufzunehmen. Er muß wohl viel mit der Bahn gefahren sein, denn ein Auto und einen Führerschein besaß er nach meiner Erinnerung nicht. Damals waren freilich auch Reisende und Vertreter oft mit öffentlichen Verkehrsmitteln auf »Dienstreise«.

Unwetter und Religion. Der Eindruck, den Blitz und Donner im Volksglauben und in der Mythologie hinterlassen haben, ist wahrlich gewaltig. Jupiter persönlich hat die Blitze geschleudert und den Donner erzeugt. Einer der Beinamen für den obersten Gott der Römer war bekanntlich »Jupiter tonans«, also der »Donnerer«. Ihm war auf dem Südhügel des Kapitols ein Tempel geweiht, dessen Errichtung auf ein von Kaiser Augustus abgelegtes Gelübde zurückgeht. Er ließ am Dach des Tempels sogenannte Klingelschellen anbringen, um das Heiligtum auch akustisch zu »signifizieren«. Augustus war auf einem Feldzug gegen die Kantabrer beinahe von einem Blitz erschlagen worden und der Jupiter-tonans-Tempel sein Dank für die Errettung.... Jupiter, Genitiv Iovis, war der vierte Tag der Woche geweiht: *Dies Iovis*. Die Bezeichnung des Tages im Französischen (*Jeudi*) erinnert nachhaltig daran. Die Germanen haben den fremden Gott durch ihren Donar substituiert. Ein anderer Beiname Jupiters ist übrigens »Pluvius«, also »Jupiter der Regnende«, er wurde nach nicht enden wollenden, langandauernden Dürren angerufen. Auch die Griechen nannten ihren obersten Gott und Herrn des Olymp »Donnerer«: Zeus Bronton, von *brontao*, »donnern«…

Der Blitz hat tausendfünfhundert Jahre nach Augustus, am 2. Juli 1505, einen jungen, 22jährigen Mann aus Mansfeld, Magister artium der Universität Erfurt, das Gelübde abgerungen, Mönch zu werden: Martin Luther, auf dem Rückweg nach Erfurt von einem Besuch bei den Eltern in Eisenach, geriet bei Stotternheim in ein böses Gewitter, hielt einen Blitzeinschlag in unmittelbarer Nähe für eine »himmlische Erscheinung« und gelobte, wie in den von Heinrich Ernst Bindseil edierten »Colloquia oder Tischreden« nachzulesen: »Hilft die liebe Sankt Anna, so will ich ein Mönch werden.« Am 17. Juli 1505, also nur 14 Tage nach dem schrecklichen Erlebnis, tritt er in das sogenannte »Schwarze Kloster der Augustiner Eremiten« in Erfurt ein, um im Herbst des folgenden Jahres das endgültige Mönchsgelübde abzulegen. Die Geschichte nimmt ihren Lauf…

Im Jahr 2010 habe ich mit meiner Frau und meinem Sohn Andreas die Wartburg und Eisenach besucht, auch die Lutherstube, wo der Reformator nach dem Wormser Reichstag, sozusagen mit neuer Identität als »Junker Jörg«, seine gewaltige Übersetzungsarbeit an der Bibel begonnen hat. Im Gedanken an das historische Unwetter des 2. Juli 1505 haben wir von unserem Quartier im Wartburg-Hotel auf den Thüringer Wald geblickt, der unendlich ausgedehnt und still vor uns lag und so weniger an Luthers lebensgefährliches Gewittererlebnis, sondern von der Stimmung her eher an Johann Wolfgang von Goethes »Wanderers Nachtlied« oder »Ein Gleiches«, jenes wunderbare Gedicht, erinnerte, das er am Abend des 6. September 1780 an die Holzwand der Jagdaufseherhütte auf dem Kickelhahn bei Ilmenau geschrieben hat: »Über allen Gipfeln ist Ruh…«

Jupiter also offenbart sich im Sturm und durch Blitz und Donner. Der Gott der Juden, Jahwe, offenbarte sich dem Propheten Elias, wie im 1. »Buch der Könige« im Alten Testament im Kapitel 19 nachzulesen ist, ganz anders, also nicht im Sturm und nicht im Erdbeben und nicht im Feuer, sondern im leisen Säuseln des Windes. Eine schöne Lektion für alle »Donnersöhne«. *Donnersöhne* nennt das Neue Testament die Zebedeus-Söhne Jakobus den Älteren und Johannes, die Christus fragen, ob sie nicht Feuer auf die Samariter herabrufen sollen, »daß es sie verzehre«, weil sie Christus und den Jüngern auf dem Weg nach Jerusalem kein Quartier geben wollen. Christus aber verweist ihnen scharf diesen Feuereifer: »Ihr wißt nicht, wes Geistes Kinder ihr seid. Der Menschensohn ist nicht gekommen, Seelen zu verderben, sondern zu retten…« Die griechische Bibel nennt die »Donnersöhne« *Boanerges*, von *boao*, das bedeutet »laut schreien, brüllen«… (Lukas 9,51–56)

»Der Himmelvater zürnt« wurde seinerzeit religionspädagogisch nicht eben geschickt zu den Kindern gesagt, wenn es geblitzt und gedonnert hat. Es bleiben aber auch, wenn noch Jahrhunderte der Naturwissenschaft und der Aufklärung ins Land ziehen, Geheimnisse und Mysterien genug und letztlich die wahrscheinlich ewig unlösbare Frage: Warum ist etwas und nicht vielmehr nichts…? Und so wird man vielleicht noch einige Zeit bei nahendem Gewitter die Sturmglocke läuten, auf der in Erz, in Bronze, gegraben, steht: »Ich rufe die Lebenden, ich betrauere die Toten, ich breche die Blitze.« (*Vivos voco, mortuos plango, fulgura frango.*) Und erfreuen wird man sich sozusagen »wetterfühlig« an der Lektüre von Adalbert Stifters Erzählung »Kalkstein« aus den »Bunten Steinen«, in der ein Pfarrer und ein Landvermesser andächtig an einem Tisch im Pfarrhof sitzen, während ein Gewitter über das Haus zieht, oder auch an der Beschreibung des Schneesturms aus der »Mappe meines Urgroßvaters«, die auch Franz Kafka zu seiner unübertrefflichen Erzählung »Ein Landarzt« inspiriert hat. Und besonders erfreuen wird man sich an Ludwig van Beethovens »Pastorale«, dem »Erwachen heiterer Empfindungen auf dem Lande«, an der Szene am Bach, dem Zusammensein der Landleute, dem Gewitter und Sturm, und schließlich den frohen und dankbaren Gefühlen nach dem Sturm...

Freundschaft

Eine der denkwürdigsten Stellen im Neuen Testament ist
für mich die in allen vier kanonischen Evangelien berich-
tete dreimalige Verleugnung Christi durch Petrus im Hof
des Hohepriesters vor der Passion. Petrus macht wahr,
was ihm vom Herrn prophezeit wurde, er dementiert also
die Etymologie seines Namens, die doch »Fels« bedeutet,
nachdem er den Mund so voll genommen hatte: Wenn sich
auch alle an dir ärgerten, so will ich mich doch nimmermehr ärgern! »Petrus, ich sage dir, der Hahn wird heute
nicht krähen, ehe denn du dreimal verleugnet hast, daß du
mich kennst.« Denkwürdig oder »bedenklich« sind auch
die besonderen Umstände der Entlarvung. Eine Magd,
heißt es, sagt zu Petrus, sinngemäß: Du gehörst doch auch
zu seiner Gesellschaft. »Deine Sprache verrät dich ja.« Es
wird ein für sie fremder, vielleicht ein wenig lächerlich klin-
gender Dialekt, ein komisches Galiläisch gewesen sein, das
sie gereizt hat. Oder sprach Petrus wie Jesus jenes Aramä-
isch, eine semitische Sprache, von der es heißt, daß sie zur
Zeit Jesu das Hebräische zunehmend verdrängt hat? Ein
Rabbi, ein Theologe und Gelehrter, der Jesus ja (auch) war,
sprach sicher anders als ein Fischer... In der Vulgata, der
lateinischen Bibel, heißt es am Schluß der Verleugnungs-
szene, als sich Petrus beim zweiten Hahnenschrei (*Gallus
iterum cantavit*) an Jesu Wort erinnert: *Et coepit flere.* »Er
begann zu weinen.« Von *flere* kommt unser *flennen,* obwohl es heißt, seine Herkunft sei ungesichert.

Vielleicht hat auch heute mancher in seiner Biographie
eine ähnliche Verleugnungserfahrung? Daß er verleugnet

hat oder daß er verleugnet *wurde*? Ich kenne den Menschen nicht, hat schon mancher über einen Mitmenschen gesagt, der sich nicht in seinem Sinne entwickelt hat, mit dem er aber einmal in der Jugend freundschaftlich verbunden gewesen war. Abgesehen von der Bibel, der unvergleichlichen, der »heiligen Schrift«, ist es für mich vor allem Shakespeare, der das Kunststück einer solchen Entfremdung unübertroffen dargestellt hat. Ich denke an die Königsdramen, vor allem an »Heinrich IV.« und »Heinrich V.« Ich habe in meiner Studienzeit »Heinrich IV.« am Wiener Burgtheater in großartiger Besetzung gesehen, König Heinrich IV. spielte Albin Skoda, Prinz Heinrich von Wales, Heinrich V., Oskar Werner, Sir John Falstaff war Hermann Schomberg. So erschütternd und drastisch hat noch kein Dichter das »Fallenlassen« und »Fallengelassenwerden« dargestellt wie Shakespeare am Verhältnis des Prinzen »Heinz« zum Ritter Falstaff. Schon bevor es zu der Szene kommt, in der der junge König seinem alten Kumpanen Falstaff zeigt, daß er mit ihm nichts mehr zu tun haben will, daß er ihn nicht mehr »kennt«, sieht Falstaff sich nach der Nachricht vom Tod Heinrichs IV. und der Krönung seines Freundes zum König übermütig schon zu höchsten Ämtern am Hof und im Königreich befördert und verspricht auch seinen Zechkumpanen Protektion und Posten... Es sind die schwerwiegenden Vorwürfe seines Vaters gegen seinen eigenen, Prinz Heinrichs, Lebenswandel und die schlechte Gesellschaft, in der er sich, unwürdig eines Kronprinzen, aufgehalten hat, die nun ihre tiefe Wirkung in der Abrechnung mit seiner Vergangenheit in der Person des großen Verführers Falstaff zeigen. Auch schon in den früheren Szenen in den Wirtshäusern hat Prinz Heinrich seinen »Mentor«, dessen Schulden er immer wieder beglichen hat, mit den ärgsten Schimpfwörtern, mit Spott und Häme bedacht. Wie er Falstaff etwa in der 4. Szene des 2. Aufzugs in »Eastcheap, eine Stube in der Schenke zum wilden Schweinskopf« lächerlich- und heruntermacht, das ist ohne Beispiel. Vielleicht erinnert man sich an eine ähnliche Litanei von kruden Beschimpfungen, die der Tod im »Ackermann aus Böhmen« über den Menschen und die Menschheit ausschüttet. Im »Ackermann« ist dem angeklagten Tod der Mensch »eine Wurmspeise, ein faules Aas, ein Schimmelkasten, ein stinkender Leimtiegel, ein übelriechender Harmkrug etc. etc.« Ich habe freilich einmal textkritisch zu bedenken gegeben, ob man nicht *Harnkrug* statt *Harmkrug* lesen müßte, nach der fäkalischen und olfaktorischen Nachbarschaft zu schließen... Prinz Heinz formuliert seine Selbstvorwürfe: »Warum verkehrst du mit dem Kasten voll wüster Einfälle, dem Beuteltrog der Bestialität, dem aufgedunsenen Ballen Wassersucht, dem ungeheuren Fasse Sekt, dem vollgestopften Kaldaunensack, dem gebratenen Krönungsochsen mit dem Pudding im Bauch...« John Falstaff ruft dem jungen König zu: »Gott schütze dich, Herzensjunge... Mein Fürst, mein Zeus! Dich red ich an, mein Herz...« Aber es ist Schluß mit aller Herzlichkeit und Vertraulichkeit! »Ich kenn dich, Alter, nicht... Wie schlecht steht einem Schalksnarren weißes Haar... So aufgeschwellt vom Schlemmen, alt und ruchlos. Laß ab vom Schwelgen: wisse, daß das Grab dir dreimal weiter gähnt als anderen Menschen! Erwiedere nicht mit einem Narrenspaß, denk nicht, ich sei der noch, der ich war. Der Himmel weiß, und merken solls die Welt, daß ich mein voriges Selbst hinweggetan, Wie nun auch die, so mir Gesellschaft hielten...« Der Oberrichter vollzieht die vom König angeordnete Verbannung: »Geht bringt den Sir John Falstaff ins Gefängnis, nehmt seine ganze Brüderschaft mit fort!«

Wenn ich nach einem Beispiel einer ähnlichen – und doch ganz anderen – »Verstoßung«, einer »Freundschaftsaufkündigung« in unserer Zeit suche, dann fällt mir unweigerlich die aus einer »dicken« Freundschaft zu einer erbitterten Feindschaft gewordene Beziehung Thomas Bernhards zu Gerhard Lampersberg ein, die ja zuletzt im »Holzfällen«-Skandal gerichtsanhängig wurde. In einem von Bernhards frühen Lyrikbänden »In hora mortis« steht auf der letzten Seite die Widmung »Meinem einzigen und wirklichen Freund G. L., dem ich im richtigen Augenblick begegnet bin«. An seine, wie Bernhard mitgeteilt hat, auch homoerotisch angehauchte Freundschaft mit dem »Anton-Webern-Epigonen«, dem Komponisten Gerhard Lampersberg, am sogenannten Tonhof, an jene Frühzeit in Maria Saal also wollte Bernhard später nicht mehr erinnert werden. Und als der Klagenfurter Journalist Reinhard Kacianka ein Buch über jene ruhmreiche Tonhof-Zeit plante und Bernhard um einen Beitrag bat, soll er einen solchen zugesagt haben. Sein Beitrag war aber ganz anderer Natur, als sich Reinhard Kacianka das vorgestellt hatte. Er schrieb den Roman »Holzfällen«, in dem er nun nicht nur mit dem als Auersberger verschlüsselten, unschwer erkennbaren Lampersberg und seiner Frau, der Sängerin Maja von Osborn, sondern auch mit anderen »Tonhofern«, wie Jeannie Ebner, aber auch anderen Kulturmenschen des Wiener Parketts wie dem Schauspieler Walther Reyer boshaft-ironisch »abgerechnet« hat. Gerhard Lampersberg hat mir nach dem Erscheinen von »Holzfällen«, nach der Anzeige und dem Verkaufsverbot einen Text gezeigt, den er als poetische Antwort auf Bernhards »Schmähschrift«, wie er »Holzfällen« wohl empfunden hat, verfasst hatte, der aber so merkwürdig und »abstrakt« oder vielmehr gerade im Sinne der sogenannten Konkreten Poesie kryptisch war, daß ich nichts damit anfangen und ihn nicht als eine Antwort auf die Beleidigung durch den Roman seines »Jugendfreundes« verstehen konnte, wie er von ihm gedacht war.

Über einen anderen Freund der frühen Jahre, der ihm abhanden gekommen ist, schreibt Thomas Bernhard hart,

erschütternd und selbstkritisch in »Wittgensteins Neffe«.
Das Buch über seine Beziehung zu Ludwig Wittgensteins
Neffen Paul Wittgenstein, dem »schwarzen Schaf der berühmten adeligen, katholisch-jüdischen Familie«, hat den
Untertitel »Eine Freundschaft«. Bernhard schreibt, daß er
zuletzt den hilflosen Freund, den er über den Graben und
den Kohlmarkt die Mauern entlangwanken sieht, nicht
mehr anspricht. »Ich mied in den letzten Monaten seines
Lebens meinen Freund ganz bewußt, aus dem niedrigen
Selbsterhaltungstrieb, was ich mir nicht verzeihe… Ich
beobachtete ihn und schämte mich gleichzeitig. Denn ich
empfand es als Schande, noch nicht am Ende zu sein, während der Freund es schon war. Ich bin kein guter Charakter. Ich bin ganz einfach kein guter Mensch.« Mein Freund
Erwin Brunner, der langjährige Leiter der Klagenfurter
Landhaus-Buchhandlung, hat mir erzählt, daß er in Maria
Saal bei einem verwandten Bauern in einer Gesellschaft
war, wo auch Gerhard Lampersberg geladen war, alt und
krank und schweigsam anwesend, aber geistig schon ein
wenig abwesend und »weggetreten«. Als das allgemeine
Gespräch auf einen bekannten, wohl auch als humani-
stisch gesinnt bekannten Schriftsteller kam, meldete sich
Lampersberg, wie eben erwachend, plötzlich zu Wort und
sagte: »A guada Mensch, aber a schlechta Dichta!« Letzte-
res könnte man von Bernhard wahrlich nicht behaupten…
Und was das erstere betrifft: Marcel Reich-Ranicki hat über
»Wittgensteins Neffe« wie folgt geurteilt: »Nie hat Bernhard
menschenfreundlicher, nie zärtlicher geschrieben.« Nun
also.

Ein dritter Freund, dem Bernhard die Freundschaft,
wenn auch fast erst posthum, aufgekündigt hat, war Gerhard Fritsch, dem er auch über Fritschs Gattin Barbara, die
im Otto Müller Verlag beschäftigt war, verbunden gewesen
war. Fritsch kann man als Herausgeber von literarischen

Zeitschriften wie »Wort in der Zeit« und »Literatur und Kritik« durchaus als einen frühen Förderer und Bewunderer Bernhards sehen. Auch mich hat Gerhard Fritsch bei einem Seminar im Cusanus-Haus in Brixen im Jahr 1966 auf einen Schriftsteller namens Thomas Bernhard und seinen Roman »Frost« hingewiesen, von dem ich nichts wußte, von dessen wachsender Bedeutung Fritsch aber felsenfest überzeugt war. In einem Interview nach Fritschs Freitod im Jahr 1969 hat sich Bernhard leider sehr abfällig und ungerecht über Fritschs Prosa geäußert. Nur einige Gedichte wollte er gelten lassen. In dem nach Bernhards Tod erschienenen Buch »Meine Preise« spottet er über Fritsch, weil dieser aus Existenznöten und als Familienvater zu viele Kompromisse eingehe und wohl auch, weil Fritsch ihm in einer Kalamität um die Verleihung des Anton-Wildgans-Preises zu wenig beigestanden sei. Manfred Mittermayer schreibt in seiner wahrlich epochalen Bernhard-Biographie: »Im Anschluß an die Absage der Wildgans-Preis-Verleihung kommt Bernhards Freundschaft mit Gerhard Fritsch zu einem unrühmlichen Ende. In *Meine Preise* berichtet er, ›nach dieser Schweinerei der Industriellenvereinigung‹ habe er Fritsch, der zusammen mit Piero Rismondo und Wolfgang Kraus der Jury angehört hat, gefragt, ob er nicht gegen den Vorgang protestieren wolle. Doch der ›arme Mensch, der inkonsequente, bedauerliche, der erbarmungswürdige, habe mit dem Hinweis auf seine drei Frauen und die zu unterhaltenden Kinder abgelehnt‹.« Thomas Bernhard »rechnet mit Weggefährten« ab. Zum Beispiel mit Gerhard Fritsch. Aber ganz besonders auch mit Elias Canetti.

Unübersehbar sind Philosophie und Dichtung über das Thema Freundschaft. Immanuel Kant, der Wortführer des Idealismus, wird gern mit einem Leitsatz zum Thema aus der »Metaphysik der Sitten« zitiert: »Freundschaft (in ihrer Vollkommenheit betrachtet) ist die Vereinigung zweier

Personen durch gleiche wechselseitige Liebe und Achtung. Man sieht leicht, daß sie ein Ideal der Teilnehmung und Mitteilung an dem Wohle eines jeden dieser durch den moralisch guten Willen Vereinigten sei, und wenn es auch nicht das ganze Glück des Lebens bewirkt, die Aufnahme des selben in ihre beiderseitige Gesinnung die Würdigkeit enthalte, glücklich zu sein, mithin daß Freundschaft unter Menschen Pflicht derselben sei.« Diese Generalisierung im Hinblick auf die Pflicht zur »Menschenfreundlichkeit« und zum »Menschenfreund«, der nach Kant jener ist, »welcher an dem Wohle aller Menschen ästhetischen Anteil nimmt, und es nie ohne inneres Bedauern stören wird«, entspricht in gewisser Weise wohl auch dem »Kategorischen Imperativ«... Für Thomas Bernhard und seine in »Wittgensteins Neffe« beschriebenen Selbstvorwürfe hätte Kant auch Trostgründe bereit: »Aber es ist doch auch eine große Last sich an anderer ihrem Schicksale angekettet und mit fremden Bedürfnis beladen zu fühlen. Die Freundschaft kann also nicht eine auf wechselseitigem Vorteil abgezweckte Verbindung sein... sondern kann nur als äußere Bezeichnung des inneren herzlich gemeinten Wohlwollens, ohne es doch auf die Probe, als die immer gefährlich ist, ankommen zulassen.« Bei Kant also hätte Bernhard Trost finden können. Er dürfte ihn dort aber nicht gesucht oder vermutet haben. Rudolf Malter, Präsident der Deutschen Kant-Gesellschaft, hat in einer Besprechung der Tragödie »Immanuel Kant« von Thomas Bernhard in den von ihm selbst herausgegebenen »Kant-Studien« klargestellt, daß die Philosophie und die Deutsche Kant-Gesellschaft an Bernhards Kant-Bild keine besondere Freude hätten...

Kant zitiert in der »Metaphysik der Sitten« den oft bemühten Satz des Aristoteles: »O meine Freunde, es gibt keine Freunde«, um dann Schritt um Schritt zu analysieren, was einer sogenannten »wahren« Freundschaft zuwi-

218

derläuft. Aber Freundschaft ist nach Kant doch zumindest denkmöglich. Das unterscheidet ihn, den Skeptiker, von Bernhard, dem radikalen Pessimisten, oder Bernhard von Kant, wenn man an jene Stelle im Roman »Ungenach« denkt, die Bernhard Fellinger für »Thomas Bernhard für Boshafte« ausgewählt hat, wo der Ich-Erzähler dem »lieben Robert« erklärt, daß Freundschaft denkunmöglich und per se ein Irrtum ist: »... daß in dem Grade, in welchem man eine Freundschaft zu prüfen anfängt, ihre Ursachen, Wirkungen, Ziele erforscht, schließlich *durch*forscht, sie sich nach und nach klarmacht, zu einem Alptraum wird, und man sieht, daß sie gar nicht mehr existiert, daß sie nie existiert hat, und man ist, wenn man Verstand hat, froh darüber, ... daß sie wie alles andere ein grausames, gleichzeitig unmoralisches Mittel zum Zweck ist.«

Kant verlangt von wahrer Freundschaft »wechselseitige Liebe und Achtung«, und sie darf nicht »bezweckt«, also von einem der Freunde sozusagen geschäftlich motiviert sein. Gerade das aber war wohl hin und wieder zwischen Autoren und Verlegern der Fall. Die Freundschaft zwischen Hermann Hesse und Peter Suhrkamp wird wohl eine solche ideale Freundschaft gewesen sein. Man erinnert sich aber auch an Fälle wie jenen, wo ein bekannter Autor am Ende seiner Laufbahn seinem Verleger die Freundschaft aufgekündigt hat, weil er sich von ihm betrogen und hintergangen und ausgenützt erfahren hat. Er hat spät mit seinem »Freund« abgerechnet, weil er draufgekommen ist oder draufgekommen sein will, daß die Abrechnungen all die Jahre nicht gestimmt und zu seinen Ungunsten manipuliert waren. Die Veröffentlichung des Briefwechsels zwischen Thomas Bernhard und Siegfried Unseld hat gezeigt, daß auch diese »Männerfreundschaft« eine prekäre war. Der Verleger war jedenfalls nicht der »Lebensmensch« des Schriftstellers...

Jeder ist sich selbst der nächste? Ist die sogenannte »Nächstenliebe«, ist Altruismus überhaupt möglich oder eine Illusion, kann man, wie es biblisch geboten ist, »den Nächsten lieben wie sich selbst«? Karl Heinrich Waggerl hat einmal repliziert, er würde gern den Nächsten lieben, »aber doch nicht den Nächstbesten«... Da denkt man auch an Johann Nestroy: »Der Mensch ist gut, aber die Leut san a Gsindel.« Die Mängel und Defizite wahrer »Freundschaft« treten auch in Gemeinschaften zutage, in denen sich die Mitglieder womöglich mit »Freundschaft« grüßen und sich als »Genossen« im Sinne des Sozialismus und der Gewerkschaft verstehen, oder auch als »Brüder« wie die Freimaurer, und die »Freunde« sind einander nicht immer so zugetan, wie sie es, ihren Statuten entsprechend, sein sollten. Ein lieber Freund, ein Freimaurer, sagte einmal zu mir: »Die ärgsten Feinde habe ich in der Loge.« Und wer denkt nicht auch an die oft bemühte, Konrad Adenauer zugeschriebene Steigerung: Freund, Feind, Parteifreund... Noch drastischer – oder Adenauer falsch zitierend? – hat Franz Josef Strauß geätzt: Feind, Todfeind, Parteifreund. Und dort, wo man Freunden hilft und beisteht, kann es auch um die sogenannte Freunderlwirtschaft und nicht nur um die »wahre Freundschaft« gehen, die, wie es im Lied heißt, »nicht wanken darf«, nicht um uneigennützige Freundschaften, sondern um Seilschaften, um Protektion und Korruption...

Biblisch habe ich begonnen und biblisch will ich schließen. Nach Petrus, dem Lügner und Leugner, ist natürlich Judas, Judas Iskariot, nicht Judas Thaddäus, das Urbild eines Verräters. Seine Geschichte, seine Lebensgeschichte ist nicht ganz klar und der biblische Bericht vielleicht auch ein wenig widersprüchlich. Warum mußte er Christus den »Judaskuß« geben, um ihn als den zu »bezeichnen«, den die Häscher ergreifen sollten? Sie würden den Herrn sicher auch so erkannt und nicht mit einem Jünger verwechselt haben. Ihn, Judas, weitgehend oder ganz zu rehabilitieren und zu exkulpieren, wird nicht ganz einfach und leicht sein… Aber einer muß der Judas sein, auch im Passionsspiel. Im Film haben sich Bösewichte ja als dankbare Rollen erwiesen und ihre Darsteller berühmt gemacht. Zwei literarische Versuche, Judas zu entkriminalisieren oder sich verständnisvoll mit ihm, dem Unglücklichen, dem Selbstmörder, zu solidarisieren, sind mir bekannt. Der erwähnte Gerhard Fritsch hat in einem balladenhaften Gedicht ausgedrückt, daß die Passionsspiele Schwierigkeiten haben, einen Judas-Darsteller zu finden, weil alle, die in Frage kämen und ihn gut und überzeugend »geben« könnten, sich (beim Casting?) wegducken. Noch direkter hat es Julien Green in einem seiner Tagebuchtexte ausgedrückt, der auch über seinem Grab in der Gruft der Kirche Sankt Egid in Klagenfurt in Stein gemeißelt, auf Französisch und in deutscher Übersetzung, steht: »Wenn ihr einen Verräter sucht und keinen Juden zur Hand habt, nehmt mich!«

Doppelleben

Sieben Leben hat die Katz, heißt ein deutsches Sprichwort, im Englischen hat die Katze sogar neun Leben. Das ist eines der problematischen Sprichwörter, eigentlich ein falsches »Wahrwort«. Denn auch wenn die Katze Sprünge und Stürze aus großer Höhe unbeschadet überlebt und »übersteht«, ist sie doch nicht so robust und »unzerstörbar«, wie der Volksmund glauben macht... Sie ist nur anders konstruiert, sie hat nicht wie der Mensch ein Schlüsselbein, was sich bei seinen Stürzen oft verhängnisvoll auswirkt... Oft ist bei alten Menschen der Bruch des Schlüsselbeins, der *Clavicula,* ähnlich gravierend wie der Bruch des Hüftbeins, der *Coxendix.* Bei Hauskatzen gibt es ein zum Muskel rückgebildetes »Schlüsselbein« ohne starre Verbindung zum Brustbein. Das hat Vor-, aber auch Nachteile... Wir verdanken dem Schlüsselbein ja auch den aufrechten Gang und daß wir die Hände frei haben, um die Rede gestisch zu unterstützen, zum Malen oder Schreiben, zum Klavierspielen oder Dirigieren... Das alles kann die Katze nicht!

Nicht sieben, aber zwei Leben, oder zumindest ein »Doppelleben« im Sinne eines reichen und erfüllten Lebens haben Doppelbegabungen, also Menschen, Männer oder Frauen, die zwei oder gar drei Metiers beherrschen, wie zum Beispiel E. T. A. Hoffmann, der geschrieben, gezeichnet und komponiert hat, und all das auf hohem Niveau... Doch eigentlich bezeichnet der Ausdruck »Doppelleben« natürlich etwas anderes, Negatives und Verdächtiges. Wer ein Doppelleben führt, lebt im Zwiespalt zwischen dem, was er eigentlich ist, und dem, was er vorgibt zu sein, zwischen dem, was er ist, und dem, was er »darstellt« und simuliert. Heuchler, Frömmler und Pharisäer nennen die Gerechten, oft aber selbst Selbstgerechten, die »Doppler«, die sich »verstellen«, hinter einer bürgerlichen Fassade moralisch »verkommen« sind. Die Biedermänner als Brandstifter... Karl Simrocks Sprichwörtersammlung kennt viele einschlägige Sprichwörter, eines der heute noch geläufigsten ist wohl: »Er predigt Wasser und trinkt Wein«. Hohe Geistliche werden gern als illustrative Beispiele angeführt, sogar Päpste wie Alexander VI. Borgia oder Bischöfe wie der Salzburger Erzbischof Wolfdietrich von Raitenau, der keineswegs im Zölibat, sondern im Konkubinat mit Salome Alt gelebt hat. Ein »Doppelleben« führt unweigerlich zur sogenannten »Lebenslüge«, die im Wörterbuch als »Selbsttäuschung, auf der jemand sein Leben aufbaut«, umschrieben ist. Die Medizin freilich sagt, es handle sich bei Menschen des Doppellebens oft um schizophrene oder doch schizoide, »gespaltene« Persönlichkeiten, also um Menschen mit einer Ich-Schwäche und Bewußtseinsstörung, somit um Patienten, das heißt, Leidende, die weniger Verachtung als Mitleid und ärztliche Behandlung verdienen.

Hier ein extremer Fall und ein Beispiel von Doppelleben nicht aus Simrocks, sondern aus unseren Zeiten: So haben, wurde mir von Freunden aus der Wirtschaft erzählt, einige österreichische oder deutsche Wirtschaftsbosse, nachdem der sogenannte Eiserne Vorhang 1989 gefallen und für ihre Firmen das große neue Geschäft im Osten, in Ungarn, Bulgarien oder Rumänien, angelaufen ist und sie zu oftmaligen Reisen in diese Länder gezwungen waren, dort eheähnliche Beziehungen, Liebschaften und Liaisonen mit einheimischen Frauen begonnen, von denen die Daheimgebliebenen nichts wußten oder ahnten. Bis vielleicht früher oder später die legitime Angetraute auf Grund verdächtiger Bewegungen am Konto einen bösen Verdacht schöpfte...

Von den Matrosen hieß es ja von alters her, daß sie in jeder Hafenstadt ein Mädchen erwartete, und wenn es auch oft nur in einem Haus mit einer roten Laterne war, in einem »Laufhaus«, wie die entsprechenden Etablissements heute heißen. Auch »Vertreter«, Handelsreisende und Marktfieranten, geraten manchmal unverdient oder unverschuldet in den Abenteuerverdacht, die Briefträger und den Milchmann nicht zu vergessen. Jäger betätigen sich manchmal als Schürzenjäger. Und die Dichter auf ihren Vortrags- und Lesereisen? So entstanden schon immer sogenannte »Ehen zur linken Hand« oder auch »Friedelehen«, wie man es im frühen Mittelalter, etwa zur Zeit Karls des Großen, genannt hat, der sich ja auch wie später manch anderer König oder Kaiser nicht auf eine einzige Frau festgelegt und konzentriert hat... Und die Orientreisenden, die Geschäftsleute und Diplomaten, haben natürlich gesehen, daß es auch andere Lebensformen und Möglichkeiten als die Monogamie gibt... Zum Beispiel den sogenannten Harem mit Favoritinnen, Haupt- und Nebenfrauen.

Ein »Doppelleben« sagt man neuerdings, auch in Filmen, Theaterstücken oder in einem Musical, dem »Prete rosso«, dem »roten Priester«, Antonio Vivaldi nach, der sich auf Grund seiner besonderen Mehrfachbegabung als Priester, Liebhaber und Komponist virtuoser, gefälliger und galanter Musik wie jener der »Vier Jahreszeiten« gerade bei weiblichen Hörerinnen beliebt gemacht und vielfach eingeschmeichelt habe... Die Kunst und das Künstlertum, sei es nun echt und real oder auch nur eingebildet, behauptet und vorgetäuscht, hat ja schon manchen und auch manche geblendet und zum Leichtsinn verführt. Man braucht nicht lange zu suchen, um »Künstler« zu finden, die eher Lebenskünstler als Künstler waren oder sind, tüchtig weniger im Kreativen und »Kunstmachen« als im heute so genannten »Anmachen«, auch, vulgär gesprochen, im »Aufreißen«

(nicht nur von Arbeitsstipendien ...). Es gibt sie, die Schwerenöter unter den Künstlern, gerade bei den Vertretern der leichten Muse. Besonders gefährdet scheinen in dieser Hinsicht darstellende Künstler, vor allem Sänger zu sein. Einige der faszinierten, außer Rand und Band geratenen Mädchen nach Popkonzerten wünschen sich von ihrem Star mehr als ein Autogramm ... Es soll aber auf keinen Fall einem Generalverdacht gegen künstlerische Menschen das Wort geredet werden, wie heute in der Biographik eine Art Lüsternheit und Neugier auf erotisch »Abwegiges« herrscht. Plötzlich sollen alle Künstler sexuell »desorientiert« gewesen sein ... Lüstern auf Fleischeslust? Man sollte aber nicht Giacomo Casanova (1725–1798) und Antonio Vivaldi (1678–1741) verwechseln ...

Der römische Dichter Publius Ovidius Naso ist mit den »Ausschweifenden«, den »Lebemenschen«, sehr nachsichtig, mit jenen, von denen man heute sagen würde, sie seien »keine Kostverächter«. In seiner »Liebeskunst« lehrt er ja geradezu, wie Menschen, Männer oder Frauen, erfolgreich sein, wie sie Befriedigung und Frieden finden können. Und er exkulpiert die »Sünder«, weil auch die Götter und selbst Jupiter vom Venerischen geplagt und von den Pfeilen des Mars- und Venus-Sohnes Amor oder Cupido verwundet werden. Und selbst im Olymp gibt es Eifersucht, aber vor allem Nachsicht ... Mit dem großen Dichter selbst ist man (Augustus?) freilich nicht nachsichtig umgegangen. Tomi am Schwarzen Meer, wohin er verbannt wurde, war dem Römer die Hölle! Das war kein »Urlaub am Bauernhof« für den eingefleischten Städter.

Zurück aber zur Doppelbegabung. Wenn also jemand zweierlei betreibt, etwa Schriftstellerei und Malerei, und wenn er beides scheinbar tatsächlich *beherrscht*, so wird er immer noch in einem Fach besser sein als im anderen, vielleicht in dem einen professionell und im anderen eher dilettantisch? *Dilettantismus* wird meist als *Liebhaberei* übersetzt, der Dilettant ist also ein Liebhaber, und manchmal bestätigt einer das Sprichwort »Liebe macht blind«. Der Dilettant wird auch gern als Autodidakt bezeichnet, also als einer, der sich die Kunst selbst beigebracht und keine Akademie oder Kurse besucht hat. In der Verachtung für die Autodidakten meldet sich aber auch oft nur der Dünkel der akademischen Lehrer, die gerne ein Monopol beanspruchen würden. Und gerade die Lehrer an Kunstakademien haben oft selbst großen künstlerischen Ehrgeiz und kümmern sich mehr um ihre eigenen Karrieren als um die Schüler, sind also oft, pädagogisch gesehen, wahre Dilettanten... Und nicht vergessen darf man, daß gar nicht wenige Giganten der Kunst, wie etwa Vincent van Gogh, Autodidakten waren. Die Liste der »Selfmademen« in der Kunst- und gesamten Geistesgeschichte ist lang. Und oft hat man geradezu den Eindruck, es muß ein Autodidakt und Fachfremder und Neuling von außen kommen, um die starren Regeln des Akademismus aufzubrechen, ein Zöllner wie Henri Rousseau beispielsweise, um die Kunst wieder flott zu machen und ein Stück weiterzubringen. Oder Friedensreich Hundertwasser, der mit seinem Mut zum Unregelmäßigen und Lebendigen und dem Ruf »Los von Loos!« Leben in die Bude der Architekten gebracht hat...

Trotz all dieser Beispiele von bedeutenden »unakademischen« Erneuerern in der Kunst besteht grundsätzlich kein Grund für Ressentiments gegenüber Lehrern und Schulen. »Dir kann ich nichts mehr beibringen!« hat schon manch selbstkritischer Lehrer angesichts eines hochbegabten Schülers geseufzt. Und es haben sich geniale Schüler oft erst dadurch, daß sie sich von ihren nicht untüchtigen Lehrern gelöst und sie übertroffen haben, in die große Kunst-, Geistes- oder Musikgeschichte eingetragen. Wer würde heute noch von Simon Sechter reden, wenn er nicht jener

Lehrer gewesen wäre, der dem todkranken Franz Schubert Unterricht in Kontrapunkt erteilte, und den Anton Bruckner gesucht und bewundert hat? Es heißt, daß Sechter den »unbändigen« Anton Bruckner, von dem ja auch der Musikkritiker Eduard Hanslick gesagt hat, daß er, musikalisch gesehen, Vater und Mutter morde und meine, es müsse so sein, daß Sechter also Bruckner gebändigt habe, daß er das sozusagen Wilde oder Wildwüchsige in Bruckner durch Restriktionen gezügelt und diszipliniert und so durch anfängliche »Unterdrückung« das Geniale erst ermöglicht und zutage gefördert habe. Beispiel eines guten Lehrers, dessen Name aber dem Oberösterreicher Bruckner wie ein erfundener Spottname geklungen haben muß: Sechter! Sechter, ein Hohlmaß! Der autoritätsgläubige und auf Zeugnisse und Bescheinigungen erpichte Anton Bruckner war nicht bloß Sechters Schüler und *Hörer*. Er war ihm »hörig«. Schließlich war Bruckner selbst Dozent und Lektor an der Alma Mater Rudolphina ... Aus Schülern werden Lehrer. »Ich fühle mich gedrungen, Ihnen zu sagen, daß ich noch gar keinen fleißigeren Schüler hatte als Sie«, schrieb Simon Sechter am 13. Jänner 1860 von Wien nach Linz an Bruckner. *Gelehrig* nennt man junge Menschen, die »Lehre annehmen«, die also *lernfähig* und *lernwillig* sind.

Im erlernten Hauptberuf war Anton Bruckner ja eigentlich Lehrer, »Hilfslehrer« genaugenommen, also kein »Schulmeister« und auch kein »Hofmeister«, wie die Hauslehrer der Kinder reicher Adeliger im 19. Jahrhundert noch geheißen haben. Jacob Michael Reinhold Lenz hat ein Drama über das schwere Schicksal der Hofmeister geschrieben (»Der Hofmeister oder Vorteile der Privaterziehung«), die sich mit dem hochmütigen und oft lernunwilligen Nachwuchs der Herrschaft abplagen mußten. Anton Bruckner war »Schulgehilfe«. Das Lehren lernte man zu seiner Zeit ja nicht an pädagogischen Akademien, sondern wie die Handwerker bei einem Meister. Mein Vater Martin Brandstetter, der kurz nach Bruckners Tod 1896 geboren wurde und im Alter Bruckner physiognomisch ähnlich gesehen hat, so daß ihn der Filmemacher Andreas Gruber einmal in einem Bruckner-Film »besetzen« wollte, mein Vater also hat das Müllerhandwerk als Lehrling und Geselle bei Innviertler Müllermeistern ohne Berufsschule erlernt, bis ihm die Behörde selbst den Meisterbrief ausgestellt hat. Ich zitiere den Gesellenbrief: »Wir unterzeichnete Vorsteher der Genossenschaft (Innung) der Müller in Ried im Innkreis, Sägmüller und Öhlschläger beurkunden hiermit kraft dieses gegenwärtigen Lehr-Briefes, daß Martin Brandstätter (sic!), geboren am 27.10.1896 in Tumeltsham Land Ob.Öst., [...] katholische Religion, nachdem derselbe bei dem Mitgliede unserer Genossenschaft (Innung) Josef Aspöck Müllermeister in Hohenzell Ob.Öst. (Baumgartners Nachfolger) vom 10. Juli 1913 bis 10. Juli 1916 das Müller-Gewerbe erlernet und während seiner Lehrzeit eine untadelhafte, rechtschaffene Aufführung gepflogen hat, zum Gehilfen gesprochen worden ist. Gegeben zu Ried i.I. am 22. Juni 1920.« Aber mein Vater war auch nicht Müller »mit Leib und Seele«. Wenn er es sich aussuchen hätte können, wäre er gern Bauer und nichts als Bauer gewesen, womöglich mit viel »Holzgrund« (Wald). Als neuntes und letztes Kind eines Innviertler Bauern und somit als einer der »weichenden«, wie es hieß, also nicht erbberechtigten Söhne, hatte er einen Beruf erlernen müssen. Zeit seines Lebens hat er davon geträumt, er könnte selbst Bauer sein wie seine Mahlkunden, die ihm das Leben oft nicht leichtgemacht haben ...

Hofmeister und Hauslehrer war ganz sicher auch nicht der Traumberuf jener Intellektuellen, die nichts Besseres und Entsprechenderes für ihre Ansprüche und Anlagen gefunden haben. Sie waren gezwungen, ein Doppelleben zu führen. Und einige Hofmeister haben sich später aus ihrer mißlichen Lage als subalterne Domestiken und Lakaien befreien und zeigen können, wozu sie eigentlich fähig waren. Ein Beispiel dafür ist sicher Jacob Michael Reinhold Lenz selbst, auch Adalbert Stifter, aber vor allem Immanuel Kant. Ich habe bei den Recherchen zu meinem »Wissenschaftsroman« »Cant läßt grüßen« öfter gelesen, daß die immerhin acht Jahre, die Kant, beginnend 1747 als 23jähriger, als Hauslehrer vor allem bei einem Pastor Andersch im Kirchspiel Judtschen verbracht hat, nirgends und auch nicht von ihm selbst hinlänglich dokumentiert und beschrieben sind. Auch mein Freund, der im Saarland geborene, mittlerweile verstorbene Mainzer Philosophieprofessor Rudolf Malter, Präsident der deutschen Kant-Gesellschaft, dem ich in großer Verehrung und dankbarer Erinnerung das Buch gewidmet habe, hat mir dies bestätigt. Es könnte sein, daß Kant sich an diese Episode in seinem Leben deshalb später ungern erinnert hat, weil er sie insgesamt als eine Demütigung und Beleidigung seines Genies empfunden haben mag. Er, der sich schon mit den Gedanken der »Kritik der reinen Vernunft« beschäftigte, mußte als »Brotberuf« aufsässigen und uninteressierten Buben und Mädchen Geographie beibringen. An der Geographie würde es freilich nicht gelegen sein, weil ihn, den Königsberger Stubenhocker, dieser Gegenstand sehr interessierte, wie er später als akademischer Lehrer auch entsprechende einschlägige Vorlesungen ankündigte und abhielt. Daß er, der Mann des »kategorischen Imperativs«, sein Hofmeisteramt nicht gewissenhaft und pünktlich wahrgenommen hätte, ist bei seiner preußischen Korrektheit und Moralität freilich undenkbar. Er hat sicher nicht laschiert und sich Freiheiten herausgenommen, was seine Termine und die Lehrinhalte betrifft. Er hat seinen Lehrplan sicher »erfüllt«, wie die Pädagogen sagen ...

Unter den Lehrern an unseren Schulen, auch den in Österreich sogenannten *Professoren* an den Gymnasien, gibt es ja immer wieder schwarze Schafe, die sich als »Pauker« für fehlbesetzt halten und nicht gerade durch pädagogischen Eros und Ethos oder Übereifer auszeichnen. Vor allem die Zeichenlehrer oder sogenannten *Kunsterzieher* sind oft verkannte oder gescheiterte Künstler, die in den Schulbetrieb ausgewichen sind, ihr Unterrichten manchmal auch für ein Moratorium halten, bis sie schließlich als Freiberufler Erfolg haben und einen »Durchbruch« erleben und den Lehrermantel im Konferenzzimmer an den Nagel hängen können... Andere geben sich der Illusion hin, daß sie schließlich in der Pension, befreit von Stunden- und Lehrplänen, loslegen werden. Es ist ein Kreuz für die Schüler und Schülerinnen, die Elternvereine und Schuldirektoren mit solchen Lehrern, die nicht »bei der Sache«, sondern mit ihrem Lehrerdasein unzufrieden bis unglücklich sind. Freilich, auch jene Kunsterzieher, die es nicht nur gut meinen, sondern es auch gut machen wollen und von ihrem Fach und der Kunst überzeugt und begeistert sind, werden oft durch das Desinteresse von Schülern, die nur vor Mathematik und schlechten Noten in den naturwissenschaftlichen Fächern Respekt haben, genervt und frustriert. Unter diesen Kunsterziehern gibt es wie auch unter Religionslehrern wahre Märtyrer...

Viele werden gewissermaßen durch Zeitumstände oder weil sie den Beruf ihres Vaters ergreifen müssen, zu einem Doppelleben gezwungen. Jeder Dritte ist laut Statistik mit seinem Beruf unzufrieden, weil er nicht seinen Traumberuf ergreifen konnte, sondern, durch die Umstände nahegelegt oder erzwungen, »etwas anderes« wurde. Selbst Bäckern ist ihre Profession oft nur ein »Brotberuf«... Ein Fleischhauer wäre lieber Arzt, vielleicht Chirurg geworden, ein Kaufmann Diplomat, ein Maurer Ingenieur. Nur in der phantastischen Literatur gibt es auch die Gegenrichtung, wie vielleicht der Titel des zweiten aufsehenerregenden »pataphysischen« Buches von Wolf Wondratschek (nach »Früher begann der Tag mit einer Schußwunde«) anzeigt: »Ein Bauer zeugt mit einer Bäurin einen Bauernjungen, der unbedingt Knecht werden will«. Für sicher nicht viele, aber einige wenige Menschen, die mit dem unzufrieden sind, was sie geworden sind, oder dem, was aus ihnen geworden ist, hieß die rettende Erlösung: quereinsteigen! Das heißt zuvor einmal, aus dem Bisherigen und Vormaligen, dem ersten Beruf aussteigen. Am besten aber nicht aussteigen, bevor man sich mit dem Neueinstieg sicher ist! Sonst erlebt und erleidet man oder frau den sogenannten »Bauchfleck«. Wenn man zum Beispiel an den erfolgreichen Unternehmer und gebürtigen Steirer, den »Austrokanadier« Frank Stronach denkt, der Österreich reformieren und von Grund auf sanieren wollte ... Außer Spesen nichts gewesen, könnte man in der Terminologie der Wirtschaft sagen. Er, der schon einmal aus Österreich ausgestiegen und in schwindelnde kapitalistische Höhen aufgestiegen war, ist in seiner alten Heimat wieder auf das zurückgeworfen und reduziert worden, was er ursprünglich war, als er noch Franz Strohsack hieß ...

Wie viele bedeutende Komponisten, die von ihren Werken nicht leben konnten, haben sich mit Musikunterricht über Wasser gehalten. Bruckner hat wenigstens am Anfang als Tanzbodengeiger bei verschiedenen Festen, vor allem Kirtagen und Hochzeiten, aufgespielt! Er war ja auch ein guter Sänger, Pianist und Violinist. Sein Vorgesetzter, der Schulmeister von Windhag, hat ihm gerade wegen seines Eifers beim Musizieren und Komponieren und einer Vernachlässigung seiner praktischen Lehrlingspflichten beim Ofenheizen und Zimmerreinigen ein schlechtes Zeugnis ausgestellt, was bekanntlich zu seiner Versetzung nach

Kronsdorf führte. Bruckner konnte aber die Musik nicht lassen! Das Aufspielen bei Veranstaltungen war nur das Präludium, das Vorspiel einer beispiellosen Karriere als Organist und Komponist...

Reliquien und Souvenirs

Eine *Reliquie* ist, wörtlich übersetzt, ein »Überbleibsel«
oder eine »Hinterlassenschaft«. *Reliquiae* werden in
Menge-Güthlings »Großwörterbuch Lateinisch-Deutsch«
unter a) mit »Überreste« übersetzt, in einer Spezialbedeu-
tung b) auch mit »Gebeine der Toten« und c) mit »Asche«…
Auch »Trümmer« können manchmal mit *reliquiae* gemeint
sein, oder »Speisereste«, ja »Exkremente«… Nicht alles
aber, was als *Relikt* »übrigbleibt«, wird auch zur *Reliquie*. Es
gibt freilich Menschen, sogenannte Waffennarren, denen
selbst »Kriegsrelikte« als »Militaria« zu Reliquien werden.

Die prekärste »Hinterlassenschaft« sind wohl die sogenannten »sterblichen Überreste« eines Menschen. Gerade
jetzt, 100 Jahre nach der Russischen Oktoberrevolution,
wird wieder leidenschaftlich diskutiert, ob man den einbalsamierten Leichnam Wladimir Iljitsch Lenins im Kreml-
Mausoleum nicht endlich »beerdigen« und »begraben«
sollte, der »Erde übergeben«. Oder auch verbrennen. Nachdem doch auch die Sowjetunion und der Kommunismus
»hinübergegangen« sind… Der Betrieb des Mausoleums
und die Erhaltung der einbalsamierten Leiche »verschlin-
gen« Unsummen, die man vielleicht wirklich besser und
menschenfreundlicher zur Unterstützung lebender Armer
einsetzen könnte.

Der deutsche Ausdruck *verwesen* bedeutet ursprünglich so viel wie »auf biologische Art verschwinden«. *Wesen*
heißt noch im Mittelhochdeutschen *sein*. Man nennt es das
»Verbum substantivum«. Ich *wise* statt ich *bin* (*bim*). *Verwesen, verwest*, mit dem *ver-* als Vorsilbe, ist also die Nega-

tion, die Verneinung, von »sein«. Viele mit *ver* als Präfix versehene Zeitwörter haben das Grundwort als selbständiges Wort verloren. Walter Henzen nennt in seiner »Wortbildungslehre« *verdauen, verderben, vergessen, verletzen, verlieren, versiegen,* VERWESEN, *vernichten.* Das *Ver-weste* war einmal *ge-wesen*… Auf Gräbern stand einmal in Latein: *Fui quod estis, eritis quod sum.* »Ich war, was ihr seid, ihr werdet sein, was ich bin.« Und um den Ernst zu verscheuchen, reiche ich den Seufzer eines Domestiken über den Tod seines Herrn nach, der nach exzessivem Weinkonsum der Marke EST gestorben ist: *EST, EST, EST, propter nimium EST, dominus meus mortuus est.*

Theologisch jüdisch-christlich aber heißt es im Psalm 16/10: »Des freut sich mein Herz und frohlockt mein Geist: Auch mein Leib wird in Sicherheit ruhn. Denn der Unterwelt gibst du nicht preis meine Seele. Du läßt deinen Frommen nicht schaun die Verwesung. Den Pfad zum Leben tust du mir kund: Bei dir ist die Fülle der Freuden. In deiner Rechten ewige Wonne.« Das darf man bestaunen und bewundern, als poetisches »Theologem« würdigen, aber wörtlich nehmen und naiv glauben sollte man es nicht. Eigentlich ist es uneigentlich gemeint, im »übertragenen Sinne«. Und die Betonung liegt auf »Seele«. Sie sei unsterblich, der Leib nicht, entsprechend dem psychophysischen Grundgesetz der Scholastik… Da aber, mit Goethes Faust gesprochen, das Wunder des Glaubens liebstes Kind ist, hat man auch immer nach dem Wunder unverwester Heiliger Ausschau gehalten. In der Basilika des heiligen Aloysius in Castiglione delle Stiviere in der Lombardei nahe Mantua befindet sich das Haupt des Aloysius, sein Corpus aber, vermindert um einige kleinere Knochen, die man als Reliquien an verschiedene Kirchen in Europa, ja auch Asien verschenkt (verkauft?) hat, liegt bei den Jesuiten in Rom (San Ignazio), freilich verborgen hinter (oder unter?) dem Hochaltar. Im rechten Seitenschiff aber gibt es einen gläsernen Sarg mit der unverwesten Leiche der Olimpia Gonzaga, der Nichte des heiligen Aloysius, der Tochter seines berüchtigten Bruders Ridolfo, die, wenn auch nicht heiliggesprochen, doch von den Angehörigen des von ihr gegründeten Instituts für adelige Jungfrauen wie vom »gläubigen Volk« wie eine Heilige verehrt wird. Auch die Särge ihrer beiden Schwestern Cinthia und Gridonia sind in der Kirche ausgestellt. In einer Hagiographie der drei Schwestern heißt es über die Öffnung der Särge im Jahr 1868: »Man fand alle drei Leichname ganz unversehrt, das Fleisch geschmeidig und fühlbar und ohne den mindesten üblen Geruch.«

Es gibt ja, wie man etwa in Helmut Birkhans Buch »Irland. Insel der Heiligen« nachlesen könnte, auch in Irland viele Ortsheilige, von denen Rom kaum etwas weiß, die aber in ihrer Heimat verehrt werden, nicht »kanonisierte« Heilige also. Die Verehrung der Menschen geht oft eigene Wege und fragt nicht und wartet nicht auf den Segen der Obrigkeit.

Was »Privatheiligtümer« betrifft, denke ich mit Vergnügen an einen Film zurück, der den unverwüstlichen H. C. Artmann zwischen den Steinblöcken von Stonehenge zeigte, mit seinem Kommentar: »Andere fahren in den Fatikan (sic!), mich ziehts halt immer hierher.« Der Kult um Heilige und die Verehrung ihrer Reliquien beginnt oder begann oft schon lange vor ihrer Heiligsprechung. Als Aloysius am 21. Juni 1591 starb und im römischen Jesuitenkolleg aufgebahrt wurde, mußte man ihn regelrecht bewachen, weil bereits »Interessenten« an Reliquien des im Ruf der Heiligkeit Stehenden vor der Tür des Sterbezimmers warteten. Und einem Frechen ist es trotzdem gelungen, dem Toten ein Fingerglied abzubrechen und sich damit davonzumachen. Das Haupt des verstorbenen Gonzaga-Prinzen Aloysius wurde bekanntlich nach der frühen Seligsprechung auf Betreiben des regierenden Markgrafen, des Bruders des Heiligen, Francesco, nach Castiglione gebracht und der Basilika überlassen. Von einer Unversehrtheit der Leiche ist in Aloysii Fall nicht die Rede, es handelt sich also bereits um den sogenannten Totenschädel, den *caput mortui*. Als die letzte der drei Gründerinnen des erwähnten Collegiums für adelige Jungfrauen, Gridonia, am 17. Juli 1650 in ihrem 57. Lebensjahr in ihrem Heim in Molinello bei Castiglione sich anschickte, die Welt zu verlassen, brachte man ihr die Reliquie des Hauptes ihres seligen Onkels Aloysius heraus: »Sie verehrte sie inständig und andächtig, und bat den Seligen um seine Fürbitte für einen glücklichen Heimgang und Übergang in das andere Leben«, heißt es in einer deutschen Übersetzung einer italienischen Quelle von 1839. Aloysius selbst wurde ja immer wieder mit einem Totenkopf und dem Kruzifix auf dem Tisch seiner Zelle dargestellt. Wenn heute viele Jugendliche auf ihrer Wäsche, ihren T-Shirts und ihrer Kleidung, auch als Tattoos auf der Haut, Totenköpfe tragen, ist dies aber alles andere als eine Verneigung vor dem »Patron der Jugend« Aloysius. Anders als bei seinen Nichten ist bei Aloysius selbst nicht von der Unverwestheit des Leichnams die Rede. In meinem Roman wird seine Mutter Marta Tana von ihrer kritischen Freundin Camilla Aliprandi, die nicht frei ist von Bedenken wegen der Lebensart des überkeuschen Aloysius, befragt, warum ihr seliggesprochener Sohn nicht auch wie etwa der heilige Franciscus, Giovanni Bernardone, mit den Stigmata des Heilands »ausgezeichnet« wurde …

Der 2017, 500 Jahre nach dem Thesenanschlag an die Tür der Schloßkirche in Wittenberg, groß gefeierte Martin Luther ist bekanntlich mit der Reliquienverehrung ähnlich hart wie mit dem Ablaßwesen ins Gericht gegangen. Und manches daran war und ist auch wirklich fragwürdig bis komisch. Ich erinnere mich an eine Exkursion der Germanisten, die wir von Saarbrücken nach Baden-Württemberg unternommen haben. In Hirsau haben wir auch die wohl älteste Kirche Deutschlands, die Aurelius-Kapelle, besucht. Dort hat uns der Führer berichtet, daß die Hirsauer in Mailand die Reliquien des frühchristlichen heiligen Armeniers Aurelius geraubt und nach Hirsau gebracht haben. Als sie sich aber des Besitzes des Heiligen berühmt haben, kam aus Mailand die befremdliche Nachricht, der heilige Aurelius befinde sich nach wie vor gut verwahrt bei ihnen in Mailand. Unser Führer schloß mit dem Satz: »Und so ist der heilige Aurelius der einzige Heilige, der zwei vollständige Skelette besitzt...« Von den Kreuzrittern heißt es, daß sie von ihren Kreuzzügen, auch Raubzügen, aus dem Heiligen Land allzu viele Kreuzesreliquien mitgebracht haben. Reliquien waren immer auch ein Geschäft, ähnlich wie heute Souvenirs, die oft groteske und intime Gegenstände sind, die einmal Stars gehört haben und nun von den Erben verscherbelt und zu Geld gemacht werden. Wie aber ticken Leute, die gern das Unfallauto des amerikanischen Schauspielers James Dean erwerben möchten, oder hierzulande jene, die sich für den »Phaeton« interessieren, in dem der Kärntner Landeshauptmann Jörg Haider bei Lambichl nahe Klagenfurt verunglückt ist?

Auch »verschlossene« Gräber und verschweißte Metallsärge können zu Pilgerstätten werden. Eine der markantesten, auch touristischen »Attraktionen« (das heißt Anziehungspunkte) dieser Art ist sicher die Gruft unter der Stiftskirche von St. Florian in Oberösterreich, wo unter der Orgel der Sarkophag mit den »sterblichen Überresten« Anton Bruckners steht. Bruckner hat testamentarisch verfügt, daß sein Sarg frei aufgestellt werden muß. Er wollte also nicht »unter die Erde«. Er wollte nicht beerdigt oder bestattet, sondern nur »beigesetzt« werden. Das ist sicher Ausdruck einer jener Phobien, an denen er, der größte spätromantische Komponist, lebenslang gelitten hat. Eine Klaustrophobie? In der Romantik selbst haben bekanntlich Künstler, Musiker und Schriftsteller, aus Angst, nur scheintot beerdigt zu werden, ihren besten Freund gebeten, mit einem Herzstich für klare Verhältnisse zu sorgen... Das Wort Sarkophag setzt sich aus griechisch *sarx*, »Fleisch«, und *phagein*, »essen, fressen«, zusammen... Heute sind Särge für die Erdbestattung aus schnell verrottbarem Holz, die von Reformern unter dem Aufklärer Joseph II. vorgeschlagenen Jutesäcke haben sich nicht durchgesetzt... Auch nicht der mehrfach verwendbare Armensarg, dessen Boden über der Grube ausgeklinkt wurde und den Toten im freien Fall hinunterfallen ließ...

Wie wertvoll aber für eine Ortschaft ein prominenter Toter, das heißt ein an Ort und Stelle gelebt habender, schließlich verstorbener und vor Ort auch seine Grablege gefunden habender Heiliger war, das kann einem bei der Lektüre des Buches »Erotik und Enthaltsamkeit« von Jacques Dalarun über den französischen Ordensgründer Robert d'Arbrissel (1045–1116) so recht bewußt werden. Als sich dieser im wahrsten Sinne des Wortes »seltsame Heilige«, der in seinem Stammhaus Fontevraud und in einigen anderen Klöstern in Frankreich nach seinen Vorstellungen in Doppelklöstern lebende Mönche und Nonnen »betreute«, sich todkrank auf eine letzte Missions- und Inspektionsreise zu »seinen« Klöstern und Pfarren aufmachte, hofften an allen von ihm besuchten Stationen und Filialen fromme Mitbrüder, er möchte bei ihnen das Zeitliche segnen und seine Grablege, seine »letzte Ruhestätte«, finden. Er kam aber zur Enttäuschung vieler, auch von Bischöfen, schließlich doch nach Fontevraud zurück und wurde dort gegen seinen testamentarischen Willen nicht im Friedhof unter seinen Mönchen und Nonnen, sondern in der Kathedrale »beigesetzt«. Ein ähnlicher Streit war ja bereits um den Bischof von Tours, den heiligen Martin (316–397), ausgebrochen, den sie in Candes, wo er auf einer Visitationsreise starb, »behalten« wollten, auf den aber schließlich Tours, der Bischofssitz, gebieterisch Anspruch erhob. In Tours ist er auch beigesetzt.

Viele Merkwürdigkeiten, auch heute als makaber und tabuisiert geltende Totenkulte, hat nicht nur die Kirchengeschichte zu bieten, sondern auch die Geschichte der »Zivilgesellschaft«, die nicht ganz zu Recht auf ihre Aufgeklärtheit stolz ist. Wer denkt in diesem Zusammenhang nicht an Johann Wolfgang von Goethe, der sich 1826 im Gartenhaus seines Anwesens am Frauenplan in Weimar den Schädel Friedrich Schillers aufstellte, des 1805 verstorbenen Freundes, der exhumiert worden war und »umgebettet« werden sollte – aus seinem »Massengrab« im Kassengewölbe des Jakobskirchhofes, in einem Beinhaus, wo Schillers Leichnam unter über zwanzig Beigesetzten, »wo ein Chaos von Moder und Fäulnis« herrschte, wie es in einer zeitgenössischen Quelle heißt, praktisch verschollen war. Goethe schrieb dazu sein Gedicht »Bei Betrachtung von Schillers Schädel«. Wie heikel er die Angelegenheit mit dem Totenkopf Schillers selbst empfunden hat, zeigt seine Eintragung in den Tagebüchern zum 29. Dezember 1826, die letzte Notiz des Jahres: Dort ist von einer größeren Gesellschaft die Rede und dann: »Mittag für uns. Abends Herr Kanzler von Müller, Herr von Humboldt, Herr Professor Riemer. Beide letztere blieben. Exuvien von Schiller und Betrachtungen darüber.«

Exuvie war wohl schon damals ein exquisites Fremdwort, dessen Bedeutung nur gebildeten Naturwissenschaftlern geläufig war. Es bezeichnet ursprünglich die Haut, die Tiere wie zum Beispiel Schlangen abstreifen. Im übertragenen Sinn ist es die »sterbliche Hülle«. Das Wort *Leichnam* ist als Euphemismus »Gestalt des Leibes« zwar eine ähnliche

Metapher wie das lateinische *Exuvie*, aber das eigentlich übliche deutsche Wort... Oft wird in diesem Zusammenhang auch Wilhelm von Humboldts Brief an seine Frau vom 29. Dezember 1826 zitiert: »Heute nachmittag habe ich bei Goethe Schillers Schädel gesehen. Goethe und ich haben lange davorgesessen und der Anblick bewegt einen gar wunderlich... Goethe hat den Kopf in seiner Verwahrung, er zeigt ihn niemand. Ich bin der einzige, der ihn bisher gesehen, und er hat mich gebeten, es nicht zu erzählen.« Humboldt hat es seiner Frau aber doch erzählt und heute weiß es die ganze Welt... Heute weiß man aber auch, daß es gar nicht Schillers Schädel war, vor dem Goethe und Humboldt ergriffen saßen. Man hatte ohne exakte Prüfung einfach einen der über zwanzig aus der Gruft heraufgeholten Schädel, nur nach dem Augenschein und in Erinnerung an die Totenmaske, für Schillers Schädel gehalten und »erklärt«... Nach neuesten Erkenntnissen auf Grund des »genetischen Fingerabdruckes«, also der DNA, handelt es sich bei Schädel und Skelett der Begräbnisstätte in der Weimarer Fürstengruft allerdings nicht um Schiller, wie man über Gewebsproben und anhand des Erbguts eines engen nachgeborenen Verwandten einwandfrei nachweisen konnte. Albrecht Schöne geht freilich in seinem vortrefflichen Buch »Schillers Schädel« davon aus, daß es sich bei dem Totenkopf im Gartenhaus am Frauenplan doch um Schillers Schädel gehandelt haben könnte. Den heutigen Wissensstand umschreibt Herbert Ulrich im Titel seiner Arbeit wie folgt: »Friedrich Schiller. Zwei Schädel, zwei Skelette und kein Ende des Streits«. So hat Schiller gewissermaßen das Schicksal des heiligen Aurelius erlitten. Das Unglück aber begann mit der Beisetzung Schillers, von der es heißt, sie sei am Sonntag, dem 12. Mai 1805, um ein Uhr nachts, völlig unzeremoniell, also auch ohne Beteiligung der Öffentlichkeit und unter geringem »Besuch« von Hinterbliebenen und Freunden (auch Goethe hat gefehlt!) vor sich gegangen. Erst am nächsten Tag wurde nachmittags um drei Uhr in der St. Jakobs-Kirche die Leichenrede Seiner Hochwürdigen Magnifizenz, des Herrn Generalsuperintendenten Vogt gehalten. 1791 wurde übrigens schon einmal ein überragender Künstler, ein Komponist, ähnlich unaufmerksam und unbeachtet beerdigt: Wolfgang Amadeus Mozart in Wien. Die Fürstliche Kapelle spielte freilich bei Schillers Exequien Wolfgang Amadeus Mozarts Requiem! Es gibt kaum eine erschütterndere Totenmaske als jene von Friedrich Schiller. Sie zeigt erkennbar Spuren seines tagelangen Todeskampfs.

Sehr streng sind die Reformatoren mit dem Reliquienkult und dem entsprechenden Wallfahrtswesen der alten Kirche ins Gericht gegangen. Oft werden darauf bezogene ironische bis sarkastische Äußerungen Martin Luthers in seinen Tischgesprächen zitiert. (Federn vom Heiligen Geist, Tropfen der Muttermilch Mariens...) Calvin stand ihm darin nicht nach, ja übertraf ihn als besonders rabiater Kritiker, der auch nichts vom manchmal schelmischen Humor Luthers besaß. Sehr ungnädig ist ja auch der protestantische Philosoph Immanuel Kant mit Erscheinungen des Irrglaubens, wie er es sah, verfahren. Auch der romantische Freundschaftskult, der sich im Austauschen von Souvenirs und Erinnerungsstücken gefallen hat, fand sein Mißfallen. So hat ihn bekanntlich die so pietät- wie liebevoll vorgetragene briefliche Bitte seiner Nichten, der Töchter seines Bruders, des Pastors, nach einer Locke vom Haupthaar des Weltweisen, des »hochverehrten Onkels«, als eine unverschämte Zumutung bitter erzürnt. Dafür war er nicht zu haben. Solchen Sentimentalitäten von »Glücksbringern« war er »abhold«! Er wollte nicht nur der *superstitio*, im Wörterbuch als »das Stehenbleiben über Unerwartetem«, also dem Aberglauben, sondern auch der Metaphysik den Todesstoß versetzen. Die Metaphysiker waren für ihn, wie in der »Anthropologie in pragmatischer Hinsicht« nachzulesen, Menschen, die den Ochsen melken und die »Milch« in einem Sieb sammeln...

Dreimal Weihnachten

1 Kindheitserinnerungen

Bei einer vorweihnachtlichen Feier im Kollegium Petrinum in Urfahr im Jahr 1948 bekam jeder Zögling vom Präfekten M. A. ein kleines Geschenk, ich bekam das Buch
»Bucki der Rehbock« von Peter Herzog. Ich habe auf das
Vorsatzblatt nicht meinen Namen, sondern meine In-
ternatsnummer 251, die mir meine Mutter auch in jedes
Wäschestück gestickt hatte, geschrieben und es in die Ferien mitgenommen. Herzog hat wohl 1947 mit seiner Tier-
geschichte hinter dem erfolgreichen Felix Salten mit dem
sensationellen »Bambi, eine Lebensgeschichte aus dem
Walde« (1923) hergedichtet, wohl auch Waldemar Bonsels
vor Augen, den die Biene Maja, 1912 erschienen, berühmt
und reich gemacht hat. Für mich hatte jenes Geschenk zur
Folge, daß Weihnachten immer auch in Zusammenhang
mit Tieren stand, den Haustieren am Bauernhof und den
Wildtieren im Wald. Es hat mir einmal richtig leid getan, als
wir beim Einholen eines Christbaums, das uns ein Bauer,
eine Mahlkundschaft des Vaters, von seinem »Holzgrund«
erlaubt hatte, ein Reh aufscheuchten, das sich im Unter-
holz ein warmes Nest gemacht hatte und nun in Panik auf-
sprang und floh. Richard Billinger, der Innviertler Dichter,
hat sehr mystisch und eindrucksvoll über das Verhalten
der Tiere in der Heiligen Nacht und in den Rauhnächten
geschrieben und erzählt, wie die Bauern sie mit Weihwas-
ser besprengen, mit Weihrauch bedenken, ihnen geweih-
tes Brot zu fressen geben. In der Nacht vor dem Johannis-

tag, dem 27. Dezember, soll den Tieren sogar die Gabe der Rede eigen sein, damit sie sich über ihre Herrschaft, die Knechte und Mägde, lobend oder tadelnd »austauschen« können... Da hatten sie freilich genug Gesprächsstoff, wenn man nur an die Schläge denkt, die sie von hartherzigen Knechten hinnehmen mußten... Man kann auch an den heiligen Antonius von Padua denken, der den Tieren, sogar den Fischen, gepredigt hat, oder an Franz von Assisi, der im Wald bei Gubbio einen bösen Wolf gezähmt und fromm gemacht, so daß der ihm mit der Pfote in die Hand Bekehrung versprochen hat. Franciscus verdanken wir bekanntlich auch den Brauch der Weihnachtskrippe, da er als erster eine solche im umbrischen Wald, umstanden auch von staunenden Tieren, aufgebaut hat. Mir gefällt und behagt es, wenn die Vögel, die Meisen und Rotkehlchen, die Amseln und Spatzen, den Christbaum, den wir im Garten provisorisch in Warteposition aufgestellt haben, bevor wir ihn am Heiligen Abend in den Wintergarten hereinholen und »aufputzen«, annehmen und bevölkern. Weihnachten – ein Fest für alle Kreaturen der Schöpfung... Sicher umstanden in der Krippe des Giovanni Bernardone auch bereits Ochs und Esel die heilige Familie, wie ja auch der Prophet Jesaja weissagt, daß, anders als das verstockte Volk, die unvernünftige Kreatur den Messias begrüßen wird. Und sicher, dachte ich als Bauernkind, aus der Erfahrung mit unserem Stall, werden dort auch Schwalbennester gewesen sein, wenn es von den Schwalben auch hieß, an »Mariä Geburt fliegen die Schwalben furt«, also nach dem 8. September, dem Fest »Mariä Geburt«. Aber wohin flogen sie denn? Doch wohl nach Süden oder Südosten, wahrscheinlich sogar ins Heilige Land... Sie ziehen aus dem Norden, wo sie im Winter keine Beutetierchen mehr finden, nach Süden in ihre Winterquartiere. Im Stall von Bethlehem werden wohl einige zugeflogen sein oder ausgeharrt und die heilige Familie bestimmt vor lästigen Fliegen und Mücken bewahrt haben... Spätestens zu »Mariä Heimsuchung« sind die Schwalben wieder bei uns, sie orientieren sich also an der Gottesmutter und ihren Festen im Kirchenjahr. Der Stall von Bethlehem aber, wie ihn die alpenländische Krippe bietet, hat mich immer verblüfft, er sieht doch meist eher wie eine Ruine, wie ein schon halb eingestürzter Unterstand für Tiere in Freilandhaltung aus. Der biblische Bericht über die Geburt Jesu beim Evangelisten Markus, den ich am Heiligen Abend nach dem Freudenreichen Rosenkranz in der Stube der versammelten Großfamilie vorlesen durfte, ist ja »realienkundlich« sehr kurz angebunden und karg, und gerade das war es, was der Phantasie der kommenden Jahrhunderte beim Nacherzählen, Nachempfinden, Ausschmücken und Besingen vom Herbergsuchen bis zum Sternsingen keine Grenzen setzte. Was ist nicht alles aus dem einen Satz entstanden: »Und sie gebar ihren erstgeborenen Sohn, wickelte ihn in Windeln und legte ihn in eine Krippe, weil in der Herberge kein Platz für sie war.« *Praesepium* heißt es im lateinischen Text für *Krippe*. Wie war ich aber erstaunt und »angeheimelt«, als ich Jahre später bei meinen altdeutschen germanistischen Exerzitien in den St. Pauler Lukas-Glossen für dieses *praesepium* mein vertrautes, heimatliches Bauernwort *barn* gelesen habe... *Barn* ist das agrarische Wort für den Futtertrog im Kuh-, aber auch im Schweinestall, Teil der »Aufstallung«. Das Wort *Stall* sucht man bei Lukas aber vergeblich, auch im lateinischen Text der Vulgata findet sich kein entsprechendes *stabulum*, wie es ja wohl heißen müßte. Die sogenannte »Germanisierung« des Christentums, wie sie im altsächsischen »Heliand« (Heiland) oder in der »Evangelienharmonie« des Otfried von Weißenburg stattfindet, wo Jerusalem Jerusalemburg heißt und die Apostel wie tapfere Ritter dargestellt werden und andere kuriose »Eingemeindungen« stattfinden, wurde mir zu einem Lieblingsthema in meiner Lehrtätigkeit. Schließlich ist dies ein Feld auch von (unfreiwilliger) Komik. Wenn ich nur an den heroischen Kampf des tapferen Petrus mit Malchus denke, dem er bei der Gefangennahme Christi das Ohr abschlägt... Über Peter Handke erzählt mein Nachbar, ein Studienkollege des Autors aus dem Kärntner Pendant zum Linzer Petrinum in Tanzenberg, daß er bei einem Krippenspiel, in dem er den heiligen Josef dargestellt hat, die Armbanduhr abzunehmen vergaß...

Als Kind hatte ich natürlich andere Sorgen – und Freuden. Was die Freuden betraf, darf ich ohne Vergangenheitslob oder Gegenwartsschelte sagen, daß wir uns bei den Geschenken auch über Kleinigkeiten gefreut haben, ein Paar Socken, einen Schal und andere praktische Dinge. Von Luxusgütern war keine Rede. Und die Weihnachtslieder sangen wir tatsächlich erst zu Weihnachten... Weil ich im Unterschied zu meinen sechs Geschwistern, die nur die Volksschule in Pichl oder die Hauptschule in Wels besuchten, Gymnasiast geworden war und im Ruf stand, an geistigen – und geistlichen – Dingen interessiert zu sein, bekam ich, wohl auf Empfehlung meines Religionslehrers am Welser Gymnasium beim Sprechtag, von meiner Mutter ein Buch mit dem Titel »Warum ich Priester wurde«, eine Sammlung von kurzen Autobiographien hoher Geistlicher geschenkt, an Francis Kardinal Spellman und Bischof Fulton Sheen erinnere ich mich. Daß ich nicht Kardinal, ja auch nicht Priester wurde, hat meine Mutter wohl geschmerzt, viel mehr aber noch mein dramatischer Hinauswurf aus dem Konvikt in der 3. Klasse kurz vor den Weihnachtsferien im Jahr 1951. Eine schöne Bescherung... Wenn ich heute jenen Brief lese, in dem ihr der Präfekt J. S. geschrieben hat, daß sie mich sofort abholen kommen müsse – ein erschütterndes Dokument der »schwarzen Pädagogik« –, muß ich an mich halten, um nicht als alter Mann noch zu weinen, im Gedenken an sie als eine wahre *mater dolorosa*, zu der ich sie aus kindlichem, pubertärem Übermut und Leichtsinn gemacht hatte ... Das waren meine schlimmsten Weihnachten. Sonst erinnere ich mich bis heute eigentlich nur an harmonische, friedliche, eben weihnachtliche Weihnachten, auch wenn die Kinder meiner dann eigenen Familie nicht immer mitspielen, beten und singen (»zwitschern«) wollten, »wie die Alten sungen«.

2 Süßer die Glocken nie klingen

Joseph von Eichendorff, Theodor Storm und Theodor Fontane sind die wohl berühmtesten Verfasser von deutschen Weihnachtsgedichten. Sucht man die Klassiker von Prosa-Weihnachtsgeschichten, so denkt wohl jeder an Charles Dickens (»A Christmas Carol«) und Peter Rosegger (»Als ich die Christtagsfreude holen ging«). Jeder, der sich heute an diesem Thema versucht, ist in Gefahr und Versuchung, ihr Epigone zu werden. Als Verfasser und Herausgeber von Winter- und Weihnachtsgeschichten weiß auch ich ein Weihnachtslied davon zu singen ... Karl Heinrich Waggerl hat mir einmal im Jahr 1972 eine Karte für den »Salzburger Advent« im Festspielhaus geschenkt. Ich saß neben Gretl Lanz. Im Anschluß an die Veranstaltung sagte Waggerl zu mir: »Nächstes Jahr, Brandstetter, lesen Sie.« Gleich morgen wolle er mit Tobi Reiser reden ... Daraus ist natürlich nichts geworden. Ich hätte es »gefühlsmäßig« sicher auch nicht »gebracht« ... Dazu fehlte mir mehr als Waggerls enormer, volltönender Baß ... Meine Weihnachtsgeschichten in »Vom Schnee der vergangenen Jahre« hätten vielleicht die nötige »Genauigkeit«, aber nicht die erforderliche »Seele« und Wärme gehabt, um es mit zwei Termini

Robert Musils zu sagen. »Theologisch« gesehen hätte ich
es mit einigen Kollegen schon aufnehmen können. Es ist ja
merkwürdig, daß einige der klassischen »Weihnachtsdich-
ter« nicht eben fromm oder gläubig oder überhaupt Christen waren, einige haben sich selbst als Agnostiker, ja als
Atheisten bezeichnet. Auch Waggerl. Neuerdings spricht
man ja auch gern von »evangelischen« oder »katholischen
Atheisten«. Früher hörte man auch häufig »Taufschein-
christen«. Die Dichter haben ja oft auch nur den Winter,
die Natur und den Schnee zur Weihnachtszeit besungen...
Haben die schönsten Weihnachtsgeschichten »Ungläu-
bige« und Zweifler geschrieben, so wie es heißt, daß die
besten Frauenromane nicht Frauen, sondern Männer ver-
faßt haben, namentlich Fontane und Flaubert? Gläubige
und fromme Menschen meinen es oft zu gut, aber das gut
Gemeinte ist bekanntlich nicht immer gut im ästhetisch-
literarischen Sinn...

Der wahre Glücksfall unter den Weihnachtspoeten ist
für mich Joseph Freiherr von Eichendorff (»Markt und
Straßen stehn verlassen...«). An seiner Kunst ist nichts
»auszusetzen«, aber auch nicht an seiner tief überzeugenden Religiosität, über die sich Adalbert Stifter und Eichendorffs Schwester Louise in Briefen Gedanken gemacht und
»ausgetauscht« haben. Kein Heterodoxieverdacht angebracht... Er hat nicht nur ans Christkind, sondern auch an
Christus, den Heiland und Messias, geglaubt. Sollte man
nicht grundsätzlich vermeiden, jemanden als religiös zu
bezeichnen, und vor allem aber, jemandem Religiosität ab-
zusprechen? »Deren Glauben niemand so kennt wie Du«,
heißt es in einem liturgischen Fürbittgebet. Die Schwelle
zum Stall von Bethlehem ist hoch, die Tür niedrig. Wer hier
hineinwill, muß sich wie ein Hirte im »Tor der Demut« in
der Geburtskirche in Bethlehem tief bücken und beugen.
Hochmut muß draußen bleiben! Grundsätzlich gilt wohl,

daß Ironie und Sarkasmus nicht gut zum Weihnachtsthema passen, obwohl die kritische Literatur gegen den »Weihnachtsrummel«, also eigentlich gegen die Vermarktung und den »Mißbrauch« des Festes, natürlich unübersehbar geworden ist. Über den Lärm der »stillsten Zeit im Jahr« zu jammern, ist ein Klischee geworden. Viel Lärm ums Lärmen. Es ist freilich schwer, über die vielen Weihnachtsmärkte und Glühweinstände »satyram non scribere«, also keine Satire zu schreiben... Es ist ein richtiggehender Weihnachtsmarkt-Tourismus entstanden, autobusweise kommen die Italiener zum Weihnachtsmarkt nach Klagenfurt, von wo sich Hiesige nach Nürnberg aufmachen. Es ist manches »nicht mehr feierlich«... Auch Waggerls humorige Beiträge zum »Salzburger Advent« haben nicht allen gefallen, mir zum Beispiel nicht. Nun sind Josef Mohr, der Dichter des wohl berühmtesten Weihnachtsliedes »Stille Nacht! Heilige Nacht!«, der die letzten zehn Jahre seines Lebens in Wagrain als Seelsorger gewirkt hat und 1848 gestorben ist, so wie auch Karl Heinrich Waggerl, 1973 verstorben, auf dem Wagrainer Friedhof sozusagen Nachbarn. Josef Mohrs und Franz Xaver Grubers Weihnachtslied gilt immer noch als das populärste Weihnachtslied weltweit. Dafür sorgt auch eine »Stille-Nacht-Gesellschaft« in Salzburg mit Publikationen, einer eigenen Zeitschrift und Veranstaltungen an einschlägigen Schauplätzen, vor allem in der sogenannten Stille-Nacht-Kapelle Sankt Nikola in Oberndorf an der Salzach, wo das Lied zum ersten Mal am 24. Dezember 1818 in der Mette erklungen ist, mit Gitarrenbegleitung. In meiner Heimatpfarre Pichl bei Wels hat der Organist ganz leise die Melodie während der Wandlung gespielt, wo sonst andächtige Stille geherrscht hat. Man muß zu Weihnachten kein Ranking und keinen Christmas-Song-Contest veranstalten, aber die Konkurrenz an Weihnachtsliedern ist groß geworden. Und sie werden in den Konsumtempeln zu früh und zu oft gespielt. Immer öfter hört man, »I am dreaming of a white Christmas« oder auch »Feliz navidad« seien international die meistgesungenen oder -gespielten Weihnachtslieder. Eine nicht unbedeutende Rolle spielt in unseren Breiten, wenn man beim Charts-Gedanken bleiben möchte, auch das Weihnachtslied »Es wird scho glei dumpa«, dessen Text von einem Krenglbacher, dem Pfarrer und Domherrn Anton Reidinger, stammt. Die Melodie klingt an ein Tiroler Marienlied an. Mein Vetter, der Heimatforscher Alfred Herrmüller, hat aber auch für die Melodie, mindestens für eine zweite Zusatz-Stimme, die Autorschaft Reidingers nachgewiesen.

»Ich führt dich oft spazieren/ In Wintereinsamkeit,/ Kein Laut ließ sich da spüren,/ Du schöne, stille Zeit!« Das ist eine lyrische, weihnachtlich klingende Strophe eines weniger bekannten Gedichtes Eichendorffs. Sie legt aber den Finger auf eine Wunde, die Menschen gerade zu Weihnachten besonders schmerzt, der Tod eines lieben Angehörigen im abgelaufenen Jahr. Das angesprochene Du ist Eichendorffs Tochter Anna, die ihm im Kindesalter gestorben ist. Ich habe in meiner Wiener Studienzeit als Seminararbeit einen Vergleich zwischen den Kindertotenliedern bei Eichendorff und Rückert geschrieben, vielleicht auch, weil ich durch einen Todesfall in der eigenen Familie, den Tod meiner Schwester Maria, familiär »eingestimmt« und »vorbereitet« gewesen war. Oft war von ihr die Rede, oft haben wir für sie gebetet, gerade auch am Heiligen Abend. Gustav Mahler hat sechs von Rückerts über vierhundert Kindertotenliedern vertont, nach eigenem Erleben – sechs seiner elf Geschwister sind im Kindesalter gestorben, schließlich auch seine eigene Tochter Marie-Anna im Ferienhaus am Wörthersee, worauf er nie mehr dorthin zurückgekehrt ist. An all dies habe ich denken müssen, als ich mich auf Einladung der Caritas für ein Seelsorge- und Sozialprogramm mit der

Bezeichnung »Verwaiste Eltern« als einer der Proponenten zu fungieren bereit erklärte.

Eichendorff hat sich von seinem Gottvertrauen durch nichts irritieren und abbringen lassen. So kann ich ihm danken, wenn er mir für meinen Weihnachtsaufsatz mit seinem Gedicht »Kirchenlied« doch, gerade auch in der Vigil, das heißt, am Vorabend des Marienfeiertags am 8. Dezember, für dessen Wiedereinführung ich als Kind einmal Unterschriften gesammelt habe, einen versöhnlichen, einen wunderbaren Ausklang geschenkt hat: »O Maria, meine Liebe! / Denk ich recht im Herzen dein: / Schwindet alles Schwer und Trübe, / Und wie heller Morgenschein, / Dringts durch Lust und irdschen Schmerz / Leuchtend mir durchs ganze Herz.« Die letzte Strophe aber lautet: »Deinen Jesus in den Armen, / Überm Strom der Zeit gestellt, / Als das himmlische Erbarmen / Hütest du getreu die Welt, / Daß im Sturm, der trübe weht / Dir kein Kind verlorengeht.«

3 Ungewöhnliche Weihnachtsgeschenke

Auf dem Wunschzettel meiner Frau für das Christkind stand 2017 zu meiner Verblüffung etwas ganz Ausgefallenes. Hausfrauen, Mütter, Gattinnen empfinden es bekanntlich als ein heute so bezeichnetes *No go*, als ein Unding, wenn sie mit Bügeleisen, Staubsaugern, Mixern oder anderen Haushalts- und Küchengeräten »bedacht« werden. Das finden sie mehr als bedenklich, das seien keine Geschenke, sondern Zumutungen – und Nötigungen zu weiteren Dienstleistungen ... Auch Wäsche kann sehr *unpassend* sein und schlecht »ankommen«, auch wenn die Größe stimmt: X-Large-Reizwäsche? Mit Schmuck ist auch schon mancher »eingefahren«. Ist er zu billig, auch ästhetisch und geschmacklich, kann er als Beleidigung aufgefaßt werden, ist er zu teuer, als Protz – oder gar als »Wiedergutmachung« verdächtig? Gute Geschenke aus schlechtem Gewissen? Es gibt kein Geschenk ohne Makel. Wir haben ja alles, unzählige, auch ungelesene Bücher, mit denen wir ein eigenes Antiquariat eröffnen könnten, Bilder, mehr als wir Wände haben, an die wir sie hängen könnten. Wir schenken uns heuer und die kommenden Jahre nichts mehr, sagte meine Frau. Und auch den Christbaum können wir uns schenken und sparen, nachdem die Kinder erwachsen und irgendwo »auswärts«, in Berlin und Wien, unterwegs sind ... Ich war mit der Einsicht in die Widersprüche und Unsinnigkeiten der weihnachtlichen Schenkerei meiner Frau völlig zufrieden und erklärte mich ganz einverstanden. Wir ersparen uns nicht nur Geld, sondern auch die Qual der Wahl. Doch dann überraschte mich meine Gattin doch mit einem »einzigen Wunsch« nach einem sehr ausgefallenen Geschenk: »Ich wünsche mir«, sagte sie – und mir stockte der Atem – »vom Christkind eine Alarmanlage für das Haus.«

Es sei ja nun in jedes zweite Haus in unserer Siedlung bereits eingebrochen worden, zu jeder Tages- und Nachtzeit, Dämmerungseinbrüche, gerade auch in der »stillsten Zeit« des Jahres, aber auch Einbrüche am hellichten Tag hat es gegeben. Eine Alarmanlage würde sie, wenn ich zu meinen Lesungen unterwegs und nicht daheim bin, sehr beruhigen. Und meine Frau referierte alle, auch mir bekannten Fälle, wie bei einem Nachbarn, während er in Jesolo auf Urlaub war, vom Keller bis zum Dachboden alle Laden aus Schreibtischen und Kommoden und Kleiderschränken herausgerissen und durchwühlt worden waren und beim anderen Nachbarn sogar der Tresor im Keller herausgebrochen worden ist und später in Italien aufgefunden wurde. Und weiter entfernt hat die Tochter einer befreundeten Familie in ihrem einschichtigen Landhaus

Inhalt